E. A. POE

ERZÄHLUNGEN

EDGAR ALLAN POE

ERZÄHLUNGEN

Mit Illustrationen von G. Doré

PHAIDON

ISBN 3-88851-131-3

INHALT

Der Goldkäfer 9
Die Mordtaten in der Rue Morgue 69
Der entwendete Brief 131
Die Tatsachen im Fall Valdemar 165
Das verräterische Herz 183
Die Maske des Roten Todes 195
Morella 207
Das Schriftstück in der Flasche 219
Die Augengläser 241

Der Goldkäfer

Vor vielen Jahren unterhielt ich eine enge Freundschaft mit einem gewissen William Legrand. Er stammte aus einer alten Hugenottenfamilie und hatte ursprünglich in guten Verhältnissen gelebt. Durch eine Reihe von Fehlschlägen aber war er in Not geraten. Um allen Demütigungen zu entgehen, die seinem Unglück auf dem Fuße folgten, verließ er seine Vaterstadt New Orleans, um sich auf der Sullivan-Insel in der Nähe von Charleston in Südkarolina niederzulassen.

Dies ist eine einsame, etwa drei Meilen lange Insel, die fast nur aus dem Sande des Meeres besteht. Ihre Breite beträgt an keiner Stelle mehr als eine Viertelmeile. Vom Festlande ist sie durch einen kaum erkennbaren Sund voller Schilf und Schlamm, dem Lieblingsversteck zahlloser Sumpfhühner, getrennt. Die Vegetation ist, wie man sich denken kann, spärlich oder doch wenigstens nur zwergenhaft. Man sieht dort keinen Baum von bemerkenswerter Höhe. Am westlichen Ende bei Fort Moultrie erheben sich einige erbärmliche Fachwerkhäuser. Sie werden in den Sommermonaten von denen bewohnt, die vor dem Charlestoner Staub und Fieber flüchten. Hier entdeckt man tatsächlich einige struppige Zwergpalmen. Im übrigen ist die ganze Insel mit Ausnahme dieser Westspitze und eines Streifens harten, weißen Sandes an der Seeseite mit einem dichten Unterholz der von den englischen Gartenbaukünstlern so sehr gepriesenen süßen Myrte bewachsen. Das Gestrüpp erreicht hier oft eine Höhe von fünfzehn oder zwanzig Fuß und bildet ein fast undurchdringliches Dickicht, das die Luft mit seinem Duft erfüllt.

In der tiefsten Einsamkeit dieses Dickichts, nicht weit ab von der östlichen, abgelegensten Spitze der Insel hatte sich Legrand eine Hütte gebaut, die er bewohnte, als ich durch einen Zufall zum ersten Male seine Bekanntschaft machte. Daraus entwickelte sich bald eine Freundschaft, denn vieles an diesem Einsiedler vermochte mein Interesse und meine Hochachtung für ihn zu wecken. Ich stellte fest, daß er eine gute Erziehung und ungewöhnliche Geistesgaben besaß, aber er war ein Misanthrop und von widerstrebenden Launen wechselnder Begeisterung und Schwermut beherrscht. Er besaß zahlreiche Bücher, benutzte sie aber nur selten. Seine Hauptvergnügungen waren Jagen und Fischen, am Strande und in den Myrten umherzustreifen und Muscheln oder Insekten zu sammeln. Besonders was diese betrifft, hätte seine Sammlung den Neid eines Swammerdamm erregen können. Auf seinen Ausflügen begleitete ihn gewöhnlich ein alter Neger namens Jupiter. Dieser war von der Familie vor ihrem wirtschaftlichen Niedergang freigelassen worden, hatte sich aber weder durch Drohungen noch durch Versprechungen von dem abbringen lassen, was er als sein Recht betrachtete, nämlich die Schritte seines jungen „Massa Will“ zu überwachen. Vermutlich hatten Legrands Verwandte, die ihn für etwas verrückt hielten, Jupiter diese Hartnäckigkeit beizubringen vermocht, um so den Wanderer zu überwachen und zu behüten.

*

Die Winter in den Breiten der Sullivan-Insel sind nie sehr streng, und im Herbst benötigt man nur selten ein Feuer. Um die Mitte des Oktober 18 . . brachte indes ein Tag eine bemerkenswert empfindliche Kühle. Gerade vor Sonnenuntergang bahnte ich mir meinen Weg durch das immergrüne Gestrüpp zur Hütte meines Freundes, den ich seit mehreren Wochen nicht besucht hatte. Ich hielt mich damals in Charleston auf, neun Meilen von der Insel entfernt, und die Schwierigkeiten des Hin- und Rückweges waren weit größer als heutzutage. Bei der Hütte angekommen, klopfte ich an, wie ich es gewohnt war, und suchte, als ich keine Antwort erhielt, nach dem Schlüssel, dessen Versteck ich kannte, öffnete und trat ein. Ein hübsches Feuer flackerte auf dem Herd. Das war etwas Neues und keineswegs unangenehm. Ich legte meinen Überrock ab, zog einen Armstuhl an die knisternden Holzklötze und erwartete geduldig die Rückkehr meines Gastgebers.

Bald nach Einbruch der Dunkelheit kamen sie an und bewillkommneten mich aufs herzlichste. Jupiter grinste von einem Ohr zum anderen und machte sich daran, zum Abendbrot einige Sumpfhühner zuzubereiten. Legrand hatte einen seiner Anfälle — wie soll ich es anders nennen? — von Begeisterung. Er hatte ein unbekanntes Schalentier, eine neue Art, entdeckt und noch mehr, er hatte mit Jupiters Hilfe einen Skarabäus gejagt und auch gefangen, den er für vollkommen unbekannt hielt. Meine Ansicht darüber sollte ich aber erst am nächsten Morgen äußern.

„Und warum nicht heute abend?" fragte ich, indem ich meine Hände an der Glut rieb und dabei das ganze Geschlecht der Skarabäen zum Teufel wünschte.

„Ach, wenn ich nur gewußt hätte, daß du hier bist!" entgegnete Legrand. „Aber ich habe dich so lange nicht gesehen, und wie konnte ich es ahnen, daß du mir gerade heute abend einen Besuch machst? Auf dem Heimweg traf ich Leutnant G. vom Fort und lieh ihm dummerweise den Käfer. So kannst du ihn vor morgen nicht sehen. Bleibe über Nacht hier, und ich schicke Jup bei Sonnenaufgang fort, um den Käfer zurückzuholen. Es ist der hübscheste, den ich je gesehen habe."

„Was, der Sonnenaufgang?"

„Unsinn! Nein! — Der Käfer! Er ist leuchtend goldfarben — etwa so groß wie eine Hickorynuß mit zwei pechschwarzen Flecken an dem einen Ende des Rückens und einem anderen etwas größeren am anderen. Die Fühler sind ..."

„Da is' kein Blech an ihm, Massa Will, ich sage dir", unterbrach ihn Jupiter, „der Käfer is' ein gollen Käfer, stark jedes Stück an ihn, inwendig un' alles, außer sein Flügel, nie ich fühlen halb so schwer ein Käfer in mein Leben!"

„Gut, wenn es wirklich so ist, Jup", erwiderte Legrand mit etwas mehr Ernst, als die Sache wert war, „ist das ein Grund, die Vögel anbrennen zu lassen? Die Färbung", hier wandte er sich wieder an mich, „ist allerdings ganz dazu angetan, Jupiters Idee zu rechtfertigen. Du hast sicher noch nie einen solchen glänzenden Metallschimmer gesehen, wie ihn diese Flügelschalen ausstrahlen — aber das kannst du erst morgen beurteilen. Mittlerweile will ich dir einen Begriff von seiner Form geben." Mit diesen Worten setzte er sich an einen kleinen Tisch, auf dem sich Tinte und Feder, aber kein Papier fand. Er blickte in die Schieblade, fand aber keins.

„Macht nichts", sagte er schließlich, „das hier tut's!" und zog aus seiner Rocktasche einen Fetzen, wie mir schien, von sehr schmutzigem, feinem Kanzleipapier, und entwarf darauf mit der Feder eine rohe Skizze. Währenddessen behielt ich, da mir fröstelte, meinen Platz am Feuer bei. Als die Zeichnung fertig war, reichte er sie mir herüber, ohne sich zu erheben. Während ich sie annahm, ließ sich ein lautes Knurren hören, dem ein Kratzen an der Tür folgte. Jupiter öffnete, und ein großer Neufundländer, der Legrand gehörte, stürzte herein, sprang gegen meine Schultern und überschüttete mich mit Zärtlichkeiten, denn ich hatte mich ihm schon bei früheren Besuchen des öfteren gewidmet. Als er seine Luftsprünge beendet hatte, blickte ich auf das Papier und war, ehrlich gesagt, nicht wenig überrascht über das, was mein Freund da gezeichnet hatte.

„Ja", sagte ich, nachdem ich es einige Minuten lang betrachtet hatte, „das muß ich zugeben, das ist allerdings ein seltsamer und durchaus neuer Skarabäus! So etwas habe ich bisher noch nicht gesehen — es sei denn ein Schädel oder ein Totenkopf — dem es mehr gleicht als allem, was mir unter die Augen gekommen ist."

„Ein Totenkopf", wiederholte Legrand, „— hm, ja, gut — auf dem Papier hat es einige Ähnlichkeit damit, zweifellos! Die beiden oberen schwarzen Punkte sehen aus wie Augen, nicht wahr, und der längere am unteren Ende wie ein Mund — und das Ganze hat eine ovale Form!"

„Vielleicht", entgegnete ich, „aber Legrand, ich fürchte, du bist kein großer Künstler! Ich muß warten, bis ich den Käfer selbst sehe, wenn ich mir ein Bild von seiner Gestalt machen soll!"

„Nun ja, ich weiß nicht", sagte er ein wenig ärgerlich, „ich zeichne ganz leidlich, sollte es wenigstens können, habe gute Lehrer gehabt und bilde mir ein, kein Dummkopf zu sein."

„Aber, alter Knabe, da machst du Spaß", erwiderte ich, „das ist ein ganz passabler Schädel — ich kann sogar sagen, das ist ein ganz ausgezeichneter Schädel, wie man sich solche anatomischen Musterstücke vorstellt —, und dein Skarabäus muß in der Tat der verrückteste Skarabäus von der Welt sein, wenn er ihm gleicht. Da werden wir wohl einen aufregenden Aberglauben auf diese Andeutung hin erleben! Ich nehme an, du wirst den Käfer Scarabaeus caput hominis oder so ähnlich nennen! Es gibt ja viele derartige Bezeichnungen in der Naturgeschichte. Aber wo sind die Fühler, von denen du sprachst?"

„Die Fühler!" sagte Legrand, der sich bei der ganzen Sache auf eine unerklärliche Weise erhitzte. „Ich bin überzeugt, du mußt die Fühler sehen! Ich habe sie so deutlich gezeichnet, wie sie am Original zu sehen sind, und nehme an, das genügt!"

„Ja, ja", entgegnete ich, „vielleicht hast du das tatsächlich, aber ich sehe sie nicht!" Damit reichte ich ihm das Papier ohne weitere Bemerkungen zurück, denn ich wollte ihn nicht noch mehr aus der Fassung bringen. Aber ich war überrascht von der Wendung, welche die Sache nahm. Seine schlechte Laune verwirrte mich, und in der Skizze des Käfers waren wirklich keine Fühler zu sehen. Das Ganze hatte tatsächlich große Ähnlichkeit mit den gewöhnlichen Umrissen eines Totenkopfes.

Übellaunig nahm er das Blatt zurück und wollte es zusammenknüllen, vermutlich, um es ins Feuer zu werfen, als nach einem zufälligen Blick auf die Zeichnung plötzlich etwas seine Aufmerksamkeit zu fesseln schien. Im gleichen Augenblick errötete sein Gesicht heftig, um im nächsten ebensosehr zu erblassen. Einige Minuten lang saß er da und betrachtete die Skizze auf das genaueste. Schließlich erhob er sich, nahm eine Kerze vom Tisch und ging in die äußerste Ecke des Raumes, wo er sich auf einer Seemannskiste niederließ. Hier fuhr er fort, das Papier ärgerlich zu untersuchen, indem er es nach allen Seiten drehte. Er sagte keinen Ton, und sein ganzes Benehmen versetzte mich in höchstes Erstaunen. Indes hielt ich es für richtiger, seine wachsende Mißstimmung nicht noch durch irgendwelche Bemerkungen zu verschlimmern. Jetzt zog er eine Brieftasche aus seinem Rock, legte das Papier sorgfältig hinein und verschloß beides in einem Schreibtisch. Er wurde noch ernsthafter, und seine ursprüngliche begeisterte Stimmung war vollkommen vergangen, aber er schien weniger mürrisch als geistesabwesend. Je mehr der Abend fortschritt, um so mehr verspann er sich in Träumereien, aus denen ich ihn mit keinem Scherz aufzurütteln vermochte. Ich hatte vorgehabt, die Nacht in der Hütte zu verbringen, wie ich es schon öfters getan hatte. Als ich aber meinen Gastgeber in dieser Laune sah, zog ich es vor, mich zu verabschieden. Er hielt mich nicht zurück, als ich wegging, aber er schüttelte meine Hand mit ungewöhnlicher Herzlichkeit.

*

Es war etwa einen Monat später — ich hatte während dieser Zeit nichts von Legrand gesehen —, als ich in Charleston den Besuch seines Dieners Jupiter erhielt. Nie zuvor hatte ich den guten alten Neger so niedergeschlagen gesehen, und ich fürchtete, meinem Freund sei etwas Ernsthaftes zugestoßen.

„Nun, Jup“, sagte ich, „was ist denn los? Wie geht es deinem Herrn?“

„Ach, um zu sagen wahr, er nich’ so sehr gut, wie könnte sein!“

„Nicht gut? Das tut mir wirklich leid zu hören! Worüber klagt er denn?"

„Ja, das is' es! Er nie klagt über nix, aber er sehr krank trotzdem."

„Sehr krank, Jupiter? — Warum hast du das nicht sofort gesagt? Liegt er denn zu Bett?"

„Nein, das nich'! — Er sich fühlt gar nich' — das is' gerade, wo der Schuh drückt! — Ich habe gedacht, es muß sein sehr schlimm mit arm Massa Will!"

„Jupiter, ich möchte ja sehr gerne verstehen, was du da erzählst! Du hast gesagt, dein Herr sei krank. Hat er nicht gesagt, was ihm fehlt?"

„Ach, Massa, das kein Zweck, nachdenken über das! — Massa Will sagt, nix is' mit ihm! Aber was dann macht, er immer gehen un' auf Weg gucken, Kopf tief un' Schultern hoch un' weiß wie Gans? — Un' dann er machen Siffer alle Zeit —"

„Macht was, Jupiter?"

„Machen Siffer mit die Bilder auf Tafel — so komische Bilder, ich nie gesehen. Is' für Angst kriegen, sag ich! Muß haben mächtig scharf Augen auf ihn. Neulich er entwischt, ehe Sonne da un' weg für ganzen heiligen Tag. Ich haben abgeschnitten dicken Stock für ihn, geben Teufelstracht Prügel, wenn er kommen zurück. Aber ich verrückt, daß ich nich' Herz gehabt nach allem — er gucken so sehr traurig!"

„Nun? — Was? — Ach ja! Aber ich glaube doch, es ist besser, du bist nicht so streng mit dem armen Kerl! Du darfst ihn nicht prügeln, Jupiter, er kann es bestimmt nicht vertragen. Aber kannst du dir nicht denken, was ihn so krank oder so anders gemacht hat? Ist denn irgend etwas Unangenehmes passiert, seitdem ich bei euch war?"

„Nein, Massa, da is' nix unangenehm seitdem — war vordem, ich fürchte —, war denselben Tag, du warst da!"

„Ach, was meinst du denn?"

„Ja, Massa, ich meine den Käfer, denke ich jetzt!"

„Den was?"

„Den Käfer! Ich ganz sicher, daß gollen Käfer Massa Will irgendwo beißen in Kopf!"

„Und wie kommst du zu einer solchen Annahme, Jupiter?"

„Krallen genug, Massa, un' auch Mund! Ich nie sehen so ein Teufelskäfer. Er kneifen un' beißen alles, was kommen nahe an ihn. Massa Will ihn zuerst fangen, aber schnell ihn lassen los, sage ich, denn war Zeit, sonst sicher beißen. Ich nich' mag sehen den Käfer sein Mund un' nich' nehmen ihn mit mein Finger, aber ich fangen ihn mit ein Stück Papier, das ich finden. Ich ihn aufnehmen mit Papier un' stopfen Stück davon in sein Mund, so es gewesen!"

„Und du glaubst, das Biest hat deinen Herrn richtig gebissen, und er ist krank davon geworden?"

„Ich nich' glauben nix davon — ich weiß. Was machen, er träumen von das Goll so viel, wenn nich' is', weil er gebissen von den gollen Käfer? Is' gesagt von gollen Käfers so was!"

„Aber woher weißt du, daß er von Gold träumt?"

„Wie ich weiß? Warum er sprechen davon, wenn er schlafen? Das is', was ich weiß!"

„Gut, Jup, vielleicht hast du recht, aber welchem Glücksumstand verdanke ich heute die Ehre deines Besuches?"

„Was is' das, Massa?"

„Hast du mir von Herrn Legrand eine Nachricht zu überbringen?"

„Nein, Massa, ich bringen dies hier Brief!" und damit übergab er mir einen Zettel folgenden Inhaltes:

„Mein Lieber, warum habe ich Dich so lange nicht gesehen? Ich hoffe, daß Du nicht so närrisch bist, wegen irgendeiner kleinen Schroffheit meinerseits beleidigt zu sein. Aber das ist ja unwahrscheinlich. Seit ich Dich das letztemal sah, hatte ich allen Grund zur Besorgnis. Ich muß Dir etwas mitteilen, weiß aber kaum, wie ich es erzählen soll oder ob ich alles sagen kann. Ich bin einige Tage lang nicht ganz wohl gewesen, und der arme alte Jup plagt mich mehr, als ich ertragen kann, mit seiner wohlgemeinten Fürsorge. Kannst Du Dir vorstellen, hat er doch dieser Tage einen riesigen Stock fertiggemacht, um mich damit zu züchtigen, wenn ich es mir einfallen lasse, auszureißen und den Tag solo in den Hügeln auf dem Festlande zu verbringen. Ich glaube tatsächlich, nur meine bösen Blicke haben mir eine Tracht Prügel erspart.

Seitdem wir uns das letztemal sahen, habe ich für meine Sammlung nichts gefunden.

Wenn Du es irgendwie möglich machen kannst, dann komm mit Jupiter herüber — komm wirklich! Ich möchte Dich heute abend wegen eines Geschäftes von großer Wichtigkeit sprechen. Ich versichere Dir, es *ist* von großer Wichtigkeit.

Stets der Deine. William Legrand."

Irgend etwas im Tone dieses Briefes verursachte mir eine große Besorgnis. Sein ganzer Stil unterschied sich vollkommen von dem, den Legrand im allgemeinen schrieb. Was mochte er träumen? Welche neue Grille hatte sich in seinem reizbaren Gehirn festgesetzt? Welches „Geschäft von größter Wichtigkeit" mochte er vorhaben? Jupiters Bericht über ihn verhieß nichts Gutes. Der fortgesetzte Druck seines Mißgeschicks hatte wohl, wie ich befürchtete, den Geist meines Freundes verwirrt. Deshalb zögerte ich keinen Augenblick und machte mich fertig, den Neger zu begleiten.

Als wir am Ufer ankamen, fand ich eine Sense und drei Spaten, alle offenbar neu, am Boden des Bootes liegen, das wir besteigen wollten.

„Was hat das zu bedeuten, Jup?" fragte ich.

„Sens, Massa, und Spat!"

„Allerdings, aber was soll das Zeug hier?"

„Das de Sens un' de Spat, was Massa Will warten, ich kaufen für ihn in de Stadt, un' ich haben geben für ihn ein Teufels viel Geld!"

„Aber in aller Geister Namen, was will denn dein ‚Massa Will' mit Sensen und Spaten?"

„Das is' mehr, als ich weiß, un' Teufel hol mich, ich nich' weiß, ob das mehr is', als er weiß auch, aber das alles kommen von den Käfer!"

Ich kam zu der Überzeugung, daß aus Jupiter nichts Gescheites herauszuholen war, denn sein ganzes Sinnen war von „den Käfer" in Anspruch genommen. So stieg ich ins Boot und setzte das Segel. Mit einer netten steifen Brise liefen wir bald in die kleine Bucht im Norden von Fort Moultrie ein, und ein Weg von etwa zwei Meilen brachte uns zu der Hütte. Es war etwa drei Uhr nachmittags, als wir ankamen. Legrand erwartete uns ungeduldig. Er ergriff meine Hand mit einer Hast, die mir auffiel und meinen Verdacht nur noch verstärkte. Sein Gesicht war leichenblaß und seine tiefliegenden Augen glänzten in einem unnatürlichen Schimmer. Ich erkundigte mich nach seinem Befinden und fragte ihn dann, da mir nichts Besseres einfiel, ob er den Skarabäus von Leutnant G. schon zurückerhalten habe.

„O ja", erwiderte er heftig errötend, „ich habe ihn am nächsten Morgen zurückbekommen, nichts könnte mich veranlassen, mich von diesem Skarabäus zu trennen. Weißt du, daß Jupiter vollkommen recht hat damit?"

„Womit?" frage ich mit einer trüben Ahnung im Herzen.

„Mit seiner Annahme, daß der Käfer aus purem Gold besteht!" Dies sagte er mit einem so tiefernsten Gesicht, daß ich mich unglaublich betroffen fühlte.

„Der Käfer wird mein Glück machen", fuhr er mit triumphierendem Lächeln fort, „er wird mir meinen Familienbesitz wieder beschaffen. Ist das verwunderlich, wenn ich ihn so hoch einschätze? Da das Schicksal ihn mir geschenkt hat, brauche ich ihn nur richtig zu gebrauchen, um zu dem Gelde zu kommen, zu dem er der Wegweiser ist. Jupiter, bring' den Skarabäus!"

„Was, den Käfer, Massa? Ich lieber nix zu tun haben mit den Käfer. Du müssen ihn selbst nehmen!" Darauf erhob sich Legrand mit ernster und feierlicher Miene und nahm das Tier aus einem Glaskästchen, in dem es eingeschlossen war. Es war ein wundervoller Skarabäus und damals bei den Fachleuten noch unbekannt — vom wissenschaftlichen Standpunkt aus allerdings ein Stück von großem Wert. An dem einen Ende des Rückens befanden sich zwei runde schwarze Flecken und am anderen ein länglicher. Die Flügeldecken waren ausnehmend hart und glänzend und sahen aus wie poliertes Gold. Das Insekt war bemerkenswert schwer, und wenn ich dies alles in Betracht zog, so konnte ich Jupiter wegen seiner Meinung keinen Vorwurf machen. Was Legrand allerdings veranlaßte, diese Ansicht zu teilen, vermochte ich um mein Leben nicht zu sagen.

„Ich habe dich holen lassen", fuhr er in feierlichem Ton fort, als ich den Käfer genügend betrachtet hatte, „ich habe dich holen lassen, damit du mir mit Rat und Tat beistehst, den Fingerzeigen des Schicksals und dieses Käfers zu folgen, der . . ."

„Mein lieber Freund“, unterbrach ich ihn laut, „du bist offenbar krank und solltest etwas mehr auf dich achten. Leg dich zu Bett, und ich bleibe ein paar Tage hier, bis du es überstanden hast. Du hast Fieber und ...“

„Fühle meinen Puls!“ entgegnete er.

Ich tat es und fand, um ehrlich zu sein, nicht das geringste Anzeichen von Fieber.

„Du kannst aber trotzdem krank sein, ohne Fieber zu haben. Gestatte mir dieses eine Mal, dir Vorschriften zu machen. Erstens gehst du zu Bett, sodann ...“

„Du irrst dich“, unterbrach er mich. „Ich fühle mich so wohl, wie es in der Erregung, unter der ich gerade leide, nur möglich ist. Wenn du es wirklich gut mit mir meinst, so erlöse mich von dieser Erregung!“

„Wie soll das geschehen?“

„Sehr einfach! Ich unternehme gemeinsam mit Jupiter eine Expedition zu den Hügeln auf dem Festlande, und hierzu benötigen wir die Hilfe eines Menschen, auf den wir uns verlassen können. Du bist der einzige, dem wir vertrauen. Ob wir nun Erfolg haben oder nicht, die Erregung, die du jetzt an mir bemerkst, wird auf jeden Fall verschwinden.“

„Ich möchte dir gerne in jeder Weise gefällig sein“, entgegnete ich, „aber willst du damit sagen, daß dieser Teufelskäfer irgend etwas mit deiner Expedition zu den Hügeln zu tun hat?“

„In der Tat!“

„Dann, Legrand, kann ich mich an einem so verrückten Unternehmen nicht beteiligen.“

„Das tut mir leid — sehr leid —, aber dann müssen wir es allein versuchen."

„Allein versuchen! Das ist ja Wahnsinn! Aber halt, wie lange wollt ihr denn wegbleiben?"

„Vielleicht die ganze Nacht! Wir gehen sofort los und sind auf jeden Fall bei Sonnenaufgang zurück!"

„Und willst du mir auf Ehrenwort versprechen, daß, wenn diese deine Laune vorüber und das Käfergeschäft — guter Gott! — zu deiner Befriedigung erledigt ist, du nach Hause zurückkehren und meinem Rat wie dem deines Arztes unbedingt Folge leisten willst?"

„Ja, das verspreche ich dir, und nun laß uns vorwärtsmachen, denn wir haben keine Zeit zu verlieren."

Schweren Herzens begleitete ich meinen Freund. Wir brachen gegen vier Uhr auf, Legrand, Jupiter, der Hund und ich. Jupiter trug die Sense und die Spaten — er bestand darauf, sie alle zu tragen, mehr aus Furcht, wie mir schien, eines der Werkzeuge in Reichweite seines Herrn lassen zu müssen, als aus übergroßem Eifer oder Gefälligkeit. Seine Laune war mürrisch bis zum äußersten, und auf dem ganzen Wege brachte er keine anderen Worte als „dieser verfluchte Käfer" über seine Lippen. Ich für meinen Teil war mit ein paar Blendlaternen beladen, während Legrand sich mit dem Skarabäus begnügte, den er am Ende eines Stückchens Peitschenschnur befestigt hatte und während des Gehens mit der Miene eines Geisterbeschwörers hin und her schwenkte. Während ich dies beobachtete — ein offensichtlicher Beweis für mich von der Geistesverwirrung meines Freundes —, vermochte ich mich kaum der Tränen zu erwehren. Doch hielt ich es für richtiger, mich wenigstens für den Augenblick seiner Laune zu fügen, ehe ich energischere Maßnahmen mit Aussicht auf Erfolg ergreifen konnte. Inzwischen versuchte ich vergebens, ihn über den Zweck der Expedition auszuhorchen. Nachdem es ihm gelungen war, mich zu seiner Begleitung zu überreden, schien er nicht geneigt zu sein, sich über irgendein Thema von geringerer Wichtigkeit mit mir zu unterhalten, und auf alle meine Fragen geruhte er keine andere Antwort zu geben als: „Wir werden sehen!"

Wir überquerten den Sund an der Spitze der Insel mit Hilfe eines Kahnes und schlugen, nachdem wir die Höhen an der Festlandküste erstiegen hatten, einen Weg in nordwestlicher Richtung ein, der uns durch einen ausnehmend wilden und öden Landstrich führte, wo sich keine menschliche Spur zeigte. Legrand führte uns mit entschiedener Sicherheit und hielt nur hier und da einen Augenblick an, um sich an bestimmten Kennzeichen im Gelände zu orientieren, die er offenbar schon bei früheren Gelegenheiten festgestellt hatte. Auf diese Weise marschierten wir etwa zwei Stunden lang, und die Sonne versank gerade hinter dem Horizont, als wir in eine Gegend kamen, die unendlich unheimlicher war als alles, was ich je vorher in meinem Leben gesehen hatte. Es war eine Art Tafelland, am Fuße eines fast unbesteigbaren Hügels, der von unten bis hinauf zum Gipfel dicht bewaldet und mit riesigen Felsblöcken besät war, die lose auf dem Boden zu liegen schienen und oft nur durch die Bäume, an deren Stämmen sie lagen, daran gehindert wurden, ins Tal hinabzustürzen. Tiefe Schluchten in verschiedenen Richtungen gaben der Szene einen Anstrich von noch finsterer Feierlichkeit.

Die natürliche Hochebene, zu der wir emporstiegen, war mit Brombeeren dicht überwuchert, durch die wir, wie wir bald feststellen mußten, uns den Weg nur mit der Sense bahnen konnten. Auf Anweisung seines Herrn ebnete Jupiter uns einen Pfad bis an den Fuß eines riesigen Tulpenbaumes, der zusammen mit etwa acht oder zehn Eichen auf der Höhe stand und sie wie auch alle anderen, die ich jemals vorher in meinem Leben gesehen habe, in der Schönheit seines Laubes wie auch in der riesigen Ausdehnung seiner Krone und der ganzen Majestät seines Anblickes übertraf. Als wir bei dem Baum ankamen, wandte sich Legrand an Jupiter und fragte ihn, ob er sich getraue, ihn zu ersteigen. Der Alte schien über diese Frage etwas verwirrt und zögerte einige Augenblicke mit der Antwort. Schließlich näherte er sich dem mächtigen Stamm, ging langsam um ihn herum, betrachtete ihn umständlich und aufmerksam und sagte dann, nachdem er seine Untersuchung beendet hatte: „Ja, Massa, Jup klettert auf jeden Baum, er immer sehn in Leben!"

„Dann rauf mit dir, so schnell wie möglich, denn sonst wird es zu dunkel, um das zu sehen, was wir vorhaben!"

„Wie weit muß aufklettern, Massa?" wollte Jupiter wissen.

„Steig erst mal den Hauptstamm hoch, dann sage ich dir, wie du weiterklettern sollst, und — halt — hier nimm den Käfer mit!"

„Den Käfer, Massa Will? — Den gollen Käfer?" schrie der Neger. „Auf den Baum? — Verflucht, wenn ich tu!"

„Wenn du Angst hast, Jup, ein so großer starker Neger wie du, einen so kleinen harmlosen toten Käfer zu halten — wenn du dazu zu bange bist, ihn mit hinaufzunehmen, muß ich dir mit dieser Schippe den Schädel einschlagen!"

„Was is' denn, Massa?" entgegnete Jup, offenbar beschämt und willfährig. „Immer wollen machen Lärm mit alte Nigger! — War nur Spaß jetzt! Was mich machen den Käfer?" Damit nahm er das Ende der Schnur vorsichtig in die Hand und machte sich, das Insekt so weit von sich entfernt haltend, als es die Umstände gestatteten, an das Besteigen des Baumes.

In seiner Jugend hat der Tulpenbaum — Liliodendron Tulipiferum —, der prächtigsten aller amerikanischen Waldbäume, einen eigentümlichen glatten Stamm und erhebt sich oft ohne seitliche Äste zu großer Höhe. In größerem Alter wird die Rinde dann knorrig und rissig, und es bilden sich auf dem Stamm zahlreiche Unebenheiten. Infolgedessen bietet das Besteigen nur scheinbare Schwierigkeiten. Indem er die mächtige Säule so dicht wie möglich mit seinen Armen und Beinen umklammerte, mit den Händen nach irgendwelchen Vorsprüngen suchte und seine nackten Zehen in andere hineinstemmte, wand sich Jupiter, nachdem er ein- oder zweimal beinahe hinabgestürzt wäre, in die erste große Astgabelung hinauf, womit er seine Aufgabe als im wesentlichen gelöst zu betrachten schien. Das Gefährliche des Unternehmens war damit auch tatsächlich überstanden, wenn sich der Kletterer auch einige sechzig oder siebzig Fuß über dem Erdboden befinden mochte.

„Wohin muß nun, Massa Will?“ wollte er wissen.

„Nimm den stärksten Ast, den auf dieser Seite“, rief Legrand. Der Neger gehorchte unverzüglich und stieg anscheinend ohne Schwierigkeiten höher und höher, bis durch das dichte, ihn umgebende Laub von seiner stämmigen Gestalt keine Spur mehr zu sehen war. Nur seine Stimme war zu vernehmen, als er rief: „Wieviel weiter muß gehen nun?“

„Wie hoch bist du hinauf?“ fragte Legrand.

„Eben so hoch“, erwiderte der Neger, „ich kann sehen Himmel durch Spitze von den Baum.“

„Kümmre dich nicht um den Himmel und gib acht, was ich dir jetzt sage! Sieh den Stamm hinunter und zähle die Äste an dieser Seite unter dir! Wieviel Äste hast du erstiegen?“

„Ein, zwei, drei, vier, fief — ich steigen fief dicke Ast diese Seite!“

„Dann geh noch einen Ast höher!“

Nach wenigen Minuten hörten wir seine Stimme verkünden, daß der siebte Ast erreicht war.

„Nun, Jup", schrie Legrand offensichtlich stark erregt, „nun arbeite dich auf diesem Ast vorwärts, so weit du kannst. Wenn du etwas Merkwürdiges siehst, so sage es mir!"

Wenn ich bis dahin noch die geringsten Zweifel an der Geistesverwirrung meines Freundes hegen konnte, so waren diese nun endgültig beseitigt. Ich mußte annehmen, daß er wahnsinnig geworden war und machte mir ernstliche Sorgen, wie ich ihn nach Hause bringen sollte. Während ich mir noch überlegte, was am besten zu tun sei, ließ sich Jupiters Stimme wieder hören.

„Ich Angst, gehen auf den Ast sehr weit — is' ganz tot Ast überall!"

„Was sagst du, der Ast ist tot?" schrie Legrand mit zitternder Stimme.

„Ja, Massa, is' tot wie Türnagel, is' ganz sicher tot."

„Was um Himmels willen soll ich nun tun?" fragte Legrand offenbar aufs tiefste bestürzt.

„Tun?" sagte ich, froh darüber, ein Wort sagen zu können. „Komm nach Hause und leg' dich zu Bett. Komm nun und sei vernünftig, es ist spät geworden und überdies, denk an dein Versprechen."

„Jupiter", schrie er, ohne mich im geringsten zu beachten, „hörst du mich?"

„Ja, Massa Will, hören dich ganz gut."

„Untersuch' das Holz genau mit dem Messer und sieh zu, ob es sehr morsch ist!"

„Morsch is', Massa, sicher", erwiderte der Neger nach einigen Augenblicken, „aber nich' so sehr morsch, als könnte sein. Kann versuchen klein Stück weiter auf Ast ich allein, is' wahr."

„Du allein? Wie meinst du das?"

„Meine Käfer. Is' sehr schwere Käfer. Denke ich, werfen runter ers', dann Ast nich' brechen mit Gewicht von nur ein Neger."

„Du verfluchter Schuft!" schrie Legrand offenbar erleichtert aufatmend. „Warum erzählst du mir diesen Unsinn! Wenn du den Käfer fallen läßt, drehe ich dir den Hals um! Paß auf, Jupiter, hörst du mich?"

„Ja, Massa, is' nich' nötig, anbrüllen arm Neger so!"

„Schon gut! Dann hör jetzt mal zu! Wenn du jetzt versuchen willst, auf dem Ast so weit vorwärts zu kriechen wie du dich sicher fühlst, und den Käfer nicht fallen läßt, schenke ich dir einen Silberdollar, sobald du wieder unten bist."

„Ich gehen, Massa Will, tatsächlich ich tun", erwiderte der Neger, ohne zu zögern, „ganz bis an End' jetzt!"

„Bis am Ende!" rief Legrand leise aus. „Sagtest du, du bist ganz am Ende des Astes?"

„Bald sein am End', Massa, Oooh! Heilige Himmel! Was's das hier auf Baum?"

„Nun", schrie Legrand aufs höchste erfreut, „was ist es denn?"

„Nun, is' nur Schädel! Jemand haben vergessen sein Kopf auf Baum, und Krähen haben jedes Stückchen Fleisch aufgepickt davon."

„Ein Schädel, sagst du? Wunderbar! Wie ist er denn auf dem Ast festgemacht? Woran hängt er?"

„Fest genug, Massa. Muß sehen. Oh, so komische Sache! Is' große dicke Nagel in Schädel, damit festgemacht an Ast."

„Gut, Jupiter, nun tu' genau das, was ich dir sage — hörst du?"

„Ja, Massa."

„Also, gib acht! — Such einmal das linke Auge des Schädels!"

„Hmm, oh, das's gut! Is' linke Aug' überhaupt nich' mehr da!"

„Verfluchter Idiot! Kannst du deine rechte Hand von der linken unterscheiden?"

„Ja, ich weiß — weiß alles davon —, das is' linke Hand, mit die ich hacke auf Holz!"

„Ja, natürlich, du bist ja Linkser, und dein linkes Auge ist auf derselben Seite wie deine linke Hand. Jetzt wirst du, wie ich annehme, auch das linke Auge des Schädels finden oder doch die Stelle, wo das linke Auge gewesen ist. Hast du sie gefunden?"

Es folgte eine lange Pause. Schließlich fragte der Neger: „Is' linke Aug' von Schädel auf selbe Seite wie linke Hand von Schädel auch? — Aber Schädel hat nich' bißchen von Hand überhaupt — macht nix — hab gefunden linke Aug' jetzt — hier linke Aug'! Was soll tun mit?"

„Jetzt laß den Käfer hindurchfallen, so weit die Schnur reicht, aber sei vorsichtig und laß die Schnur nicht los."

„All das getan, Massa Will, ganz leichte Sach' das, stecken den Käfer durch Loch. Paß auf, Käfer kommen runter."

Während dieses ganzen Zwiegespräches war von Jupiter selbst nichts zu sehen, aber der Käfer, den er herunterließ, wurde am Ende der Schnur sichtbar und glänzte wie eine goldene Kugel in den letzten Strahlen der untergehenden Sonne, die den Hügel, auf dem wir standen, mit mattem Schein beleuchtete. Der Skarabäus hing ganz deutlich unter den Zweigen, und wenn er jetzt heruntergefallen wäre, wäre er vor unseren Füßen zur Erde gekommen. Legrand ergriff sofort die Sense und säuberte mit ihr einen kreisrunden Platz von etwa drei oder vier Yards Durchmesser gerade unterhalb des Insekts. Dann befahl er Jupiter, die Schnur loszulassen und von dem Baum herunterzukommen.

Sorgfältig schlug mein Freund genau an der Stelle, wo der Käfer zur Erde gefallen war, einen Pflock in den Boden und zog dann ein Meßband aus der Tasche. Das eine Ende befestigte er an der Stelle des Baumstammes, die dem Pflock am nächsten war. Dann rollte er es ab bis an den Pflock und weiter in der durch die beiden Punkte, den Baum und den Pflock, bestimmten Richtung bis auf eine Entfernung von fünfzig Fuß, während Jupiter das Gestrüpp mit der Sense entfernte. An der so erreichten Stelle wurde ein weiterer Pflock eingeschlagen und um ihn herum ein Kreis von etwa vier Fuß im Durchmesser beschrieben. Dann nahm er einen Spaten, reichte Jupiter und mir je einen weiteren, und forderte uns auf, so schnell wie möglich zu graben.

Offen gestanden, war diese Beschäftigung nie nach meinem Geschmack gewesen, und gerade in diesem Augenblick hätte ich mich gar zu gerne davor gedrückt, denn die Nacht brach herein, und nach den bisherigen Anstrengungen fühlte ich mich sehr müde. Doch sah ich keine Möglichkeit, dieser Arbeit zu entgehen, und wollte auch die gute Laune meines Freundes nicht durch eine Weigerung stören. Hätte ich mich auf Jupiters Hilfe verlassen können, so würde ich keinen Augenblick gegezögert haben, den Irren mit Gewalt nach Hause zu bringen, aber ich kannte des alten Negers Ansichten viel zu gut, um hoffen zu können, er werde mich in einem Streit mit seinem Herrn, ganz gleich unter welchen Umständen, unterstützen. Ich zweifelte nicht daran, daß dieser von einer der zahllosen südländischen abergläubischen Ansichten über vergrabene Schätze besessen und in seiner Phantasie durch den Fund des Skarabäus oder vielleicht auch durch Jupiters hartnäckige Bemerkungen von dem „Käfer aus reinem Gold“ bestärkt worden war. Ein zum Irrsinn veranlagter Geist mußte durch derartige Vorstellungen verführt werden — besonders wenn sie mit vorgefaßten Lieblingsideen übereinstimmten —, und dabei erinnerte ich mich der Aussprüche des armen Burschen, der Käfer sei „der Wegweiser zu seinem Glück“. Im ganzen war ich tiefbetrübt und verwirrt, machte aber aus der Not eine Tugend — gutwillig mitzugraben, um desto eher den Phantasten durch den Augenschein von seiner irrigen Ansicht abzubringen.

Die Laternen wurden angezündet, und wir machten uns mit einem Eifer an die Arbeit, die einer vernünftigeren Sache würdig gewesen wäre. Als so der Lichtschein auf unsere Gestalten und unser Werkzeug fiel, konnte ich mich des Gedankens nicht erwehren, eine wie malerische Gruppe wir darstellten und wie seltsam und verdächtig unsere Arbeit einem zufällig des Weges Kommenden hätte erscheinen müssen.

Ohne Unterbrechung gruben wir etwa zwei Stunden lang. Es wurde kaum gesprochen und nur der Hund, der sich ausnehmend für unsere Arbeit interessierte, störte uns immer wieder durch sein Bellen. Schließlich wurde er so laut, daß wir fürchteten, der Lärm könne irgendwelche in der Gegend umherstreifende Wanderer herbeilocken — vielmehr war dies die Befürchtung Legrands. Ich für meinen Teil hätte mich über eine solche Störung erfreut, die mich in die Lage versetzt hätte, meinen Phantasten nach Hause zu bringen. Schließlich wurde dem Lärm durch Jupiter ein entschiedenes Ende gemacht, als er wütend aus dem Loch stieg und dem Vieh mit seinem Hosenträger die Schnauze zuband, worauf er mit tiefem Grunzen an seine Arbeit zurückkehrte.

Nach der angegebenen Zeit hatten wir eine Tiefe von fünf Fuß erreicht, und immer noch zeigte sich keine Spur von einem Schatz. Wir machten eine Pause, und ich begann zu hoffen, die Komödie nehme nun ein

Ende. Indes wischte sich Legrand, obwohl sichtlich verstimmt, gedankenvoll die Stirn und machte sich wieder an die Arbeit. Wir hatten bereits den ganzen Kreis von vier Fuß Durchmesser ausgehoben. Jetzt vergrößerten wir ihn noch und gingen weitere zwei Fuß tiefer. Immer noch zeigte sich nichts. Schließlich kletterte der Goldsucher, den ich aufs tiefste bemitleidete, mit dem Ausdruck bitterster Enttäuschung auf seinen Mienen aus dem Loch heraus und zog langsam und zögernd seinen Rock wieder an, den er bei Beginn der Arbeit abgelegt hatte. Währenddessen hütete ich mich, irgendeine Bemerkung zu machen. Auf ein Zeichen seines Herrn hin begann Jupiter das Werkzeug einzusammeln. Dann wurde der Hund losgebunden, und wir traten in tiefem Schweigen den Heimweg an.

Wir hatten etwa ein Dutzend Schritte getan, als Legrand mit einem lauten Fluch auf Jupiter zusprang und ihn am Kragen packte. Der überraschte Neger riß Augen und Mund weit auf, ließ das Werkzeug fallen und sank in die Knie.

„Du Schuft", fuhr Legrand ihn, zwischen den Zähnen zischend, an, „du verfluchter schwarzer Halunke, sprich, antworte auf der Stelle ohne Umstände, wo, wo ist dein linkes Auge?"

„O mein Gott, Massa Will, is' das nich' ganz bestimmt mein linke Aug'?" heulte der erschrockene Jupiter, indem er seine Hand auf sein r e c h t e s Sehorgan legte und sie krampfhaft darauf preßte, als fürchte er, sein Herr wolle es ihm ausreißen.

„Ich ahnte es — ich wußte es! Hurra!“ jubelte Legrand, ließ den Neger los und machte einige Freudensprünge zum größten Erstaunen seines Dieners, der sich von den Knien erhob und sprachlos bald seinen Herrn, bald mich anstarrte.

„Komm, wir müssen zurück!“ rief dieser, „das Spiel ist noch nicht verloren!“ und wandte sich wieder dem Tulpenbaum zu.

„Jupiter“, sagte er, als wir an dessen Fuß angelangt waren, „war der Schädel mit dem Gesicht nach außen oder gegen den Ast hin gedreht angenagelt?“

„Gesicht war außen, Massa, so daß Krähen gut an Augen können ohne Mühe.“

„Also gut, war es nun dieses Auge oder das, wo du den Käfer hindurch hast fallen lassen?“ Bei diesen Worten berührte Legrand jedes einzelne von Jupiters Augen.

„War das Aug', Massa — linke Aug' — grad' wie du sagen“, und dabei wies der Neger wieder auf sein rechtes Auge.

Darauf versetzte mein Freund, in dessen Irrsinn ich nun gewisse Anzeichen von System erkannte oder doch zu erkennen glaubte, den Pflock, der die Stelle bezeichnete, an welcher der Käfer zur Erde gefallen war, um etwa drei Zoll von seinem alten Platz nach Westen. Dann zog er das Bandmaß wie das erstemal von der dem Pflock zunächst gelegenen Stelle des Stammes zu diesem hin und weiter über ihn hinaus in gerader Linie auf eine Entfernung von fünfzig Fuß aus. Hier bezeichnete er einen Punkt, der mehrere Yards von der Stelle entfernt war, an der wir gegraben hatten.

Rings um diesen neuen Punkt wurde dann ein etwas größerer Kreis als der frühere gezogen, und dann begannen wir wieder unsere neue Arbeit mit dem Spaten. Trotz meiner furchtbaren Müdigkeit, aber ohne daß ich mir darüber klarzuwerden vermochte, was eine solche Veränderung veranlaßt haben konnte, empfand ich keinen so großen Widerwillen mehr gegen diese Tätigkeit. Ein unerklärliches Interesse, ja eine gewisse Aufregung ergriff mich. Vielleicht lag in dem ganzen absonderlichen Unternehmen Legrands irgend etwas — eine Art von Folgerichtigkeit oder Überlegung, die auf mich einen großen Eindruck machte. Ich grub eifrig und ertappte mich hin und wieder dabei, mit offenbar erwartungsvollen Blicken nach dem eingebildeten Schatz Ausschau zu halten, dessen Vision meinem unglücklichen Freunde den Verstand verwirrt hatte. Nachdem wir so etwa anderthalb Stunden gearbeitet hatten, währenddessen ich meinen grillenhaften Gedanken nachhing, wurden wir plötzlich wieder durch ein heftiges Bellen des Hundes gestört. Während seine frühere Unruhe offenbar nur einem Spielbedürfnis oder einer Laune entsprungen war, klang sein Bellen dieses Mal ausgesprochen böse und wütend. Jupiters Versuchen, ihn wieder zu fesseln, setzte er einen erbitterten Widerstand entgegen. Er sprang in das Loch und scharrte mit seinen Pfoten wie toll den Erdboden auf. Nach wenigen Sekunden hatte er eine Menge menschlicher

Knochen ausgegraben, die zusammen zwei vollständige Skelette bildeten und zwischen denen einige Metallknöpfe und die augenscheinlichen Reste vermoderter Kleidungsstücke lagen. Ein oder zwei Spatenstiche brachten die Klinge eines spanischen Dolches zum Vorschein, und als wir weitergruben, fanden wir drei oder vier goldene und silberne Münzen.

Bei ihrem Anblick war Jupiters Freude kaum zu bändigen, aber die Mienen seines Herrn zeigten einen Ausdruck größter Enttäuschung. Indes drängte er uns, unsere Anstrengungen fortzusetzen, und kaum hatte er diese Worte ausgesprochen, als ich stolperte und vorneüber fiel, da ich mich mit der Spitze meines Stiefels in einem eisernen Ring verfangen hatte, der halbverdeckt in der losen Erde steckte.

Nun arbeiteten wir mit erneutem Eifer weiter, und nie wieder habe ich zehn Minuten größerer Erregung erlebt. Währenddessen hatten wir eine längliche Holzkiste freigelegt, die, aus ihrer vollständigen Unversehrtheit und erstaunlichen Härte zu schließen, in irgendeiner Weise, vielleicht mit Quecksilberchlorid, konserviert worden war. Sie war dreieinhalb Fuß lang, drei Fuß breit, zweieinhalb Fuß tief und durch vernietete schmiedeeiserne Bänder, die sie wie eine Art Gitterwerk von allen Seiten umgaben, fest zusammengehalten. Zu beiden Seiten befanden sich am oberen Rande je drei eiserne Ringe, insgesamt sechs, mittels derer sechs Personen sie bequem tragen konnten. Unseren vereinten äußersten Anstrengungen gelang es jedoch nur, sie um ein Geringes von der Stelle zu rücken. So sahen wir ein, daß es für uns unmöglich war, eine solche Last fortzubringen. Glücklicherweise bestand der einzige Verschluß des Deckels nur in zwei Riegeln. Zitternd und keuchend vor Aufregung schoben wir sie zurück. Ein Schatz von unbeschreiblichem Wert lag schimmernd vor unseren Augen. Im Schein der Laterne blitzte und leuchtete es uns entgegen aus einem wirren Haufen von Gold und Juwelen, der uns im wahren Sinne des Wortes die Augen blendete.

Die Gefühle, mit denen ich dieses alles anstarrte, vermag ich nicht zu schildern. Ich war vor Staunen überwältigt. Legrand erschien erschöpft vor Aufregung und sprach fast kein Wort. Jupiters Mienen zeigten einige Minuten lang eine so tödliche Blässe, wie dies bei einem Neger überhaupt möglich ist. Er schien betäubt — wie vom Blitz getroffen. Plötzlich fiel er in dem Loch auf seine Knie und indem er seine nackten Arme bis über die Ellenbogen in dem Golde vergrub, ließ er sie darin ruhen, wie um den Luxus eines solchen Bades zu genießen. Schließlich seufzte er tief vor sich hin: „Un' das all' kommen von den gollen Käfer, den dummen, gollen Käfer! Den armen, kleinen, gollen Käfer, den ich schimpfen in so dumme Manier! — Schäms' dich nich', Nigger? Sag' mir das!"

Schließlich sah ich mich genötigt, Herrn und Diener aufzurütteln, um den Schatz in Sicherheit zu bringen. Es war spät geworden, und wir mußten uns beeilen, wenn wir vor Tagesanbruch alles nach Hause bringen wollten. Es war schwierig zu sagen, was geschehen sollte, und wir verbrachten eine Menge Zeit mit Überlegungen, so verwirrt waren wir alle. Schließlich erleichterten wir den Kasten, indem wir ihn um zwei Drittel seines Inhaltes entleerten, so daß wir ihn unter einigen Schwierigkeiten aus der Grube herausheben konnten. Die herausgenommenen Dinge verbargen wir unter dem Gestrüpp und ließen den Hund zur Bewachung dabei zurück, den Jupiter noch eindringlich ermahnte, sich unter keinen Umständen von der Stelle zu rühren oder einen Laut von sich zu geben, ehe wir zurückgekehrt seien. Dann machten wir uns mit der Kiste eilig auf den Heimweg und erreichten die Hütte unter den größten Anstrengungen gegen 1 Uhr morgens. Erschöpft wie wir waren, vermochten wir uns nicht sofort wieder an die Arbeit zu begeben. Wir rasteten bis 2 Uhr und stärkten uns. Dann brachen wir erneut nach den Hügeln hin auf, bewaffnet mit drei starken Säcken, die wir glücklicherweise vorgefunden hatten. Kurz vor 4 Uhr kamen wir wieder bei der Grube an, verteilten den Rest der Beute möglichst gleichmäßig auf uns und machten uns, ohne die Löcher wieder zuzuwerfen, auf den Weg zur Hütte, wo wir, gerade als im Osten die erste Morgendämmerung über die Baumgipfel schimmerte, zum zweiten Male unsere goldene Last absetzten.

Jetzt waren wir mit unseren Kräften vollkommen zu Ende, aber unsere tiefe Erregung ließ uns keine Ruhe finden. Nach einem unruhigen Schlummer von etwa drei oder vier Stunden Dauer erhoben wir uns wie auf Verabredung gleichzeitig wieder, um unsere Schätze einer Prüfung zu unterziehen.

Die Kiste war bis zum Rande gefüllt gewesen, und wir verbrachten den ganzen Tag und den größten Teil der folgenden Nacht damit, ihren Inhalt zu untersuchen. Alles lag in vollkommener Unordnung aufeinandergehäuft. Nachdem wir den Inhalt sorgfältig geordnet hatten, stellten wir einen Wert von weit größerem Ausmaße fest, als wir vorher vermutet hatten. An Münzen fanden sich über vierhundertfünfzigtausend Dollar, wobei wir den Wert der einzelnen Stücke abschätzten, so gut wir dazu in der Lage waren. Kein einziges Silberstück befand sich darunter, alles war Gold älteren Datums: französisches, spanisches, deutsches Geld, einige englische Guineen und mehrere Geldsorten, die wir nie zuvor gesehen hatten. Einige sehr große und schwere Münzen waren so abgegriffen, daß wir von ihrer Prägung nichts mehr zu erkennen vermochten. Amerikanisches Geld fehlte vollkommen. Der Wert der Juwelen war für uns weit schwieriger zu schätzen. Diamanten — einige darunter von besonderer Größe und Schönheit — waren insgesamt hundertzehn vorhanden und kein einziger kleiner unter ihnen, achtzehn Rubinen von bemerkenswertem Feuer, dreihundertzehn Smaragde — alle von auserlesener Schönheit — einundzwanzig Saphire und ein Opal. Alle Steine waren aus der Fassung gebrochen und lagen lose in der Kiste. Die Fassungen selbst, die wir unter dem übrigen Golde fanden, schienen mit einem Hammer zerschlagen worden zu sein, offenbar um eine Identifizierung zu verhindern. Daneben fand sich eine große Menge schweren Goldschmuckes: nahezu zweihundert massive Finger- und Ohrringe, reiche Ketten, dreißig an der Zahl, soweit ich mich entsinne, achtunddreißig große und schwere Kruzifixe, fünf große Weihrauchfässer von beträchtlichem Wert, eine mächtige goldene Punschbowle mit ziseliertem Weinlaub und bacchantischen Figuren reich geschmückt, zwei Degengriffe in ausgezeichneter Treibarbeit und viele andere kleinere Dinge, deren ich mich nicht mehr entsinne. Alle diese Kostbarkeiten wogen mehr als dreihundertfünfzig Pfund, darin waren hundertsiebenundneunzig goldene Uhren nicht einbegriffen, unter denen sich drei befanden, deren jede einzelne fünfhundert Dollar wert war. Viele von ihnen waren sehr alt und als Uhren nicht mehr zu gebrauchen, da ihre Werke mehr oder weniger verrostet waren, aber alle Gehäuse waren mehr oder weniger mit Juwelen geschmückt und von großem Wert. In dieser Nacht schätzten wir den gesamten Inhalt der Kiste auf anderthalb Millionen Dollar. Beim späteren Verkauf der Juwelen — einige hatten wir für den eigenen Gebrauch zurückbehalten — stellte sich heraus, daß wir den Schatz um ein beträchtliches zu gering veranschlagt hatten.

*

Endlich waren wir mit unserer Untersuchung fertig, und die außerordentliche Erregung, in der wir uns während der letzten Stunden befunden hatten, war abgeklungen. Legrand sah, daß ich vor Ungeduld beinahe starb, die Lösung dieses absonderlichen Rätsels zu erfahren, und so begann er, mir die damit verknüpften Umstände im einzelnen zu berichten.

„Du erinnerst dich", hub er an, „des Abends, als ich dir die rohe Skizze des Skarabäus zeigte. Du weißt sicher auch noch, wie ungehalten ich war, als du auf der Meinung bestandest, meine Zeichnung gleiche einem Totenkopf. Anfangs glaubte ich, du machtest einen Scherz, dann erinnerte ich mich der eigentümlichen Flekken auf dem Rücken des Insekts und gab zu, daß deine Bemerkung tatsächlich nicht ganz unbegründet sei. Immerhin ärgerte mich dein Spott über meine Zeichenkunst — denn ich bilde mir ein, zeichnen zu können — und wollte den Fetzen Pergament, als du ihn mir zurückgabst, ärgerlich zusammenknüllen und ins Feuer werfen."

„Den Fetzen Papier, meinst du!" unterbrach ich ihn.

„Nein, es sah zwar aus wie Papier, und zuerst hielt ich es auch dafür, als ich aber darauf zeichnete, entdeckte ich plötzlich, daß es ein Stück sehr dünnen Pergaments war, und zwar war es, wie du dich entsinnst, vollkommen verschmutzt. Nun, gerade, als ich es zusammenknüllen wollte, fiel mein Blick auf die Skizze, die du dir angeschaut hattest, und du kannst dir mein Erstaunen vorstellen, als ich gerade an der Stelle, wo ich, wie mir schien, die Zeichnung des Käfers gemacht hatte, das Bild eines Totenkopfes entdeckte. Im ersten Augenblick war ich zu überrascht, um exakt nachdenken zu können. Ich wußte, daß meine Zeichnung im einzelnen vollkommen verschieden von dieser war, obwohl eine gewisse Ähnlichkeit in den Umrissen bestand. Sofort ergriff ich eine Kerze und setzte mich in die andere Ecke des Raumes, um das Pergament genauer zu untersuchen. Als ich es umdrehte, fand ich auf der Rückseite meine eigene Skizze genau so, wie ich sie gemacht hatte. Zuerst war ich nur überrascht über die wirklich erstaunliche Ähnlichkeit der Umrisse und über den Zufall, daß auf der anderen Seite des Pergaments, ohne daß ich etwas davon wußte, unmittelbar unter meiner Käferzeichnung ein Schädel abgebildet war und daß dieser Schädel nicht nur in seinen Umrissen, sondern auch in der Größe meiner Skizze so sehr glich. Ich sage, dieser einfache Zufall verwirrte mich eine Zeitlang vollkommen. Das ist die gewöhnliche Wirkung solcher Zufälligkeiten. Der Geist bemüht sich, einen Zusammenhang, eine Folge von Ursache und Wirkung ausfindig zu machen, und wird, da ihm dies nicht gelingt, für einen Augenblick wie gelähmt. Als ich mich aber von dieser Verwirrung wieder erholte, da dämmerte in mir nach und nach eine Gewißheit auf, die mich fast noch mehr verblüffte als dieser Zufall. Ich begann, mich ganz genau zu entsinnen, daß sich k e i n e Zeichnung auf dem Pergament befunden hatte, als ich meinen Skarabäus darauf skizzierte. Bald war ich dessen vollkommen sicher, denn ich hatte mir erst die eine und dann die andere Seite angeschaut, um mir die sauberste Stelle auszusuchen. Wäre der

Schädel darauf gewesen, so hätte ich ihn natürlich nicht übersehen. Dies war tatsächlich ein Geheimnis, das zu erklären ich mich nicht fähig fühlte. Aber schon damals schien sich in den innersten und geheimsten Winkeln meines Verstandes ein glühwürmchenfeines Leuchten der Wahrheit zu entzünden, die das Abenteuer der vergangenen Nacht in so glänzender Weise bestätigt hat. Sofort erhob ich mich und wies, indem ich das Pergament sorgfältig wegschloß, alle weiteren Überlegungen von mir, bis ich allein wäre.

Als du gegangen warst und Jupiter in tiefem Schlaf lag, machte ich mich an eine mehr methodische Untersuchung der Sache. Zuerst überlegte ich mir die Umstände, unter denen das Pergament in meine Hände gekommen war. Die Stelle, wo wir den Skarabäus entdeckten, lag an der Festlandsküste. Als ich ihn aufheben wollte, versetzte er mir einen scharfen Biß, so daß ich ihn wieder fallen ließ. Jupiter sah sich, ehe er das Insekt ergriff, das auf ihn zugeflogen war, vorsichtshalber nach einem Blatt oder dergleichen um, um es damit festzuhalten. Dabei fielen unser beider Augen gleichzeitig auf den Fetzen Pergament, den ich damals für Papier hielt. Er lag halb vergraben im Sand, und nur eine Ecke davon schaute daraus hervor. In der Nähe der Stelle, wo wir ihn fanden, entdeckte ich die Reste eines Schiffsrumpfes, offenbar des Beibootes eines Schiffes. Das Wrack mußte schon sehr lange dort liegen, denn eine Ähnlichkeit mit Bootsplanken war kaum noch zu erkennen.

Nun, Jupiter ergriff das Pergament, wickelte den Käfer hinein und reichte ihn mir. Bald darauf wandten wir uns heimwärts, und auf dem Wege traf ich Leutnant G. Ich zeigte ihm das Insekt, und er bat mich, es mit nach dem Fort nehmen zu dürfen. Da ich einverstanden war, steckte er es sofort in seine Westentasche ohne das Pergament, in das es eingewickelt gewesen war und das ich in der Hand hielt, während er das Tier betrachtete. Vielleicht fürchtete er, ich werde meine Ansicht ändern, und hielt es für besser, die Beute sofort in Sicherheit zu bringen — du kennst ja seine Begeisterung für alles, was mit Naturwissenschaft zusammenhängt. Gleichzeitig muß ich, ohne dessen bewußt zu sein, das Pergament in meine eigene Tasche gesteckt haben.

Du entsinnst dich, daß ich an den Tisch ging, um den Käfer zu skizzieren, und an der Stelle, wo Papier zu liegen pflegte, keins fand. Ich schaute vergebens in der Schublade nach und suchte dann in meinen Taschen nach einem alten Brief, als mir das Pergament in die Hand fiel. Ich muß dir das alles im einzelnen erzählen, denn die Umstände machten einen tiefen Eindruck auf mich.

Du wirst mich ohne Zweifel für einen Phantasten halten, aber damals schon hatte ich eine Art Zusammenhang entdeckt. Zwei Glieder einer großen Kette hatte ich bereits aneinandergefügt. Da lag ein Boot am Strande des Meeres und nicht weit davon ein Pergament — kein Papier — und darauf gezeichnet ein Schädel. Du wirst natürlich fragen: wo besteht da ein Zusammenhang? Ich antworte, der Schädel oder Totenkopf ist das bekannte Sinnbild der Seeräuber. Die Totenkopfflagge wurde bei allen ihren Unternehmungen gehißt.

Ich sage, der Fetzen war Pergament und kein Papier. Pergament ist haltbar, so gut wie unvergänglich. Dinge von geringerer Wichtigkeit schrieb man selten auf Pergament, und nur zum Schreiben oder Zeichnen ist es nicht annähernd so gut geeignet wie Papier. Diese Überlegung verlieh dem Totenkopf eine gewisse Bedeutung. Ebenso auffällig erschien mir die Form des Pergaments. Obwohl durch irgendeinen Zufall eine Ecke davon abhanden gekommen war, ließ sich feststellen, daß es ursprünglich von länglichem Format gewesen war. Es war offenbar gerade so ein Zettel, wie man ihn für eine Notiz benutzt, für eine Bemerkung, die man lange aufbewahren und im Gedächtnis behalten will."

„Aber", unterbrach ich ihn, „du sagst doch, der Schädel war nicht auf dem Pergament, als du die Käferskizze darauf machtest. Wie kommst du dazu, eine Beziehung zwischen dem Boot und dem Schädel anzunehmen, da der letztere, wie du selbst zugibst — weiß Gott, wie oder durch wen — gezeichnet wurde, nachdem du den Skarabäus skizziert hattest?"

„Ja, darauf geht das ganze Geheimnis hinaus, obwohl mir dieser Punkt nur wenig Mühe machte, das Rätsel zu lösen. Ich war meiner Sache sicher, und das Resultat mußte ganz einfach sein. So überlegte ich mir z. B. folgendes: Als ich den Skarabäus zeichnete, war kein Schädel auf dem Pergament sichtbar. Nachdem die Skizze fertig war, reichte ich sie dir hinüber und beobachtete dich genau, bis du sie mir zurückgabst. Du hast also den Schädel nicht gezeichnet, und ein anderer, der es hätte tun können, war nicht zugegen. Es geschah also nicht mit menschlicher Hilfe, und doch geschah es.

An diesem Punkte meiner Überlegungen bemühte ich mich, und es gelang mir auch, mir mit absoluter Genauigkeit jede Einzelheit in der fraglichen Zeit zu vergegenwärtigen. Das Wetter war unfreundlich — welch ein seltener und glücklicher Zufall! —, und auf dem Herd flackerte ein Feuer. Ich war erhitzt von den Anstrengungen des Weges und saß am Tisch. Du hattest dir einen Stuhl an den Kamin gezogen. Gerade, als ich dir das Pergament in die Hand gab und du es anschauen wolltest, kam Wolf, mein Neufundländer herein und sprang an dir empor. Mit der linken Hand streicheltest du ihn und wehrtest ihn ab, während deine rechte, die das Blatt hielt, unwillkürlich zwischen deine Knie sank und so der Glut sehr nahe kam. Einen Augenblick lang fürchtete ich, es würde Feuer fangen, und wollte dich gerade warnen, aber ehe ich den Mund öffnen konnte, hattest du es zurückgezogen und warst dabei, es zu betrachten. Nachdem ich mir alle diese Einzelheiten durch den Kopf hatte gehen lassen, zweifelte ich keinen Augenblick mehr daran, daß es die Hitze gewesen war, die den Schädel zum Vorschein gebracht hatte, dessen Zeichnung ich auf dem Pergament entdeckte. Es ist dir ja wohl bekannt, daß es schon seit undenkbaren Zeiten

Chemikalien gibt, mit denen man auf Papier oder Pergament schreiben kann, so daß die Schriftzeichen erst sichtbar werden, wenn man sie erhitzt. So benutzt man bisweilen Lasurblau in Königswasser gelöst und mit der vierfachen Menge Wasser verdünnt, wodurch man eine grüne Tinte erhält, in Salpetergeist gelöster Glanzkobalt ergibt eine rote. Diese Farben verschwinden in mehr oder weniger kurzer Zeit, wenn man in der Kälte damit geschrieben hat, werden aber beim Erwärmen wieder sichtbar.

Nun untersuchte ich den Totenkopf aufs sorgfältigste. Seine äußeren Ränder — die der Zeichnung in der Nähe der Kante des Blattes — waren bedeutend schärfer als die anderen. Es war klar, daß die Hitze unvollkommen oder ungleichmäßig gewirkt hatte. Sofort zündete ich ein Feuer an und erhitzte jede Stelle des Pergamentes an der Glut. Anfangs erreichte ich damit nur, daß die schwächeren Linien des Schädels stärker sichtbar wurden. Als ich das Experiment aber fortsetzte, wurde in einer Ecke des Zettels gerade diagonal gegenüber der Stelle, wo der Totenkopf abgebildet war, eine Zeichnung sichtbar, die ich zuerst für eine Ziege hielt, bei genauer Untersuchung stellte ich aber fest, daß es ein Zicklein sein sollte."

„Hahaha!" lachte ich, „sicherlich habe ich kein Recht, dich auszulachen, denn anderthalb Millionen sind eine zu ernsthafte Sache, um sich darüber lustig zu machen — aber damit findest du kein drittes Glied zu deiner Kette; zwischen deinen Seeräubern und einer Ziege wirst du keinen Zusammenhang finden! Seeräuber, weißt du, haben nichts mit Ziegen zu tun, die gehören in die Landwirtschaft!"

„Aber ich sage dir doch, die Zeichnung stellte k e i n e Ziege dar!"

„Gut, also ein Zicklein! Das ist fast dasselbe."

„Fast, aber nicht ganz!" entgegnete Legrand. „Hast du schon einmal etwas von einem Kapitän Kidd gehört? Kid ist das englische Wort für Zicklein. Die Tiergestalt erschien mir sofort wie eine Art Wortspiel oder eine hieroglyphische Unterschrift, denn seine Stellung auf dem Pergament brachte mich auf diese Idee. Der Totenkopf in der Ecke gegenüber glich ebenso einem Stempel oder Siegel. Allerdings fehlte alles übrige — der Hauptbestandteil meines eingebildeten Dokumentes —, der Text zum Ganzen, und das brachte mich sehr aus der Fassung."

„Ich nehme an, du erwartetest einen Brief zwischen Stempel und Unterschrift zu finden."

„Irgend etwas dieser Art! Auf jeden Fall vermochte ich mich des Gefühls nicht zu erwehren, daß dieses alles ein riesenhaftes Glück bedeutete. Ich kann kaum sagen, warum. Vielleicht war es doch mehr ein Wunsch als eine richtige Überzeugung. Aber glaubst du, daß Jupiters dummes Geschwätz, der Käfer bestehe aus purem Gold, meine Phantasie merklich beeinflußt hat? Und diese Reihe von Zufälligkeiten und Zusammentreffen — das alles war s o außergewöhnlich! Hast du bemerkt, welch ein reiner Zufall es war, daß sich das alles an dem einen

Tage des Jahres ereignete, an dem es so kühl war, daß wir Feuer machten und daß ich ohne das Feuer oder ohne das Dazwischenkommen des Hundes gerade in dem Augenblick, als er erschien, niemals etwas von dem Totenkopf erfahren und niemals in den Besitz des Schatzes gekommen wäre?"

„Ja, aber sprich weiter, ich vergehe vor Ungeduld!"

„Nun ja, du hast sicher schon von den vielen Geschichten gehört — den tausend unklaren Gerüchten, die über Geldsummen umgehen, die Kidd und seine Leute irgendwo an der Atlantikküste vergraben haben sollen. Daß sie sich so lange und hartnäckig hielten, konnte meines Erachtens nur daher kommen, daß die Schätze noch vergraben waren. Hätte Kidd seine Beute für eine Zeitlang versteckt und sie später wieder an sich genommen, so würden sich diese Gerüchte wohl kaum in dieser unveränderten Form bis auf den heutigen Tag erhalten haben. Du siehst, daß alle Erzählungen von Goldsuchern, aber keine von Goldfindern berichten. Hätte der Pirat sein Gold wiedergeholt, so wäre davon eine Nachricht durchgesickert. Es scheint mir, daß irgendein Zufall — sagen wir der Verlust einer Notiz über die Stelle des Verstecks — es ihm unmöglich gemacht hat, es wiederzufinden und daß dieser Zufall seinen Leuten bekannt wurde, die vielleicht sonst niemals etwas von dem verborgenen Schatz erfahren hätten. Sie versuchten nun — ohne einen entsprechenden Hinweis natürlich vergebens —, ihn wiederzufinden, und sie waren es wohl, welche die Veranlassung für die Entstehung und Verbreitung dieser jetzt allgemein bekannten Erzählungen wurden. Hast du nie etwas von großen Schätzen gehört, die hier an der Küste vergraben sein sollen?"

„Niemals!"

„Aber daß Kidd riesenhafte Reichtümer aufgehäuft hatte, ist allgemein bekannt. Ich war also davon überzeugt, daß sie noch in der Erde steckten, und du wirst dich kaum wundern, wenn ich dir sage, daß ich eine Hoffnung empfand, die fast an Sicherheit grenzte, daß dieses auf so seltsame Weise gefundene Pergament eine verlorene Nachricht über den Ort des Verstecks enthielt."

„Aber was hast du weiter gemacht?"

„Ich schürte das Feuer zu größerer Hitze und hielt das Pergament wieder daran, aber es zeigte sich nichts. Dann kam mir der Gedanke, die Schmutzschicht könne an diesem Mißerfolg Schuld haben. So reinigte ich das Blatt sorgfältig, indem ich warmes Wasser darüber goß. Dann legte ich es, den Schädel nach unten, in eine Blechpfanne und setzte diese auf das Holzkohlenfeuer. Nach wenigen Minuten war die Pfanne vollkommen heiß. Ich nahm den Zettel heraus und fand ihn zu meiner größten Freude an mehreren Stellen mit Zeichen bedeckt, die offenbar in Linien angeordnet waren. Ich legte ihn noch einmal in die Pfanne und ließ ihn eine weitere Minute darin liegen. Dann nahm ich ihn heraus, und das Resultat war das, was du hier siehst."

Damit legte Legrand das Pergament vor mich hin, das er inzwischen wieder erhitzt hatte. In groben Strichen erschienen zwischen dem Totenkopf und der Ziege in roter Farbe die folgenden Zeichen:

53§§+305))6∞;4826)4§);806∞;48+8x60))85;
1§(;:§∞8+83(88)5∞+;46(;88∞96∞?;8)∞§(;485);
5∞+2:∞§(;4956∞2(5∞—4)8x8∞;4069285);)6+8
4§§;1(§9;48081;8:8§1;48+85;4)485+528806∞8
1(§9;48;(88;4(§?34;48)4§;161;:188;§?;

„Aber", entgegnete ich, indem ich ihm den Zettel zurückgab, „damit bin ich genau so klug wie vorher, und wenn auf die Lösung des Rätsels hin alle Juwelen von Golkonda meiner warteten, so wäre ich gewiß nicht in der Lage, sie zu erwerben."

„Und trotzdem", erwiderte Legrand, „ist die Lösung keineswegs so schwierig, wie du dir beim ersten flüchtigen Anschauen vielleicht einbildest. Sie stellen, wie man sich leicht denken kann, eine Geheimschrift vor, das heißt also, sie haben einen gewissen Sinn. Aber nach all dem, was man von Kidd weiß, kann ich ihn nicht für fähig halten, eine besonders schwierige Geheimschrift zu entsinnen. Ich überlegte mir, daß es eine von der einfachen Art sein mußte — die immerhin für die ungebildeten Matrosen ohne Schlüssel völlig unlösbar war."

„Und du hast sie tatsächlich gelöst?"

„Ganz leicht! Ich habe andere gelöst, die zehntausendmal schwieriger waren. Die Verhältnisse und eine gewisse Neigung dazu haben es mit sich gebracht, daß ich an solchen Rätseln Interesse gewann, und es ist wohl zu bezweifeln, ob der menschliche Geist überhaupt in der Lage ist, irgendeine Aufgabe dieser Art zu ersinnen, die nicht auch von einem Menschen mit entsprechender Begabung gelöst werden könnte. Tatsächlich machte mir die Entzifferung kaum Schwierigkeiten, nachdem ich erst einmal erkannt hatte, daß es sich um zusammenhängende und lesbare Schriftzeichen handelte.

Bei der gegenwärtigen wie bei allen anderen Geheimschriften betrifft die erste Frage die Sprache, in der sie verfaßt ist. Denn alle Auflösungsgrundsätze, wenigstens soweit es sich um einfachere Systeme handelt, beruhen auf dem Wesen des betreffenden Idioms und ändern sich entsprechend. Im allgemeinen gibt es keinen anderen Weg als den, versuchsweise alle wahrscheinlichen Sprachen, die man kennt, zugrunde zu legen, bis man die richtige gefunden hat. Indes waren wir bei der vorliegenden Geheimschrift durch die Unterschrift dieser Mühe enthoben. Das Wortspiel mit dem Namen ‚Kidd' ist nur im Englischen möglich. Ohne diese Überlegung hätte ich meine Versuche mit Spanisch und Französisch beginnen müssen, denn in einer dieser Sprachen hätte ein Geheimnis dieser Art von einem Seeräuber der spanischen Meere natürlicherweise am ehesten geschrieben sein können. Wie die Dinge lagen, mußte ich annehmen, daß es eine englische Geheimschrift war.

Wie du siehst, bestehen zwischen den einzelnen Wörtern keine Zwischenräume. Im anderen Falle wäre die Aufgabe verhältnismäßig einfach gewesen. Dann hätte ich damit begonnen, die kürzesten Wörter zusammenzustellen und zu analysieren. Hätte ich ein nur aus einem Buchstaben bestehendes Wort gefunden — was leicht möglich ist, wie etwa a: ‚ein' oder I: ‚ich' — so wäre ich sicher gewesen, ans Ziel zu kommen. Da aber keine Zwischenräume vorhanden sind, so mußte ich zuerst die häufigsten und dann die weniger häufigen Buchstaben zusammenstellen. Indem ich alle zählte, kam ich zu folgender Tabelle:

Von dem Zeichen	8	gab es	33
	;	„ „	26
	4	„ „	19
	§	„ „	16
	∞	„ „	13
	5	„ „	12
	6	„ „	11
	(	„ „	10
	)	„ „	14
	+ und 1	„ „	8
	0	„ „	6
	9 und 2	„ „	5
	: und 3	„ „	4
	?	„ „	3
	x	„ „	2
	—	„ „	1

Nun ist im Englischen der am meisten vorkommende Buchstabe das e. Dann folgen in der Reihenfolge ihrer Häufigkeit a, o, i, d, h, n, r, s, t, u, y, c, f, g, l, m, w, b, k, p, q, x, z. Das e herrscht in so bemerkenswerter

Weise vor, daß man kaum einen Satz findet, in dem es nicht der auffälligste Buchstabe ist.

Hier haben wir also schon gleich zu Beginn die Grundlage zu mehr als einer reinen Vermutung. Die Anwendung unserer Tabelle ist klar, aber bei dieser besonderen Geheimschrift werden wir sie nur in einzelnen Fällen zur Hilfe nehmen. Da unser vorherrschendes Zeichen die 8 ist, beginnen wir damit, sie als das e des natürlichen Alphabets anzusehen. Um diese Annahme zu überprüfen, schauen wir nach, ob die 8 des öfteren paarweise vorkommt, denn das doppelte e ist im Englischen sehr häufig, so z. B. in Worten wie ‚meet', ‚fleet', ‚speed', ‚seen', ‚been', ‚agree' usw. Hier finden wir es nicht weniger als fünfmal doppelt, obgleich der Text nur kurz ist.

Setzen wir also für die 8 ein e. Nun ist von allen Wörtern in dieser Sprache das ‚the' am häufigsten. Schauen wir also nach, ob sich nicht des öfteren Wiederholungen von drei bestimmten Zeichen, deren letztes die 8 ist, in der gleichen Ordnung finden. Treffen wir solche Zeichen in gleicher Zusammensetzung wiederholt an, so bedeuten sie höchstwahrscheinlich das Wort ‚the'. Wie die Untersuchung ergibt, finden wir eine solche Gruppe nicht weniger als siebenmal und zwar handelt es sich um die Zeichen ;48. So können wir also annehmen, daß das ; ein t, die 4 ein h und die 8 ein e bedeutet, womit das letztere erneut bestätigt wird. Damit haben wir einen großen Schritt vorwärts getan.

Haben wir so ein einzelnes Wort ermittelt, so sind wir damit in der Lage, etwas sehr Wichtiges zu finden, nämlich Anfänge und Endungen mehrerer anderer Worte. Laß uns z. B. nur eine Stelle nehmen, in der die Gruppe ;48 erscheint — ungefähr am Ende des Textes. Wir wissen, daß das unmittelbar darauffolgende ; der Anfang eines Wortes ist, und von den sechs auf das ‚the' folgenden Buchstaben kennen wir nicht weniger als fünf. Diese Buchstaben wollen wir aufschreiben und zwischen den bekannten für den unbekannten einen Zwischenraum lassen — so:

t eeth.

Das th können wir weglassen, denn es gehört nicht zu dem Wort, das mit t beginnt. Wenn wir nämlich alle Buchstaben des Alphabets durchprobieren, so werden wir doch feststellen, daß sich damit kein Wort bilden läßt, das mit th endet. Wir beschränken uns also auf

t ee.

Nehmen wir nun wieder das Alphabet zur Hilfe, so finden wir das Wort ‚tree' als einzige Möglichkeit. Damit kommen wir zu dem Buchstaben r, den das Zeichen (darstellt, und kennen jetzt in richtiger Zusammensetzung die Worte ‚the tree'.

Hinter diesen Worten folgt in kurzem Abstande wieder die Gruppe ;48, die wir mit dem Vorhergehenden in Verbindung bringen. Damit erhalten wir die Zusammensetzung:

the tree ;4(§?34 the

oder, wenn wir die uns bereits bekannten Buchstaben einsetzen,

the tree thr§?3h the.

Lassen wir die Stellen frei, wo die unbekannten Zeichen stehen oder setzen Punkte an ihre Stelle, so ergibt das:

the tree thr . . .h the,

wobei sich uns das Wort ‚through' ohne weiteres aufdrängt. Diese Entdeckung bringt uns drei neue Buchstaben ein: o, u und g, dargestellt durch die Zeichen §,? und 3.

Sehen wir uns nun das Schriftstück auf Zusammenstellungen bekannter Zeichen an, so finden wir nicht weit hinter dem Anfang die Gruppe

83(88, das heißt also egree,

das offenbar der Schluß des Wortes ‚degree' ist und uns einen neuen Buchstaben: d, liefert, dargestellt durch das Zeichen +.

Vier Buchstaben hinter dem Wort ‚degree' entdecken wir die Kombination

;48(;88.

Übersetzt, soweit die Zeichen bekannt sind, und der Rest wie vorhin durch Punkte ersetzt, ergibt dies

th.rtee,

eine Zusammensetzung, die unmittelbar an das Wort ‚thirteen' erinnert und uns die neuen Buchstaben i und n liefert, die durch die Zeichen 6 und ∞ versinnbildlicht sind.

Zu Beginn der Geheimschrift finden wir die Gruppe

53§§+

die, wie vorhin übersetzt, ‚good' ergibt. Daraus entnehmen wir, daß der erste Buchstabe ein A ist und die beiden ersten Worte ‚A good' heißen.

Nun wird es Zeit, daß wir unsern Schlüssel, soweit wir ihn ermittelt haben, in eine Tabelle ordnen, um Verwirrung zu vermeiden. Er sieht dann folgendermaßen aus:

5	bedeutet	a
+	„	d
8	„	e
3	„	g
4	„	h
6	„	i
∞	„	n
§	„	o
(	„	r
)	„	s
;	„	t

Wir haben also nicht weniger als zehn der wichtigsten Buchstaben, und es wird unnötig sein, auf die weiteren Einzelheiten der Lösung einzugehen. Ich habe genug gesagt, um dich davon zu überzeugen, daß Geheimschriften dieser Art leicht zu entziffern sind, und dir einen Begriff davon zu geben, wie dies geschieht. Aber du kannst mir glauben, daß die vor uns liegende zu den einfachsten Arten von Geheimschriften gehört. Nun muß ich dir noch die vollständige Übersetzung der Zeichen auf dem Pergament mitteilen, wie ich sie entziffert habe. Sie lautet:

‚A good glass in the bishop's hostel in the devil's seat forty-one degrees and thirteen minutes northeast and by north main branch seventh limb east side shoot from the left eye of the death's-head a bee line from the tree through the shot fifty feet out.' — Ein gutes Glas in des Bischofs Hotel im Teufelsstuhl einundvierzig Grad und dreizehn Minuten Nordost zu Nord Hauptast siebter Zweig Ostseite fälle ein Lot aus dem linken Auge des Totenkopfes eine schnurgerade Linie von dem Baum durch das Lot fünfzig Fuß hinaus."

„Aber", entgegnete ich, „mir erscheint das Rätsel noch ebenso schleierhaft wie vorher. Wie ist es möglich, aus all diesem Kauderwelsch wie ‚Teufelsstuhl', ‚Totenkopf' und ‚Bischofs Hotel' einen vernünftigen Sinn herauszufinden?"

„Ich gebe zu", erwiderte Legrand, „daß die Sache auf den ersten Blick ernst ausschaut. Mein erstes Bemühen war nun, den Satz in seine natürlichen, vom Schreiber beabsichtigten Bestandteile zu zerlegen."

„Du meinst die Satzzeichen?"

„So etwas Ähnliches!"

„Wie hast du das denn fertiggebracht?"

„Ich machte mir klar, daß der Schreiber damit, daß er seine Worte ohne Absatz hintereinandersetzte, die Absicht verfolgte, die Lösung noch mehr zu erschweren. Nun, ein nicht allzu scharfsinniger Mensch wird in solchen Fällen leicht des Guten zuviel tun. Kommt er im Verlauf seiner Arbeit an eine Stelle, die natürlicherweise eine Pause oder einen Punkt verlangt, so wird er geneigt sein, hier seine Zeichen noch mehr als gewöhnlich aneinanderzuschieben. Wenn du dir das Manuskript daraufhin anschaust, so wirst du leicht fünf solcher Stellen ungewöhnlich engen Zusammenrückens entdecken können. Danach habe ich mich gerichtet und den Text folgendermaßen abgeteilt:

,Ein gutes Glas in des Bischofs Hotel im Teufelsstuhl — einundvierzig Grad und dreizehn Minuten Nordost zu Nord — Hauptast siebter Zweig Ostseite — fälle ein Lot aus dem linken Auge des Totenkopfes — eine schnurgerade Linie von dem Baum durch das Lot fünfzig Fuß hinaus.'"

„Ja, aber auch damit wird mir die Sache nicht klarer."

„Mir war sie auch einige Tage lang nicht klar", entgegnete Legrand. Währenddessen erkundigte ich mich in der Umgebung der Sullivan-Insel nach einem Bauwerk, das unter dem Namen ,Bishop's hotel' bekannt war, denn die veraltete Form ,hostel' konnte ich ja ohne weiteres übergehen. Als ich damit keinen Erfolg hatte und gerade zu dem Entschluß gekommen war, den Kreis meiner Nachforschungen weiter zu ziehen und planmäßiger vorzugehen, kam mir eines Morgens plötzlich der Gedanke, dieses ,Bishop's hotel' könne irgendwie mit einer alten Familie Bessop zusammenhängen, die vor langer Zeit etwa vier Meilen weit nördlich der Insel ein Gutshaus besessen hatte. Ich ging also hinüber zu der Farm und zog dort bei den alten Negern Erkundigungen ein. Schließlich erfuhr ich von einer sehr alten Frau, es gebe eine Stelle, die, wie sie gehört habe, ‚Bessop's Castle' — Bessops Burg — genannt werde. Sie könne mich dahin führen, aber es sei weder eine Burg noch ein Hotel, sondern nur ein hoher Felsen.

„Ich versprach ihr, sie für ihre Mühe zu entschädigen, und nach einigen Einwendungen willigte sie ein, mich zu der Stelle hinzuführen. Wir fanden sie ohne Schwierigkeit, und als ich sie weggeschickt hatte, machte ich mich daran, mir den Ort näher anzuschauen. Die ‚Burg' bestand nur aus einer unregelmäßigen Anhäufung von Klippen und Felsen, deren einer sich durch seine Höhe und seine isolierte Stellung wie seine eindrucksvolle Gestalt auffiel. Ich stieg hinauf und war dann zunächst ratlos, was weiter geschehen sollte.

„Während ich so in Gedanken versunken dasaß, fiel mein Blick auf einen schmalen Vorsprung an der Ostseite des Felsen, etwa einen Yard unterhalb der Stelle, wo ich mich befand. Dieser Vorsprung ragte vielleicht achtzehn Zoll weit hervor und war kaum einen Fuß breit. Eine Nische über ihm in der Felswand gab ihm eine entfernte Ähnlichkeit mit einem der Lehnstühle, wie sie unsere Großeltern benutzten. Ich zweifelte keinen Augenblick daran, daß dies der ‚Teufelsstuhl' des Manuskriptes war, und nun glaubte ich, dem Rätsel auf die Spur zu kommen.

„Das ‚gute Glas' konnte nichts anderes als ein Fernglas bedeuten, denn das Wort ‚Glas' wird von Seeleuten kaum in anderem Sinne gebraucht. Hier benötigte ich also ein Fernglas und einen bestimmten Punkt, von dem aus es zu benutzen war, und von dem ich nicht abweichen durfte. Ich zögerte auch keinen Augenblick, anzunehmen, daß die Ausdrücke ‚einundvierzig Grad und dreizehn Minuten' bzw. ‚Nordost zu Ost' Hinweise für die Richtung des Glases bedeuteten. Höchst erregt über diese Entdeckungen eilte ich nach Hause, um mir ein Fernglas zu besorgen, und kehrte damit zu dem Felsen zurück.

„Ich ließ mich zu dem Vorsprung hinunter und stellte fest, daß ich nur in einer ganz bestimmten Stellung darauf sitzen konnte. Dies bestärkte mich in der vorher gefaßten Ansicht. Dann nahm ich das Fernrohr ans Auge. Natürlich konnten die ‚einundvierzig Grad und dreizehn Minuten' nur die Erhöhung über dem Horizont bedeuten, denn die seitliche Richtung war eindeutig durch die Worte ‚Nordost zu Ost' angegeben. Diese ermittelte ich mit Hilfe eines Taschenkompasses, und indem ich das Glas in einem annähernden Winkel von einundvierzig Grad hob, bewegte ich es sorgfältig auf- und abwärts, bis meine Aufmerksamkeit durch eine runde Öffnung im Laubwerk eines hohen Baumes gefesselt wurde, der seine Nachbarn um ein beträchtliches überragte. In der Mitte dieser Lücke gewahrte ich einen hellen Fleck, konnte aber anfangs nicht sehen, was es war. Ich stellte das Glas schärfer ein und erkannte ihn nun als einen menschlichen Schädel.

„Diese Entdeckung ließ mich zuversichtlich annehmen, daß das Rätsel gelöst sei, denn die Ausdrücke ‚Hauptast', ‚siebter Zweig', ‚Ostseite' konnten sich nur auf die Lage des Schädels auf dem Baum beziehen, während das ‚Lot' in bezug auf den vergrabenen Schatz nur eine Erklärung zuließ. Ich nahm an, daß ich aus dem linken Auge des Schädels eine Kugel fallen lassen, dann eine gerade Linie von der nächsten Stelle des Stammes durch das ‚Lot' — die Stelle, wo die Kugel zur Erde gefallen war — ziehen und auf fünfzig Fuß verlängern mußte. Dadurch fand ich einen Punkt, unter dem, wie ich es zum mindesten für nicht ausgeschlossen hielt, ein wertvoller Schatz verborgen lag."

„Das alles", unterbrach ich ihn, „ist durchaus klar und ebenso geistreich wie einfach und einleuchtend. Und was geschah dann, nachdem du das ‚Bishop's hotel' verlassen hattest?"

„Nun, ich prägte mir den Baum aufs sorgfältigste ein und ging dann nach Hause. In dem Augenblick, in dem ich den ‚Teufelsstuhl' verließ, verschwand auch die runde Öffnung, und ich vermochte keinen Schimmer mehr davon zu entdecken, so viel ich mich auch drehte. Das Scharfsinnigste bei diesem ganzen Geschäft scheint mir die Tatsache zu sein — denn wiederholte Versuche haben mich davon überzeugt, daß es eine Tatsache ist —, daß die fragliche runde Öffnung von keinem anderen erreichbaren Punkt aus sichtbar ist, als nur von dem schmalen Vorsprung an der Stirnseite des Felsen.

Bei dieser Expedition nach dem ‚Bishop's Hotel' hatte Jupiter mich begleitet, der zweifellos in den vergangenen Wochen meine Geistesabwesenheit beobachtet hatte und sich bemühte, mich nicht allein zu lassen. Aber am nächsten Tage stand ich sehr früh auf, und es gelang mir, ihm zu entwischen. Ich ging in die Berge, um den Baum zu suchen, den ich auch nach vieler Mühe fand. Als ich bei Einbruch der Nacht nach Hause kam, wollte mein Diener mich verprügeln. Den Rest des Abenteuers kennst du, glaube ich, so gut wie ich selbst."

„Ich nehme an", sagte ich, „beim ersten Ausgrabungsversuch hattest du die richtige Stelle verfehlt, weil Jupiter dummerweise den Käfer durch das rechte statt durch das linke Auge des Schädels hat fallen lassen."

„So ist es. Dieser Fehler machte einen Unterschied von etwa zwei und einem halben Zoll beim ‚Lot' — das heißt also in der Stellung des Pflockes in der Nähe des Baumes. Wäre der Schatz unter dem ‚Lot' versteckt gewesen, so wäre das ohne große Bedeutung gewesen. Aber das ‚Lot und gleichzeitig der nächstgelegene Punkt am Baum waren zwei Punkte, um die Richtung festzulegen, und der Fehler, der zu Beginn so unbedeutend war, vergrößerte sich natürlich mit der Entfernung, so daß wir fünfzig Fuß weit vollkommen von der Spur abgekommen waren. Hätte ich nicht die feste Überzeugung gehabt, daß der Schatz hier irgendwo vergraben war, so hätten wir die ganze Arbeit vergebens getan."

„Aber deine hochtrabenden Reden und dein sonderbares Geschwenke mit dem Käfer — das war doch sehr auffällig! Ich war überzeugt, du seiest verrückt geworden. Und warum hast du den Käfer statt einer Kugel von dem Schädel herunterfallen gelassen?"

„Ja, um ehrlich zu sein, ich hatte mich irgendwie über deine offensichtlichen Zweifel an meinem gesunden Menschenverstand geärgert und mir vorgenommen, dich auf meine Weise mit einer kleinen Mystifikation zu bestrafen. Deshalb habe ich den Käfer geschwenkt und ihn von dem Baum herunterfallen lassen. Deine Beobachtung, daß er ausnehmend schwer sei, hatte mich auf diese Idee gebracht."

„Ja, ich verstehe! Nur ein Punkt ist mir noch unklar. Wie kam es, daß wir die Skelette in der Grube fanden?"

„Das ist eine Frage, auf die ich nicht mehr zu antworten weiß als du selbst. Dafür scheint es indes nur eine glaubhafte Erklärung zu geben, obwohl es zu furchtbar ist, eine solche Grausamkeit zu glauben, wie ich sie vermute. Es ist klar, daß Kidd — wenn Kidd, woran ich keineswegs zweifle, diesen Schatz wirklich vergraben hat — bei diesem Unternehmen irgendwelche Hilfe in Anspruch genommen hat. Nachdem die Arbeit getan war, mag ihm vielleicht der Gedanke gekommen sein, es sei zweckmäßig, sich aller Mitwisser an seinem Geheimnis zu entledigen. Vielleicht genügten ein paar Schläge mit der Hacke, während seine Helfer in der Grube beschäftigt waren, vielleicht waren es auch einige mehr — wer kann das sagen?" —

Die Mordtaten in der Rue Morgue

Welches Lied die Sirenen sangen oder welchen Namen Achilles trug, als er sich unter den Frauen verbarg, kein noch so verwirrendes Rätsel liegt außerhalb aller Vermutungen!

Sir Thomas Browne

Die geistigen Fähigkeiten, die wir als analytische bezeichnen, sind selbst der Analyse nur in geringem Umfange zugänglich. Wir vermögen sie nur in ihren Leistungen zu würdigen. Ihrem Besitzer bedeuten sie, sind sie in ungewöhnlichem Maße vorhanden, stets eine Quelle lebhaftester Befriedigung. Wie der Starke sich seiner physischen Kräfte freut und sich an solchen Aufgaben ergötzt, die seine Muskeln in Anspruch nehmen, so brüstet sich der Analytiker mit seinen geistigen Talenten des Entwirrens schwieriger Situationen. Die trivialste Beschäftigung, die ihm Gelegenheit gibt, seine Künste zu zeigen, macht ihm Vergnügen. Er hat Freude an Rätseln, Geheimnissen und Hieroglyphen und widmet ihrer Entzifferung einen im Verhältnis zur Alltäglichkeit der Aufgabe übernatürlichen Scharfsinn. Seine Erfolge, die er dem Wesen seiner Methode verdankt, atmen in Wahrheit den Geist der Intuition.

Die Möglichkeiten einer Lösung finden vielleicht eine starke Förderung durch das Studium der Mathematik und insbesondere deren höchste Zweige, die wir ungerechterweise und nur im Hinblick auf ihre entgegengesetzten Operationen gleichsam par excellence Analysis nennen. Aber Rechnen heißt noch nicht Analysieren. So beschäftigt sich der Schachspieler mit dem einen, ohne das andere zu beabsichtigen. Deshalb wird das Schachspiel in seinen Auswirkungen auf die geistigen Fähigkeiten weitgehend mißverstanden. — Es liegt mir ferne, eine Abhandlung schreiben zu wollen; nur einige aufs Geratewohl angestellte Beobachtungen seien hier einer etwas eigentümlichen Erzählung vorangeschickt. Bei dieser Gelegenheit wage ich zu behaupten, daß sich die höchste Kraft des nachdenkenden Geistes weitaus entschiedener und nützlicher bei dem schlichten Damespiel betätigt, als sie dies bei den ausgeklügelten Spitzfindigkeiten des Schachs vermag. In diesem mit den verschiedenen und veränderlichen Werten seiner Figuren und ihren durchaus unterschiedlichen und bizarren Bewegungen halten wir — ein nicht ungewöhnlicher Irrtum — das, was nur kompliziert ist, fälschlich für tiefsinnig. Bei diesem Spiel ist die Aufmerksamkeit von höchster Bedeutung. Ein Augenblick der Ermattung oder auch ein zufälliges Versehen bedeuten einen Nachteil oder gar die Niederlage. Die möglichen Züge sind mannigfacher und verwickelter Natur, die Folgen solcher Versehen sind vielfältiger Art, und in neun von zehn Fällen ist es der konzentrierte Spieler, der über den scharfsinnigeren siegt. Beim Damespiel, wo im Gegensatz hierzu die Züge gleichartig und ohne große Vielfalt sind, ist die Möglichkeit der Unachtsamkeit geringer, und die reine Aufmerksamkeit wird weniger in Anspruch genommen. Ein Vorteil, der einer Partei zugute kommt, wird durch überlegenen Scharfsinn errungen. Nehmen wir — um weniger abstrakt zu sein — ein Spiel an, in dem von den Figuren nur noch vier Damen übriggeblieben sind und wo natürlich kein Versehen zu erwarten ist. Es versteht sich von selbst, daß hier, wo beide Spieler gleich stark sind, der Sieg nur durch einen sehr ausgeklügelten Zug, das Ergebnis einer großen geistigen Anstrengung zu erringen ist. Aller gewöhnlichen Hilfsmittel beraubt, versetzt sich der Analytiker in die Gedankengänge seines Gegners, identifiziert sich mit ihm und erkennt so nicht selten mit einem Blick die einzige — bisweilen tatsächlich verblüffend einfache — Möglichkeit, mit der er ihn zu einem Fehler oder einer falschen Überlegung verleitet.

Whist ist seit langem berühmt wegen seines Einflusses auf die Macht der Kalkulation, und wir kennen Männer von höchstem Geist, die hierin ein unerklärliches Vergnügen gefunden haben, wogegen sie Schach als uninteressant ablehnen. Zweifellos gibt es nichts Ähnliches, das in so großem Maße die Möglichkeit zur Analyse bietet. Der beste Schachspieler in der ganzen Christenheit mag etwas mehr sein als ein ausgezeichneter Spieler, aber die Versiertheit im Whist bringt Erfolgsmöglichkeiten in allen wichtigen Unternehmungen, in denen Geist sich mit Geist mißt. Wenn ich Versiertheit sage, so meine ich die Vervollkommnung im Spiel, welche die Beherrschung all der Möglichkeiten in sich schließt, die einen rechtmäßigen Vorteil mit sich bringen. Diese sind nicht nur zahlreich, sondern auch vielfältiger Art und ruhen oft in den Schlupfwinkeln der Überlegungen, die dem gewöhnlichen Verstande nicht zugänglich sind. Aufmerksam beobachten heißt genau im Gedächtnis behalten. Soweit vermag auch der konzentrierte Schachspieler beim Whist zu bestehen, während die Regeln Hoyles — die auf dem reinen Mechanismus des Spieles beruhen — ausreichend und allgemein verständlich sind. Ein zuverlässiges Gedächtnis und ein Verfahren „nach dem Buch" sind das, was man allgemein als Voraussetzung für ein gutes Spiel ansieht. Aber über die reinen Spielregeln hinaus ist die Geschicklichkeit des Analytikers von größter Bedeutung. In aller Schweigsamkeit macht er eine Menge Beobachtungen und Folgerungen. Das gleiche tun vielleicht auch seine Mitspieler, und der Unterschied im Ausmaß der erzielten Aufschlüsse liegt nicht so sehr im Gehalt seiner Folgerungen als im Werte seiner Beobachtungen. Die notwendigen Fähigkeiten bestehen in dem, w a s er zu beobachten hat. Unser Spieler legt sich keineswegs Beschränkungen auf, aber da das Spiel das Objekt ist, lehnt er es ab, aus Dingen Schlüsse zu ziehen, die außerhalb des Spieles liegen. Er studiert die Mienen seiner Mitspieler und vergleicht sie sorgsam mit denen jedes seiner Gegner. Er betrachtet jedes einzelnen Art, die Karten in der Hand zu ordnen, zählt Trumpf auf Trumpf und Figur auf Figur in den Blicken, mit denen ihre Besitzer sie betrachten. Jede Änderung in den Gesichtszügen vermerkt er im Laufe eines Spiels und sammelt einen Schatz von Vermutungen aus den wechselnden, Gewißheit, Überraschung, Triumph oder Enttäuschung verratenden Mienen. Aus der Art, wie der Partner einen Stich aufnimmt, schließt er, ob dieser in der Folge einen weiteren zu machen in der Lage ist. Eine Finte erkennt er an der Art, wie die Karte auf den Tisch geworfen wird. Ein gelegentliches oder unbeabsichtigtes Wort, das zufällige Fallenlassen oder Umwenden einer Karte und die dabei an den Tag gelegte Ängstlichkeit oder Sorglosigkeit im Verbergen, das Zählen und Ordnen der Stiche, Verlegenheit, Zögern, Eifer oder Bestürzung — das alles liefert seiner offenbar anschaulichen Wahrnehmung Kennzeichen für die wirkliche Situation. Sind erst zwei oder drei Runden gespielt, so ist er vollkommen über jeden seiner Mitspieler orientiert und vermag seine Karten mit so absoluter Sicherheit auszuspielen, als wenn die übrigen Partner die ihrigen offen aufgelegt hätten.

Die Kunst der Analyse sollte nicht mit einfachem Scharfsinn verwechselt werden, denn wenn auch der Analytiker notwendigerweise scharfsinnig ist, so ist doch der Scharfsinnige bemerkenswerterweise unbegabt für die Analyse. Die den Scharfsinn allgemein kennzeichnenden konstruktiven und kombinierenden Fähigkeiten, für welche die Phrenologen — irrtümlicherweise, wie ich glaube — ein besonderes Organ angenommen haben, indem sie ihn als ursprüngliche Begabung ansehen, sind in so vielen Fällen bei solchen Menschen festgestellt worden, deren Intellekt im übrigen an Verstandesschwäche grenzte, daß sie den Moralgelehrten zu umfangreichen Untersuchungen Veranlassung gegeben haben. Zwischen Scharfsinn und analytischer Begabung existiert in der Tat ein weit größerer Unterschied als zwischen Phantasie und Vorstellungsvermögen, indes von äußerst gleichartigem Charakter. Tatsächlich läßt sich feststellen, daß die Scharfsinnigen stets phantasievoll sind und die mit einem wirklichen Vorstellungsvermögen Begabten nie etwas anderes als analytische Talente besitzen.

Die folgende Geschichte wird dem Leser diese meine Behauptungen in etwa erläutern.

*

Während meines Aufenthaltes in Paris im Frühjahr und zu Beginn des Sommers 18 .. machte ich die Bekanntschaft eines gewissen Herrn C. Auguste Dupin. Dieser junge Mann stammte aus einer sehr guten, man kann wohl sagen berühmten Familie, war aber infolge verschiedener unglücklicher Umstände so in Armut geraten, daß seine Willenskraft ihr unterlag und er aufhörte, sich zu regen und sich um die Wiedergewinnung seines Vermögens zu bemühen. Das Wohlwollen seiner Gläubiger hatte ihm einen kleinen Rest seines Erbes erhalten, und mit den hieraus fließenden Einkünften vermochte er durch sparsamste Wirtschaft das Notwendigste für seinen Lebensunterhalt zu bestreiten, ohne sich um das Überflüssige Gedanken zu machen. Bücher waren in der Tat sein einziger Luxus, und daran ist in Paris leicht zu kommen.

Wir trafen uns das erstemal in einem düsteren Bücherladen in der Rue Montmartre, wo wir beide zufälligerweise nach dem gleichen seltenen und interessanten Buche suchten und so in nähere Beziehungen zueinander kamen. Wir sahen uns wiederholt wieder, und ich empfand ein lebhaftes Interesse an den Schicksalen seiner Familie, die er mir mit dem ganzen Freimut schilderte, dessen ein Franzose fähig ist, wenn er von sich selbst spricht. Seine Belesenheit setzte mich in Erstaunen, und vor allem begeisterte mich die wilde Inbrunst und lebendige Frische seiner Phantasie. Auf der Suche nach Objekten, wie ich sie brauchte, fühlte ich damals in Paris, daß die Gesellschaft eines solchen Menschen mir unbezahlbar war, und diese Empfindung vertraute ich ihm freimütig an. Schließlich kamen wir überein, während meines Pariser Aufenthaltes zusammen zu wohnen, und da meine wirtschaftlichen Verhältnisse etwas weniger schwierig waren als die seinigen, so verblieb mir die Sorge für Wohnung und Ausstattung in dem unserer gemeinsamen Gemütsstimmung entsprechenden, etwas phantastisch düsteren Stil eines vom Zahn der Zeit zernagten und aus irgendwelchen uns nicht interessierenden Gründen seit langem verlassenen und seinem Zusammensturz langsam entgegengehenden Bauwerkes in einem abgelegenen und einsamen Teile des Faubourg St. Germain.

Hätte die Welt von unserem Leben an diesem Ort erfahren, sie hätte uns sicherlich als Narren, wenn auch wohl harmloser Art, angesehen. Unsere Abgeschlossenheit war vollkommen, und wir empfingen keinerlei Besuche. In der Tat hielt ich diesen unseren Zufluchtsort vor allen meinen Bekannten geheim, und Dupin war selbst schon seit vielen Jahren in Paris unbekannt. Wir lebten nur für uns selbst.

Es war eine Laune meines Freundes — wie soll ich es sonst nennen? —, in die Nacht um ihrer selbst willen verliebt zu sein, und dieser Bizarrerie wie allen seinen anderen überließ ich mich, indem ich mich seinen sonderbaren Grillen vollkommen willenlos anheimgab. Die finstere Gottheit war zwar nicht geneigt, dauernd Wohnung bei uns zu nehmen, aber wir vermochten es, uns ihre Gegenwart vorzutäuschen. Beim ersten Morgengrauen schlossen wir die schweren Fensterläden unseres alten Gebäudes und entzündeten einige Wachskerzen, die stark duftend ein geisterhaftes schwaches Licht verbreiteten. Mit ihrer Hilfe versenkten wir uns in Träumereien, lasen, schrieben und unterhielten uns, bis die Uhr uns den Anbruch der wirklichen Dunkelheit ankündigte. Dann brachen wir auf, wanderten Arm in Arm durch die Straßen und setzten die Unterhaltungen des Tages fort. Bis zu später Stunde schweiften wir umher, suchten in den wilden Lichtern und Schatten der Großstadt diese unendliche geistige Erregung, die eine ruhige Beobachtung zu vermitteln vermag.

Bei solchen Gelegenheiten konnte ich nicht umhin — obwohl sein reicher idealer Sinn mich dies hätte erwarten lassen müssen — bei Dupin eine eigentümliche analytische Begabung zu bemerken und zu bewundern. Er schien auch ein eifriges Vergnügen an den Tag zu legen, diese Talente, wenn auch nicht zur Schau zu stellen, so doch anzuwenden, und zögerte nicht, mir die dabei empfundene Befriedigung zum Ausdruck zu bringen. Mit leisem innerlichem Lachen brüstete er sich mir gegenüber damit, die meisten Menschen trügen ein Fenster in der Brust, und solche Behauptungen pflegte er mit unmittelbaren und verblüffenden Beweisen seiner eingehenden Kenntnis von meinem Inneren zu unterstreichen. In solchen Augenblicken waren seine Mienen kühl und abstrakt, seine Augen ausdrucksleer, und seine Stimme, sonst ein volltönender Tenor, erhob sich zu einem schrillen Diskant, der ohne die Bedachtsamkeit und Genauigkeit seiner Aussprache verdrießlich geklungen hätte. Beobachtete ich ihn in dieser Laune, so verweilte ich oft in Gedanken bei der alten philosophischen Anschauung von der Zwiespältigkeit des Seelenlebens und unterhielt mich mit dem Gedanken an einen doppelten Dupin, einen schöpferischen und einen zerstörenden.

Nach dem eben Gesagten nehme man aber nicht an, ich hätte die Absicht, hier in allen Einzelheiten ein Geheimnis zu enthüllen oder einen Roman zu schreiben. Was ich in dem Franzosen schildere, war nur der Ausfluß eines erregten oder vielleicht auch krankhaften Geistes. Ein Beispiel wird am besten einen Begriff von der Art seiner Bemerkungen in der fraglichen Zeit vermitteln.

Eines Nachts schlenderten wir eine lange und schmutzige Straße in der Nähe des Palais Royal hinunter. Beide offenbar mit unseren eigenen Gedanken beschäftigt, hatten wir während der Zeit von etwa einer Viertelstunde auch nicht eine Silbe miteinander gesprochen. Plötzlich rief Dupin aus: „Er ist ein sehr kleiner Bursche, das ist wahr, und würde viel besser in das Théâtre des Variétés passen!"

„Zweifellos", entgegnete ich unwillkürlich, ohne anfangs — so sehr war ich in meine Gedanken versunken — darauf zu achten, in welch außerordentlichem Maße der Sprecher mit meinen Gedanken übereinstimmte. Einen Augenblick später faßte ich mich wieder und war aufs tiefste erstaunt.

„Dupin", sagte ich ernst, „das geht über meine Begriffe! Ich muß sagen, daß ich überrascht bin und kaum meinen Sinnen traue! Wie konnten Sie das wissen? Ich dachte wirklich an ..." Hier unterbrach ich mich, um jeden Zweifel zu beseitigen, ob er wirklich meine Gedanken erraten hätte.

„... an Chantilly!" erwiderte er, „warum unterbrechen Sie sich? Sie bemerkten doch selbst, daß seine zwergenhafte Figur ihn für die Tragödie ungeeignet macht!"

Das war genau der Inhalt meiner Gedanken. Chantilly war ein bühnentoll gewordener ehemaliger Flickschuster aus der Rue St. Denis, der sich in der Rolle des Xerxes in Crébillons gleichnamiger Tragödie versucht und zu seinem Schmerz eine notorisch schlechte Kritik erfahren hatte.

„Sagen Sie mir um Himmels willen“, rief ich aus, „mit welcher Methode, wenn eine solche dabei ist, Sie meine Seele so ergründen konnten!“ Tatsächlich war ich weit mehr überrascht, als ich eingestehen wollte.

„Es war der Obsthändler“, entgegnete mein Freund, „der Sie zu diesem Resultat veranlaßte, daß der Stiefelflicker nicht groß genug sei für den Xerxes et id genus omne!“

„Der Obsthändler? Sie überraschen mich! Ich kenne überhaupt keinen Obsthändler!“

„Der Mann, der gegen Sie anlief, als wir vor etwa einer Viertelstunde in diese Straße hier einbogen.“

Ich entsann mich, daß in der Tat ein Obsthändler, der einen großen Korb mit Äpfeln auf dem Kopf trug, mich unglücklicherweise beinahe umgeworfen hätte, als wir aus der Rue C... in den Durchgang einbogen, in dem wir uns gerade befanden. Aber was das mit Chantilly zu tun hatte, vermochte ich mir nicht vorzustellen.

Es war keinerlei Andeutung von Charlatanerie in Dupins Wesen, als er entgegnete: „Ich will es Ihnen erklären, und damit Sie alles genau verstehen, will ich zuerst den Weg Ihrer Gedanken zurückverfolgen von dem Augenblick an, in dem wir miteinander sprechen, bis zu dem fraglichen Zusammenstoß mit dem Obsthändler. Die größeren Glieder der Kette sind: Chantilly, Orion, Dr. Nichols, Epikur, Stereotomie, die Pflastersteine, der Obsthändler!“

Es gibt wenig Menschen, die nicht zu irgendeiner Zeit ihres Lebens sich damit vergnügt haben, die Schritte zu verfolgen, die sie mit den einzelnen Schlüssen ihrer Gedanken getan haben. Diese Beschäftigung ist bisweilen hochinteressant, und derjenige, der es erstmalig versucht, ist erstaunt über den scheinbar grenzenlosen Abstand und die Zusammenhanglosigkeit zwischen Ausgangspunkt und Ziel. So groß war denn auch meine Überraschung, als ich den Franzosen so reden hörte, wie er es gerade tat, und nicht umhin konnte, zuzugeben, daß er recht hatte. Er fuhr fort:

„Wir sprachen gerade von Pferden, wenn ich mich recht entsinne, als wir die Rue C... verließen. Das war unser letztes Gesprächsthema. Als wir in diese Straße einbogen, streifte uns in großer Eile ein Obsthändler, der einen großen Korb auf dem Kopfe trug und Sie an einer Stelle, wo der Fahrdamm ausgebessert werden sollte, auf einen Haufen Pflastersteine stieß. Sie traten auf eines der losen Stücke, glitten aus und vertraten sich den Knöchel. Dabei schienen Sie ungehalten oder böse, murmelten einige Worte, warfen einen Blick auf den Steinhaufen zurück und gingen dann schweigend weiter. Im einzelnen habe ich nicht darauf geachtet, was Sie taten. Aber seit langer Zeit ist Beobachten für mich eine Art von Lebensnotwendigkeit geworden.

Sie hielten die Augen auf den Boden gesenkt und blickten mit verdrießlicher Miene nach den kleinen Löchern und Wagenspuren im Pflaster, so daß ich sah, daß Sie noch an die Steine dachten, bis wir an die kleine Allee Lamartine kamen, die versuchsweise mit ineinandergreifenden und vernieteten Klötzen gepflastert ist.

Hier hellten sich Ihre Mienen auf, und ich sah Sie Ihre Lippen bewegen und hörte Sie das Wort Stereotomie murmeln, ein Ausdruck, der sich leicht auf diese Art Pflaster anwenden läßt. Ich wußte, daß Sie das Wort Stereotomie nicht aussprechen konnten, ohne an irgendwelche mit Atomen zusammenhängende Dinge und so denn auch an die Theorien des Epikur zu denken, und da ich bei unserer Unterhaltung vor nicht allzu langer Zeit daran erinnerte, wie einfach, aber wie wenig beachtet die unbestimmten Vermutungen des edlen Griechen in der späteren Nebelkosmogonie ihre Bestätigung gefunden haben, so hatte ich das Empfinden, Sie könnten nicht umhin, Ihren Blick zu dem großen Orionnebel zu erheben, und erwartete mit Sicherheit, daß Sie es täten. Sie blickten tatsächlich empor, und so war ich dessen sicher, daß ich Ihnen richtig gefolgt war. In der bitteren Tirade in der gestrigen Nummer des „Musée", in welcher der Satiriker einige hämische Anspielungen auf die Namensänderung des Flickschusters machte, als er sich den Kothurn anmaßte, wurde ein lateinischer Vers zitiert, über den wir schon des öfteren gesprochen haben. Ich meine die Zeile:

Perdidit antiquum litera prima sonum.

Ich hatte Ihnen gesagt, dies bezöge sich auf Orion, der früher Urion genannt worden sei, und wegen einer gewissen Pikanterie, die mit dieser Erklärung verknüpft war, mußte ich annehmen, daß Sie sie nicht vergessen hatten. Deshalb war ich mir darüber im klaren, daß Sie die beiden Begriffe Orion und Chantilly unfehlbar miteinander in Verbindung bringen würden. Daß Sie es taten, erkannte ich an dem Lächeln, das um Ihre Lippen spielte. Sie erinnerten sich der Aufopferung des armen Schuhflickers. Bis dahin waren Sie gebeugten Hauptes einhergegangen, dann aber sah ich Sie sich zu ihrer vollen Größe aufrichten. Ich war mir dessen sicher, daß Sie an die zwergenhafte Gestalt Chantillys dachten. An diesem Punkt unterbrach ich Sie mit der Bemerkung, er sei in der Tat ein sehr kleiner Kerl, dieser Chantilly, der sich besser im Théâtre des Variétés ausmache."

Nicht lange nach dieser Begebenheit erregte beim Lesen der Abendausgabe der „Gazette des Tribuneaux" die folgende Nachricht unsere Aufmerksamkeit:

„Außergewöhnliche Mordtaten. — Heute morgen gegen drei Uhr wurden die Bewohner des Quartiers St. Roch durch wiederholte fürchterliche Schreie aus dem Schlaf aufgeschreckt. Diese drangen offenbar aus dem vierten Stockwerk eines Hauses in der Rue Morgue, das, wie man wußte, nur von einer gewissen Madame L'Espanaye und ihrer Tochter Mademoiselle Camille L'Espanaye bewohnt war. Nach einiger Verzögerung, die durch vergebliche Versuche entstand, auf normalem Wege Zutritt zu finden, wurde die Tür mit einer Brechstange geöffnet, und acht oder zehn Nachbarn, begleitet von zwei Gendarmen, traten ein. Zu diesem Zeitpunkt hatten die Schreie aufgehört, als aber die Leute die ersten Treppenstufen hinaufstürzten, waren zwei oder mehr rauhe Stimmen zu unterscheiden, die sich in einem zornigen Wortwechsel befanden und aus dem oberen Teil des Hauses zu dringen schienen. Als man den zweiten Treppenabsatz erreichte, hatten auch diese Geräusche wieder aufgehört, und alles blieb vollkommen still. Die Gesellschaft verteilte sich und eilte von Zimmer zu Zimmer. Ein großes Hinterzimmer im vierten Stockwerk, dessen Tür von innen mit dem Schlüssel verschlossen war, wurde mit Gewalt geöffnet. Dabei bot sich ein Anblick, der alle Anwesenden mit ebensoviel Entsetzen wie Erstaunen erfüllte.

Der Raum befand sich in der wildesten Unordnung, die Möbel waren zerbrochen und nach allen Richtungen hin durcheinandergeworfen. In der Ecke stand eine Bettstelle, das Bett war herausgerissen und in die Mitte des Raumes auf den Fußboden geworfen. Auf einem Stuhl lag ein blutiges Rasiermesser, auf dem Herd zwei oder drei lange und dicke graue Menschenhaarsträhnen, ebenfalls blutbefleckt und offenbar mit den Wurzeln ausgerissen. Auf dem Fußboden fanden sich vier Napoleons, ein Topas-Ohrring, drei große silberne Löffel, drei kleinere aus Neusilber und zwei Beutel mit etwa viertausend Franken in Gold. Die Schiebladen einer Kommode standen offen und waren augenscheinlich geplündert, obwohl viele Gegenstände noch daringeblieben waren. Unter dem Bett — nicht unter der Bettstelle — entdeckte man eine kleine eiserne Kassette, sie war offen, und der Schlüssel steckte noch darin. Außer einigen alten Briefen und anderen Papieren von geringem Wert enthielt sie nichts.

Von Madame L'Espanaye war keine Spur zu entdecken. Da man auf dem Herd eine ungewöhnliche Menge Ruß feststellte, suchte man im Kamin und zog entsetzlicherweise mit dem Kopf nach unten die Leiche der Tochter daraus hervor, die durch die enge Öffnung ziemlich hoch in diesen hinaufgezwängt worden war. Der Körper war noch warm. Die Untersuchung ergab zahlreiche Hautabschürfungen, die zweifellos durch die Gewalt verursacht worden waren, mit der man sie hineingestoßen und wieder herausgezogen hatte. Auf ihrem Gesicht befanden sich einige tiefe Schrammen und am Hals blutunterlaufene Stellen mit tiefen Spuren von Fingernägeln, als ob die Verstorbene erwürgt worden wäre.

Nach einer ergebnislosen Durchsuchung aller Teile des Hauses begab man sich auf einen kleinen gepflasterten Hof an der Rückseite des Gebäudes, wo man die Leiche der alten Dame liegen fand. Ihr Hals war so vollkommen durchschnitten, daß bei einem Versuch, sie hochzuheben, der Kopf herabfiel. Der Körper wie auch der Kopf, und insbesondere dieser, waren in furchtbarer Weise bis zur Unkenntlichkeit entstellt.

Für dieses gräßliche Geheimnis hat man, wie wir annehmen, bis jetzt noch nicht die geringste Erklärung gefunden."

Die Ausgabe des folgenden Tages brachte folgende weitere Nachrichten:

„Die Tragödie in der Rue Morgue. — Im Zusammenhang mit dieser außergewöhnlichen und schrecklichen Affäre — das Wort ‚affaire' hat im Französischen eine weitaus ernstere Bedeutung als bei uns — hat man zahlreiche Personen vernommen, ohne daß irgendein Licht in das Dunkel gefallen wäre. Wir geben in nachfolgendem die Aussagen der Zeugen wieder:

Pauline Dubourg, Wäscherin, sagt aus, sie habe die Verstorbenen seit drei Jahren gekannt und während dieser Zeit ihre Wäsche besorgt. Die alte Dame und ihre Tochter schienen in gutem Einvernehmen miteinander zu leben und sehr liebevoll zueinander zu sein. Sie waren sehr pünktliche Zahler. Über ihre Gewohnheiten und ihre Lebensweise wußte sie nichts auszusagen. Sie glaubte, Madame L. verdiene sich ihren Lebensunterhalt mit Wahrsagen. Man nahm an, daß sie Ersparnisse besitze. Niemals habe sie irgend jemand in der Wohnung angetroffen, wenn sie die Wäsche abgeholt oder zurückgebracht habe, und war überzeugt, daß sie keine Dienstboten hatten. Im ganzen Hause schienen sich, außer im vierten Stock, keine Möbel zu befinden.

Pierre Moreau, Tabakhändler, sagt aus, er habe seit etwa vier Jahren regelmäßig kleine Mengen Tabak und Schnupftabak an Frau L'Espanaye verkauft. Er ist in der Nachbarschaft geboren und hat immer hier gewohnt. Die Verstorbene und ihre Tochter bewohnten seit mehr als sechs Jahren das Haus, in dem die Leichen gefunden wurden. Es war früher von einem Juwelier bewohnt, der die oberen Räume an verschiedene Personen vermietete. Das Haus war Eigentum der Madame L'Espanaye. Sie war nicht einverstanden mit der Art, wie ihr Mieter das Grundstück benutzte, und zog selbst hinein, ohne einen Teil davon zu vermieten. Die alte Dame war etwas kindisch. Die Tochter hat der Zeuge während der sechs Jahre etwa fünf- oder sechsmal gesehen. Die beiden lebten sehr zurückgezogen — sie galten für wohlhabend. Er habe die Nachbarn davon reden hören, Madame L'Espanaye beschäftige sich mit Wahrsagen, aber er habe es nicht geglaubt. Mit Ausnahme der alten Dame und ihrer Tochter, ein- oder zweimal einem Gepäckträger und acht- oder zehnmal einem Arzt habe er niemals einen Menschen das Haus betreten sehen.

Zahlreiche andere Personen aus der Nachbarschaft gaben gleichlautende Aussagen ab. Niemand wußte etwas von einem Menschen, der das Haus regelmäßig aufgesucht hätte. Ebensowenig wußte jemand etwas darüber zu sagen, ob Madame L. und ihre Tochter irgendwelche Beziehungen unterhielten. Die Fensterläden der Vorderfront waren selten geöffnet, die der Rückseite mit Ausnahme derer des großen Hinterzimmers stets geschlossen. Das Haus befand sich in gutem Zustande und war nicht sehr alt.

Isidore Muset, Gendarm, sagt aus, er sei gegen drei Uhr morgens zu dem Hause hingerufen worden und habe etwa zwanzig oder dreißig Personen an der Haustür angetroffen, die versucht hätten, sich Eingang zu verschaffen. Schließlich habe er sie mit seinem Seitengewehr, nicht mit einer Brechstange, geöffnet. Das habe ihm keine große Mühe gemacht, da die zweiflügelige

Tür weder oben noch unten verriegelt gewesen sei. Das Geschrei tönte fort, bis die Tür erbrochen war, und verstummte dann plötzlich. Es schienen laute und langgezogene — keine kurzen und schnellen — Schreie einer oder mehrerer Personen in großer Todesangst zu sein. Der Zeuge eilte als erster die Treppen hinauf. Als er den ersten Treppenabsatz erreichte, hörte er zwei Stimmen in lautem und zornigem Wortwechsel, die eine war eine rauhe, die andere eine schrillere, sehr sonderbare Stimme. Einzelne Worte der ersteren, offenbar der eines Franzosen, vermochte er nicht zu unterscheiden. Offenbar war es keine Frauenstimme. Die Worte ‚sacré' und ‚diable' konnte er verstehen. Die schrille Stimme war die eines Ausländers, ob eines Mannes oder einer Frau, war nicht zu unterscheiden. Auch was gesprochen wurde, vermochte er nicht zu erkennen, aber die Sprache schien spanisch zu sein. Der Zustand des Raumes und der Leichen wurde vom Zeugen so beschrieben, wie wir gestern berichtet haben.

Henri Duval, ein Nachbar, seines Berufes Silberschmied, sagt aus, er sei einer der ersten gewesen, die das Haus betreten hätten. Er bestätigte im allgemeinen Musets Aussagen. Sobald sie sich Eingang verschafft hätten, hätten sie die Tür wieder verschlossen, um die Menschenmenge draußen zu halten, die sich trotz der späten Stunde sehr schnell angesammelt hätte. Die schrille Stimme war, wie der Zeuge annimmt, die eines Italieners. Er war überzeugt, daß es kein Franzose war. Mit Gewißheit vermochte er nicht auszusagen, daß es eine männliche Stimme war; es konnte auch eine weibliche sein. Er versteht kein Italienisch. Worte konnte er nicht unterscheiden, war aber, nach der Betonung zu urteilen, überzeugt, daß der Sprecher ein Italiener war. Madame L'Espanaye und ihre Tochter hatte er gekannt und öfters mit beiden gesprochen. Er war überzeugt, daß die schrille Stimme nicht die einer der beiden Verstorbenen war.

Odenheimer, Gastwirt. Dieser Zeuge hat seine Aussage freiwillig gemacht. Da er kein Französisch spricht, wurde er durch einen Dolmetscher vernommen. Er ist geborener Amsterdamer. Zu der Zeit, als die Schreie ertönten, kam er gerade an dem Hause vorüber. Sie dauerten mehrere Minuten — vielleicht zehn — lang und laut, furchtbar und qualvoll. Er gehört zu denen, die in das Haus eindrangen, und bestätigt die vorhergehenden Aussagen in jeder Weise mit einer Ausnahme. Er ist überzeugt, daß die schrille Stimme die eines Mannes, eines Franzosen war. Die einzelnen Worte konnte er nicht unterscheiden. Sie waren laut und schnell — ungleichmäßig — offenbar in Angst wie auch im Zorn hervorgestoßen. Die Stimme war barsch — weniger schrill als barsch. Er vermochte sie keineswegs schrill zu nennen. Die rauhe Stimme wiederholte mehrmals die Worte ‚sacré', ‚diable' und ‚mon Dieu'.

Jules Mignaud, Bankier von der Firma Mignaud & Fils, Rue Deloraine, und zwar ist es der ältere Mignaud. Madame L'Espanaye besaß einiges Vermögen. Sie hatte bei seiner Bank im Frühjahr des Jahres .... (vor etwa acht Jahren) ein Konto eingerichtet und des öfteren kleinere Summen eingezahlt. Niemals hatte sie etwas abgehoben, bis sie drei Tage vor ihrem Tode die Summe von viertausend Franken für sich entnahm, die in Gold ausgezahlt und ihr durch einen Boten ins Haus gebracht wurde.

Adolphe Lebon, Angestellter bei Mignaud & Fils, sagt aus, er habe an dem fraglichen Tage gegen Mittag Madame L'Espanaye mit den viertausend Franken in zwei Beuteln in ihre Wohnung begleitet. Als die Tür geöffnet wurde, sei Mademoiselle L'Espanaye erschienen und habe ihm den einen der Beutel aus der Hand genommen, während er der alten Dame den anderen übergab. Dann habe er sich verabschiedet und sei weggegangen. Er habe zu dieser Zeit keinen Menschen auf der Straße gesehen. Es ist eine sehr stille Nebenstraße.

William Bird, Schneider, sagt aus, er habe zu den Leuten gehört, die in das Haus eingedrungen seien. Er ist Engländer und lebt seit zwei Jahren in Paris. Er war einer der ersten, die die Treppen hinaufgestiegen sind, und hat die streitenden Stimmen gehört. Die grobe Stimme war die eines Franzosen. Einige Worte konnte er verstehen, kann sich aber nicht auf alle besinnen. Deutlich hat er verstanden ‚sacré' und ‚mon Dieu'. Gleichzeitig hat er ein Geräusch gehört, als wenn sich zwei Menschen balgten — ein Ton wie ein Scharren und Raufen. Die schrille Stimme war sehr laut — lauter als die rauhe. Er ist überzeugt, daß es kein Engländer war. Es kann ein Deutscher gewesen sein. Vielleicht war es eine Frau. Deutsch versteht er nicht.

Vier der obengenannten Zeugen bekundeten bei einer erneuten Vernehmung, daß die Tür des Raumes, in dem die Leiche der Mademoiselle L'Espanaye gefunden wurde, von innen verschlossen war, als die Leute hinzukamen. Alles war vollkommen still — weder Seufzer noch irgendein Geräusch anderer Art war zu vernehmen. Als die Tür aufgebrochen wurde, war niemand zu sehen. Die Fenster des Vorder- und Hinterzimmers waren geschlossen und von innen fest verriegelt. Eine Tür zwischen den beiden Räumen war zugedrückt, aber nicht verschlossen. Die Tür, die von dem Vorderzimmer zum Flur hinführte, war verriegelt, und der Schlüssel steckte innen. Ein kleines Zimmer an der Vorderseite des Hauses im vierten Stock am Ende des Flurs war offen und die Tür nur angelehnt. Dieser Raum war mit alten Betten, Koffern und dergleichen angefüllt. Sie wurden sorgfältig herausgenommen und durchsucht. Mit langen Besen fuhr man in den Kaminen auf- und abwärts. Das Haus war vierstöckig mit Dachstuben (mansardes). Eine Falltür, die zum Dach hinführte, war sorgfältig zugenagelt und schien seit Jahren nicht geöffnet zu sein. Die Zeit zwischen dem Ertönen der Schreie und dem Aufbrechen der Zimmertür wird von den Zeugen verschieden lang angegeben. Einige behaupten, es seien höchstens drei — andere, es seien mindestens fünf Minuten gewesen. Die Tür ließ sich nur schwer öffnen.

Alfonso Garcio, Leichenbesorger, sagt aus, daß er in der Rue Morgue wohnt. Er ist geborener Spanier und gehört zu denen, die in das Haus eingedrungen sind. Er ist nicht mit die Treppen hinaufgestiegen. Er ist nervös und fürchtet sich vor den Folgen der Aufregung. Die streitenden Stimmen hat er gehört. Die rauhe Stimme war die eines Franzosen. Was er sagte, vermochte er nicht zu unterscheiden. Die schrille Stimme war die eines Engländers — davon ist er überzeugt. Er versteht zwar kein Englisch, aber er urteilt nach dem Tonfall.

Alberto Montani, Zuckerbäcker, gibt an, er habe sich unter den ersten befunden, welche die Treppen hinaufstiegen. Er hörte die fraglichen Stimmen. Die rauhe war die eines Franzosen. Er verstand mehrere ihrer Worte. Der Sprecher schien jemanden zur Rede zu stellen. Was die schrille Stimme sagte, vermochte er nicht zu unterscheiden. Sie sprach schnell und ungleichmäßig. Er glaubt, diese Stimme habe einem Russen gehört. Die Zeugenaussagen wurden im übrigen von ihm bestätigt. Er ist Italiener und hat sich niemals mit einem geborenen Russen unterhalten.

Mehrere Zeugen bestätigen bei einer erneuten Vernehmung, die Kamine in allen Räumen des Hauses seien zu eng, um einem menschlichen Wesen den Zutritt zu gestatten. Unter ‚Besen' sind zylinderförmige Kehrbesen zu verstehen, wie sie die Schornsteinfeger benutzen. Derartige Besen wurden durch jeden Schornstein im Hause hin und her gezogen. Es besteht auch kein hinterer Aufgang, über den jemand das Haus hätte verlassen können, während die Leute die Treppe heraufkamen. Der Körper der Mademoiselle L'Espanaye war so fest in dem Kamin hineingezwängt, daß es nur den vereinten Kräften von vier oder fünf Leuten gelang, ihn herauszuziehen.

Paul Dumas, Arzt, sagt aus, er sei gegen Tagesanbruch herbeigerufen worden, um die Leichen zu besichtigen. Sie lagen beide auf der Matratze des Bettes in dem Zimmer, wo man Mademoiselle L'Espanaye gefunden hatte. Die Leiche der jungen Frau wies zahlreiche stark blutunterlaufene Stellen und Abschürfungen auf. Das erklärt sich offenbar in ausreichendem Maße aus der Tatsache, daß sie in den Kamin hineingezwängt worden war. Der Hals war stark zerkratzt. Unterhalb des Kinns befanden sich einige tiefe Schrammen und eine Reihe blauer Flecken, die offenbar von Fingereindrücken herrührten. Das Gesicht war entsetzlich verfärbt und die Augen aus ihren Höhlen getreten. Die Zunge war halb durchgebissen. Eine breite Quetschung befand sich in der Gegend der Magengrube, die vermutlich durch den Druck eines Knies verursacht war. Nach der Meinung von Dr. Dumas war Mademoiselle L'Espanaye durch eine oder mehrere unbekannte Personen erdrosselt worden. Das linke Schienbein wie auch alle Rippen der linken Seite waren gebrochen. Der ganze Körper war schrecklich blutunterlaufen und verfärbt. Es war nicht möglich, zu sagen, wie das Verbrechen vor sich gegangen war. Ein schwerer Holzknüppel oder ein breites Eisenstück, vielleicht auch ein Stuhl, irgendeine große, schwere, stumpfe Waffe in der Hand eines sehr starken Mannes konnte solche Verletzungen hervorrufen. Eine Frau hätte derartige Schläge mit solch einer Waffe nicht führen können. Der Kopf der alten Frau war, als der Zeuge sie sah, vollkommen vom Körper abgetrennt und ebenfalls übel zugerichtet. Offenbar war die Kehle mit irgendeinem sehr scharfen Instrument, vielleicht mit einem Rasiermesser, durchgeschnitten.

Alexandre Etienne, Arzt, war mit Dr. Dumas zur Besichtigung der Leichen gerufen worden und bestätigte dessen Zeugnis und Ansichten.

Weiter wurde nichts von Bedeutung ermittelt, obwohl noch mehrere Personen vernommen wurden. Ein derart geheimnisvoller und in allen Einzelheiten so verworrener Mordfall hat sich bis zum heutigen Tage in Paris noch nicht ereignet, wenn tatsächlich überhaupt ein Mord vorliegt. Die Polizei ist völlig ratlos, bei derartigen Gelegenheiten ein ungewöhnlicher Fall. Indes ist noch nicht die geringste Spur vorhanden, die zur Lösung des Rätsels führen könnte."

Die Abendausgabe des Blattes stellte fest, daß im Quartier St. Roch immer noch die größte Aufregung herrschte, daß das fragliche Gebäude erneut auf das sorgfältigste durchsucht worden war und neue Zeugenvernehmungen stattgefunden hatten, ohne indes zu einem Ergebnis zu führen. Eine Nachschrift besagte, Adolphe Lebon sei verhaftet und ins Gefängnis eingeliefert worden, obwohl außer den bereits gemeldeten

Tatsachen nichts bekannt war, was ihn hätte belasten können.

Dupin schien an dem Verlauf dieser Angelegenheit ein besonderes Interesse zu nehmen, wenigstens schloß ich dies aus seinem Benehmen, denn er äußerte sich nicht dazu. Lediglich auf die Meldung von Lebons Verhaftung hin fragte er mich nach meiner Meinung über die Mordtaten. Ich vermochte mich nur der Ansicht von ganz Paris anzuschließen, daß es sich um ein unlösbares Geheimnis handele, und sah keinen Weg, wie es möglich sein sollte, dem Mörder auf die Spur zu kommen.

„Wir dürfen die Möglichkeiten nicht nach diesen oberflächlichen Vernehmungen beurteilen", entgegnete Dupin. „Die Pariser Polizei, die man als so scharfsinnig preist, ist verschlagen, sonst nichts. Sie hat keinerlei Methode in ihrer Arbeitsweise außer der, die ihr der Augenblick eingibt. Sie prunkt mit einer Menge von Maßnahmen, aber oft sind sie so unangebracht, daß wir an Monsieur Jourdain denken müssen, der nach seinem Hausrock ruft ‚pour mieux entendre la musique'. Die von ihr erzielten Resultate sind nicht selten überraschend, aber meist einfach mit Fleiß und Aktivität zuwege gebracht. Läßt sich mit diesen Eigenschaften nichts erreichen, so bleibt sie mit ihren Methoden erfolglos. Vidocq zum Beispiel hatte Glück mit seinen Mutmaßungen und viel Ausdauer. Aber da er nicht gelernt hatte, nachzudenken, irrte er sich immer wieder bei seinen angestrengten Nachforschungen. Er verlor die

Übersicht, weil er sich den Gegenstand seiner Untersuchung zu nahe vor Augen hielt. So sah er vielleicht einen oder zwei Punkte mit außerordentlicher Klarheit, aber das Ganze verlor er aus den Augen. Man schaut zu sehr in die Tiefe, und dabei liegt die Wahrheit ja nicht immer in einem Brunnen! Tatsächlich glaube ich, daß sie in unserem Falle stets an der Oberfläche liegt. In den Tälern, wo wir sie suchen, liegt das Dunkel, und nicht auf den Bergeshöhen, wo wir sie finden. Wie man sich irren kann, erkennen wir, wenn wir den Sternhimmel anschauen. Betrachten wir ein Sternbild von der Seite, indem wir ihm den äußeren Rand der Netzhaut zuwenden, der für schwache Lichtwirkungen viel empfindlicher ist als der innere, so vermögen wir seinen Schein am besten wahrzunehmen, und dieser Schein wird trübe in dem Maße, in dem wir ihm den Blick voll zuwenden. Eine größere Anzahl von Strahlen dringt natürlich im letzteren Falle ins Auge, aber im ersteren ist die Aufnahmefähigkeit bedeutend verfeinert. Mit übermäßiger Tiefe verwirren und schwächen wir unsere Gedanken, und mit einem zu intensiven, zu konzentrierten und zu unmittelbaren Hinschauen vermögen wir es sogar fertigzubringen, daß die Venus vom Firmament verschwindet.

Was die Mordtaten betrifft, so wollen wir einige Nachforschungen anstellen, ehe wir uns ein Urteil darüber bilden. Eine Untersuchung wird uns unterhalten" — ich hatte das Empfinden, daß dieser Ausdruck in diesem Zusammenhang sonderbar wirkte, sagte aber nichts —, „und außerdem ist mir Lebon einmal gefällig gewesen. Dafür will ich nicht undankbar sein. Wir wollen uns das Haus mit eigenen Augen ansehen. Ich kenne den Polizeipräfekten G. und werde ohne Schwierigkeiten die notwendige Erlaubnis erhalten."

Die Erlaubnis wurde erteilt, und wir begaben uns sofort in die Rue Morgue. Dies ist eine der armseligen Verbindungsstraßen zwischen der Rue Richelieu und der Rue St. Roch. Es war spät am Nachmittag, als wir dort ankamen, denn wir hatten einen weiten Weg von unserer Wohnung bis in diesen Stadtteil. Das Haus war schnell gefunden, denn es standen immer noch zahlreiche Menschen auf der gegenüberliegenden Straßenseite, die in einer unbefriedigten Neugierde zu den geschlossenen Fensterläden hinaufstarrten. Es war ein gewöhnliches Pariser Wohnhaus mit einem Torweg, an dessen einer Seite sich eine verglaste Wachkabine mit einem Schiebefenster, die ‚loge du concierge' befand. Ehe wir eintraten, gingen wir die Straße entlang, bogen in eine Quergasse ein und wandten uns dann noch einmal seitwärts, so daß wir an die Rückseite des Hauses gelangten. Währenddessen beobachtete Dupin die ganze Nachbarschaft wie auch das Haus mit einer angestrengten Aufmerksamkeit, für die ich keinerlei Grund zu finden vermochte. Wir wandten unsere Schritte zurück und kamen wieder an die Front des Hauses. Dort läuteten wir und wurden, nachdem wir unsere Genehmigung vorgewiesen hatten, von den diensttuenden Beamten eingelassen. Wir stiegen hinauf in das Zimmer, wo die Leiche der Mademoiselle L'Espanaye gefunden worden war und wo beide Verstorbene noch lagen. Die Unordnung in dem Raum war, wie üblich, unverändert geblieben. Ich sah nichts anderes, als was in der ‚Gazette des Tribuneaux' berichtet worden war. Dupin untersuchte alles einschließlich der Leichen der beiden Opfer. Dann gingen wir in die anderen Räume und auf den Hof. Ein Gendarm begleitete uns. Diese Nachforschungen beschäftigten uns bis zum Einbruch der Dunkelheit. Dann gingen wir nach Hause. Auf diesem Wege hielt sich mein Begleiter für kurze Zeit in der Geschäftsstelle einer Tageszeitung auf.

Ich habe schon gesagt, daß die sonderbaren Einfälle meines Freundes mannigfacher Art waren, und daß ‚je le ménageais' — dafür gibt es keinen entsprechenden Ausdruck in unserer Sprache. Nun gefiel er sich darin, bis zum Mittag des nächsten Tages jede Unterhaltung über den Mordfall abzulehnen. Dann fragte er mich plötzlich, ob mir bei diesem abscheulichen Anblick nichts ‚Besonderes' aufgefallen sei. In seiner Betonung des Wortes ‚Besonderes' lag etwas, was mich, ohne daß ich wußte warum, erschaudern ließ.

„Nein, nichts Besonderes", entgegnete ich, „wenigstens nicht mehr, als wir beide in der Zeitung gelesen haben."

„Die ‚Gazette'", erwiderte er, „ist, wie ich fürchte, nicht auf das ungewöhnlich Grauenvolle der Tat eingegangen. Aber lassen wir die unnütze Meinung dieses Artikels beiseite. Es scheint mir, daß dieses Geheimnis uns aus einem Grunde unlösbar erscheint, der es uns leicht aufklären lassen könnte — ich meine den außergewöhnlichen Charakter der Tat. Die Polizei ist durch das anscheinende Fehlen eines Motivs verwirrt — nicht durch diesen Mord selbst, sondern durch die Scheußlichkeit der Tat. Überdies ist sie ratlos über die Unmöglichkeit, die streitenden Stimmen mit den Tatsachen in Einklang zu bringen, daß in den oberen Räumen außer der ermordeten Mademoiselle L'Espanaye niemand entdeckt wurde, und daß keine Möglichkeit bestand, das Haus unbemerkt von den die Treppe heraufkommenden Leuten zu verlassen. Die wilde Unordnung in dem Zimmer, die kopfabwärts in dem Kamin steckende Leiche, die furchtbaren Verstümmelungen des Körpers der alten Dame, diese Beobachtungen zusammen mit den vorhin erwähnten und anderen, auf die ich nicht einzugehen brauche, haben genügt, die Tatkraft zu lähmen und den vielgepriesenen Scharfsinn der Verwaltungsbeamten irrezuführen. Sie sind in den groben, aber häufigen Fehler verfallen, das Ungewöhnliche mit dem Sinnlosen zu verwechseln, aber gerade diese Abweichungen vom Alltäglichen sind es, die dem Verstande, wenn überhaupt, den Weg zur Wahrheit weisen. Bei Untersuchungen, wie wir sie jetzt anstellen, sollte man nicht fragen: Was ist vorgefallen?, sondern: Was ist vorgefallen, das sich bis jetzt noch niemals ereignet hat? Tatsächlich entspricht die Leichtigkeit, mit der ich zum Ziele kommen werde oder die Aufhellung des

Geheimnisses bereits gefunden habe, seiner scheinbaren Unlösbarkeit in den Augen der Polizei."

Stumm vor Erstaunen starrte ich den Sprecher an.

„Ich erwarte jetzt", fuhr er mit einem Blick auf die Tür unseres Wohnraumes fort — „ich erwarte jetzt eine Person, die zwar die Metzelei nicht selbst begangen hat, aber doch in gewissem Maße damit in Zusammenhang steht. Am schlimmsten Teil des begangenen Verbrechens ist sie wahrscheinlich schuldlos. Ich hoffe, mit dieser Annahme recht zu haben, denn darauf habe ich meine Erwartung aufgebaut, das ganze Rätsel lösen zu können. Ich erwarte den Mann jeden Augenblick hier, in diesem Raum. Es ist möglich, daß er nicht kommen wird, aber die Wahrscheinlichkeit besteht, daß er kommt. Sollte er kommen, so wird es nötig sein, ihn sich vom Leibe zu halten. Hier sind Pistolen. Wir beide wissen damit umzugehen, wenn die Umstände es erfordern."

Ich nahm die Pistolen fast ohne zu wissen, was ich tat, und ohne zu glauben, was ich hörte, während Dupin wie in einem Selbstgespräch weiterredete. Ich habe seine abstrakte Art bei solchen Gelegenheiten bereits erwähnt. Seine Ausführungen waren an mich gerichtet, aber seine Stimme, wenn auch keineswegs laut, klang doch so, wie wenn man mit jemand aus großer Entfernung spricht. Sein ausdrucksleerer Blick war auf die Wand gerichtet.

„Daß die streitenden Stimmen", fuhr er fort, „die von den Leuten auf der Treppe gehört wurden, nicht von den Frauen selbst herrührten, ist durch die Zeugenvernehmungen durchaus bewiesen. Das enthebt uns jeden Zweifels über die Frage, ob die alte Dame zuerst die Tochter umgebracht und dann Selbstmord begangen haben könnte. Ich erwähne das nur aus Gründen der Methode, denn die Kräfte der Madame L'Espanaye würden bei weitem nicht ausgereicht haben, die Leiche ihrer Tochter so in den Kamin hineinzustecken, wie sie gefunden wurde. Auch die Art der Verletzungen an ihrem eigenen Körper schließt den Gedanken an einen Selbstmord vollkommen aus. Es muß also ein Mord durch irgendwelche dritte Personen begangen worden sein, und die Stimmen dieser dritten Personen waren die, deren Streit gehört wurde. Nun wollen wir nicht die gesamten Zeugenaussagen über die Stimmen, sondern das untersuchen, was an diesen Aussagen sonderbar war. Haben Sie irgend etwas Besonderes daran beobachtet?"

Ich bemerkte, daß, während alle Zeugen darin übereinstimmten, die rauhe Stimme sei die eines Franzosen gewesen, die Ansichten bezüglich der schrillen oder, wie einer von ihnen sie nannte, der barschen Stimme durchaus voneinander abwichen.

„Das waren die Zeugenaussagen selbst", entgegnete Dupin, „aber es war nicht das Außergewöhnliche an den Aussagen. Sie haben nichts Besonderes beobachtet. Und doch war etwas Besonderes zu beobachten. Die Zeugen stimmten bezüglich der rauhen Stimme überein, darüber herrschte nur eine Meinung. Was aber die schrille Stimme betrifft, so ist das Besondere nicht, daß sie voneinander abweichen, sondern daß ein Italiener, ein Engländer, ein Spanier, ein Holländer und ein Franzose versuchen, sie zu beschreiben und jeder von ihnen sie die eines Ausländers nennt. Jeder einzelne ist überzeugt, daß es nicht die Stimme eines seiner Landsleute war. Jeder hält sie nicht für die Stimme des Angehörigen eines Volkes, dessen Sprache er selbst versteht, sondern im Gegenteil: der Franzose nimmt an, es sei die Stimme eines Spaniers gewesen und ‚er hätte wohl einige Worte unterscheiden können, wenn er Spanisch könnte'. Der Holländer behauptet, sie habe einem Franzosen gehört, aber der Bericht besagt, ‚da der Zeuge kein Französisch verstand, wurde er durch einen Dolmetscher vernommen'. Der Engländer glaubt, die Stimme ist die eines Deutschen und ‚versteht kein Deutsch'. Der Spanier ‚ist überzeugt', daß es die eines Engländers war, aber ‚er urteilt nach dem Tonfall, denn er versteht nichts von Englisch'. Der Italiener glaubt, es ist die Stimme eines Russen, aber er hat sich niemals mit einem geborenen Russen unterhalten. Ein zweiter Franzose weicht in seiner Aussage von der des ersten ab und glaubt fest, daß die Stimme die eines Italieners war; obwohl er die Sprache nicht versteht, ist er, wie der Spanier auf Grund des Tonfalles davon überzeugt. Nun, wie seltsam ungewöhnlich muß diese Stimme gewesen sein, die zu solchen Zeugenaussagen Veranlassung geben konnte — in deren Tonfall sogar Angehörige der fünf großen Völker Europas nichts Vertrautes wiederzuerkennen vermochten! Sie werden vielleicht entgegnen, es sei die Stimme eines Asiaten — oder eines Afrikaners gewesen. Weder Asiaten noch Afrikaner befinden sich in übergroßer Zahl in Paris. Ohne indes diesen Einwand zurückzuweisen, will ich lediglich Ihre Aufmerksamkeit auf drei Punkte lenken. Die Stimme wird von einem der Zeugen ‚eher barsch als schrill' genannt. Zwei andere bezeichnen sie als ‚schnell und ungleichmäßig'. Keiner der Zeugen erwähnt ein Wort — oder einen wortähnlichen Laut, den er habe unterscheiden können.

Ich weiß nicht", fuhr Dupin fort, „welchen Eindruck ich bisher auf Ihr eigenes Verständnis gemacht habe, indes nehme ich keinen Anstand zu sagen, daß gerade dieser Teil der Zeugenaussagen — der über die rauhe und die schrille Stimme — geeignete Schlüsse zuläßt, die genügen, einen Verdacht zu erregen, der für jedes weitere Vorgehen in der Aufklärung des Geheimnisses richtunggebend ist. Ich sage ‚geeignete Schlüsse', aber damit drücke ich das, was ich meine, nicht richtig aus. Ich will damit sagen, daß diese Schlüsse die allein geeigneten sind, und daß dieser Verdacht daraus unvermeidlich als das einzige Ergebnis folgert. Um welchen Verdacht es sich handelt, will ich indes jetzt noch nicht sagen. Ich bitte Sie nur, zu beachten, daß er in mir zwingend genug war, um meinen Nachforschungen am Tatort eine bestimmte Form — eine gewisse Richtung — zu geben.

Wir wollen uns in Gedanken dorthin versetzen. Was haben wir da zuerst zu suchen? Den Weg, welchen die

Mörder zum Entkommen benutzt haben. Es ist nicht zuviel behauptet, wenn wir sagen, daß niemand unter uns an übernatürliche Vorkommnisse glaubt. Madame und Mademoiselle L'Espanaye wurden nicht durch Geister ermordet. Die Täter waren irdische Wesen und entkamen auf ganz irdische Weise. Wie aber? Glücklicherweise gibt es nur eine Art, über diesen Punkt Überlegungen anzustellen, und diese Art muß uns zu einem endgültigen Ergebnis führen. Wir wollen die Möglichkeiten zum Entkommen eine nach der anderen prüfen. Es ist klar, daß sich die Mörder in dem Raum, in dem Mademoiselle L'Espanaye gefunden wurde, oder doch wenigstens in dem angrenzenden Raum befanden, als die Leute die Treppe heraufkamen. Es sind also nur diese beiden Räume, wo wir einen Ausgang zu suchen haben. Die Polizei hat den Fußboden, die Decke und das Mauerwerk der Wände in jeder Weise untersucht, kein geheimer Ausgang hätte ihrer Aufmerksamkeit entgehen können. Aber da ich ihren Augen nicht traute, habe ich mit meinen eigenen untersucht. Es bestand tatsächlich kein geheimer Ausgang. Beide Türen, die aus den Räumen auf den Flur hinausführten, waren fest verschlossen, und die Schlüssel steckten innen. Nun wollen wir uns die Kamine anschauen. Diese haben zwar oberhalb der Feuerstellen die gewöhnliche Weite von etwa acht oder zehn Fuß, sind aber in ihrer ganzen Höhe nicht weit genug, um eine große Katze durchzulassen. Da also, wie schon gesagt, eine Flucht auf diesem Wege unmöglich ist, bleiben uns nur die Fenster. Durch die der Vorderseite konnte niemand entkommen sein, ohne von der Menge auf der Straße bemerkt zu werden. Die Mörder m u ß t e n also durch die der Rückseite entflohen sein. Da wir nun auf so unzweideutige Weise zu einem solchen Resultat gekommen sind, so können wir dieses vernünftigerweise nicht als anscheinend unmöglich ablehnen. Es bleibt uns nichts anderes übrig, als zu beweisen, daß diese anscheinende ‚Unmöglichkeit' in Wirklichkeit keine solche ist.

In dem Raume befinden sich zwei Fenster. Das eine ist durch kein Möbelstück verstellt und vollständig sichtbar. Der untere Teil des anderen ist durch das Kopfstück der schwerfälligen Bettstelle verdeckt, die dicht dagegen geschoben ist. Das erstere wurde von innen fest verriegelt vorgefunden. Es widerstand der äußersten Kraftanstrengung derer, die es zu öffnen versuchten. In die linke Seite seines Rahmens war ein tiefes Loch gebohrt, und darin steckte fast bis zum Kopf ein starker Nagel. Bei der Untersuchung des anderen Fensters fand ich einen ähnlichen Nagel ähnlich angebracht, und ein kräftiger Versuch, dieses Fenster hochzuheben, schlug ebenfalls fehl. Damit war die Polizei überzeugt, daß nach dieser Seite hin niemand den Raum verlassen hatte, und darum hatte man es für überflüssig gehalten, die Nägel herauszuziehen und die Fenster zu öffnen.

Meine Untersuchung war etwas eingehender, und zwar aus dem eben erwähnten Grunde, denn hier war, wie ich wußte, zu beweisen, daß alle anscheinenden Unmöglichkeiten in Wirklichkeit keine solchen waren!

Ich schloß folgendermaßen — a posteriori: die Mörder s i n d aus einem dieser Fenster entkommen. Wenn dies so war, so konnten sie die Fenster nicht wieder von der Innenseite verriegeln, wie sie vorgefunden wurden — eine Erwägung, die infolge ihrer Offensichtlichkeit den Nachforschungen der Polizei in dieser Richtung ein Ziel setzte. Aber die Fenster waren tatsächlich verriegelt. Sie mußten also imstande sein, sich selbsttätig zu schließen. Vor diesem Schluß gab es keinen Ausweg. Ich trat also zu dem freiliegenden Fenster, zog unter einigen Schwierigkeiten den Nagel heraus und versuchte, den Flügel hochzuschieben. Er widerstand allen meinen Anstrengungen, wie ich vorausgesehen hatte. Es mußte also, wie ich jetzt wußte, eine verborgene Feder vorhanden sein, und diese Bestätigung meiner Gedanken überzeugte mich, daß meine Voraussetzungen zum mindesten richtig waren, wie rätselhaft auch die Tatsache der Nägel war. Eine sorgfältige Untersuchung führte auch bald zu der Entdeckung der verborgenen Feder. Ich drückte darauf, versagte mir es aber, zufrieden mit meiner Entdeckung, das Fenster hochzuschieben.

Ich steckte den Nagel wieder an seinen alten Platz und betrachtete ihn aufmerksam. Eine Person, die durch das Fenster hinausgestiegen war, hätte dieses hinter sich schließen können, und die Feder wäre wieder zugesprungen. Der Nagel allerdings wäre nicht wieder an seinen Platz gekommen. Der Schluß war klar und das Feld meiner Untersuchungen aufs neue enger begrenzt. Die Mörder m u ß t e n durch das andere Fenster entkommen sein. Angenommen, die Federn waren, wie zu vermuten war, an beiden Fenstern die gleichen, so mußte sich an den Nägeln oder zum mindesten an der Art ihrer Befestigung ein Unterschied zeigen. Ich stieg auf die Matratze der Bettstelle und schaute mir über das Kopfende hinweg das Fenster genau an. Ich griff mit meiner Hand hinter das Bett und entdeckte und betätigte mit Leichtigkeit die Feder, die, wie ich vermutet hatte, der des Nachbarfensters durchaus glich. Dann schaute ich mir den Nagel an. Er war ebenso kräftig wie der andere und anscheinend ebenso angebracht und fast bis zum Kopf hineingeschlagen.

Nun werden Sie sagen, ich sei verwirrt gewesen. Wenn Sie das aber glauben, müssen Sie die Art der Folgerungen mißverstanden haben. Um einen sportlichen Fachausdruck zu gebrauchen, ich hatte noch keinen einzigen Minuspunkt aufzuweisen und die Fährte noch keinen Augenblick lang verloren. Kein einziges Glied der Kette wies einen Bruch auf. Ich hatte das Geheimnis bis zum letzten verfolgt, und dieses letzte war der Nagel. Er hatte, wie ich schon sagte, in jeder Hinsicht das gleiche Aussehen wie sein Kamerad in dem anderen Fenster, aber diese Tatsache war eine absolute Nichtigkeit — so folgerichtig sie auch zu sein scheint —, verglichen mit der Überlegung, daß sich an dieser Stelle der Schlüssel befinden mußte. ‚Mit dem Nagel muß etwas nicht in Ordnung sein', sagte ich mir. Ich zog daran, und der Kopf mit einem etwa viertelzollangen Ende des Schaftes blieb in meinen Händen. Der Rest steckte in dem Loch, wo er abgebrochen war. Der Bruch war alt, denn die Bruchstellen waren verrostet und offenbar durch einen Hammerschlag verursacht, der den Nagel teilweise in den unteren Fensterrahmen hineingetrieben hatte. Ich steckte nun dieses Stück wieder sorgfältig in das Loch, aus dem ich es herausgezogen hatte, und es sah wieder aus wie ein vollständiger Nagel — die Bruchstelle war unsichtbar. Als ich die Feder betätigte, vermochte ich den Fensterflügel leicht um einige Zoll hochzuschieben. Der Nagelkopf ging mit und blieb fest in seiner Lage stecken. Ich schloß das Fenster wieder, und es sah wieder aus, als sei der Nagel ganz.

Soweit war also das Rätsel gelöst. Der Mörder war durch das Fenster entkommen, das sich hinter dem Bett befand. Durch sein eigenes Gewicht war das Fenster zugefallen — oder vielleicht mit Absicht geschlossen — und durch die Feder verriegelt worden; der Halt dieser Feder war von der Polizei irrtümlicherweise mit dem des Nagels verwechselt worden, so daß man eine weitere Untersuchung für unnötig hielt.

Die nächste Frage ist die: Wie wurde der Abstieg bewerkstelligt? Über diesen Punkt hatte ich mir bei meinem Gang mit Ihnen um das Gebäude bereits Gewißheit verschafft. In einer Entfernung von etwa fünf und einem halben Fuß von dem fraglichen Fenster befindet sich ein Blitzableiter. Von diesem aus wäre es für jeden unmöglich gewesen, die Fenster zu erreichen oder gar hineinzusteigen. Ich bemerkte aber, daß die Fensterläden im vierten Stockwerk von der besonderen Art waren, welche die Pariser Tischler ‚ferrades' nennen — eine Art, die man heutzutage nur noch sehr selten verwendet, die man aber oft an sehr alten Häusern in Lyon und Bordeaux findet. Sie haben die Form einer gewöhnlichen Tür — einer einfachen, nicht einer zweiflügeligen —, nur ist die untere Hälfte aus Latten als offenes Gitterwerk hergestellt und bietet so einen ausgezeichneten Halt für die Hände. In diesem Falle sind die Läden volle drei und einen halben Fuß breit. Als wir sie von der Rückseite her sahen, waren sie beide etwa halb offen, das heißt, sie standen in einem rechten Winkel zur Mauer. Vermutlich hat die Polizei ebenso wie ich die Rückseite des Hauses in Augenschein genommen. Wenn sie aber diese ‚ferrades' so in der Richtung auf ihre Kante sah — und das mußte sie —, so vermochte sie dabei deren große Breite nicht wahrzunehmen oder zog sie doch auf keinen Fall richtig in Betracht. Da sie nun einmal zu der Überzeugung gekommen war, daß auf dieser Seite ein Entkommen nicht möglich war, so hatte sie sich hier natürlich mit einer sehr oberflächlichen Untersuchung begnügt. Indes war es mir klargeworden, daß der Laden, der zu dem Fenster am Kopfende des Bettes gehörte, bis auf zwei Fuß an den Blitzableiter heranreichte, wenn er vollständig an die Mauer zurückgeschlagen war. Ebenso war es mir klar, daß mit einem ungewöhnlichen Maße von Geschicklichkeit und Mut auf diese Weise ein Zugang von dem Blitzableiter her zu dem Fenster möglich war. Indem er über die Entfernung von zwei und einem halben Fuß hinwegreichte — wir nehmen nun an, daß der Laden in seiner ganzen Breite geöffnet war —, konnte ein Räuber in dem Gitterwerk wohl festen Halt finden. Ließ er dann den Blitzableiter los und stemmte seine Füße gegen die Mauer, so vermochte er, indem er sich kräftig abstieß, dem Laden einen solchen Schwung zu geben, daß dieser sich schloß. Nehmen wir an, daß das Fenster gleichzeitig offen stand, so konnte er sich so in das Zimmer hineinschwingen.

Ich bitte Sie ausdrücklich, sich zu vergegenwärtigen, daß ich von einem sehr ungewöhnlichen Grad von Geschicklichkeit gesprochen habe, der zu einem so schwierigen und kühnen Unternehmen gehört. Es ist meine Absicht, erstens Ihnen zu zeigen, daß sich die Sache durchaus so zugetragen haben kann, zweitens und in der Hauptsache, Ihnen den ganz außerordentlichen, fast übernatürlichen Grad von Gewandtheit zum Bewußtsein zu bringen, der dazu gehört, dies zu bewerkstelligen.

Sie werden zweifellos sagen, ich solle — wenn ich mich eines juristischen Fachausdruckes bedienen darf —, ‚um meinen Fall durchzufechten', diese Gewandtheit eher zu gering als im rechten Maße einschätzen. Das mag vor Gericht üblich sein, ist aber vom Standpunkt der Vernunft aus betrachtet nicht richtig. Mein letztes Ziel ist die Wahrheit. Meine unmittelbare Absicht ist die, Sie dazu zu veranlassen, diese wirklich ungewöhnliche Gewandtheit, von der ich eben sprach, mit dieser sehr sonderbaren schrillen oder barschen Stimme in Verbindung zu bringen, über deren Nationalität sich nicht zwei Zeugen einigen konnten und in deren Äußerungen keinerlei Wortbildung zu unterscheiden war."

Bei diesen Worten Dupins ging mir blitzartig eine unbestimmte und halb Gestalt annehmende Vorstellung von dem, was er meinte, durch den Kopf. Mir schien, als sei ich auf dem Wege, ihn zu verstehen, so wie man bisweilen glaubt, sich einer Sache zu erinnern, ohne sich schließlich doch darauf besinnen zu können. Mein Freund fuhr in seinen Ausführungen fort:

„Sie sehen", sagte er, „daß ich die Frage nach dem Ausgang in die nach dem Zutritt umgekehrt habe. Ich beabsichtigte damit zu beweisen, daß beide an derselben Stelle in gleicher Weise bewerkstelligt wurden. Wir wollen nun zum Inneren des Raumes zurückkehren und die Lage dort in Augenschein nehmen. Die Schiebladen der Kommode sind, wie berichtet wurde, geplündert worden, obwohl noch verschiedene Gegenstände darin lagen. Dieser Schluß ist töricht. Das ist eine reine Vermutung, und zwar eine dumme und nichts anderes. Woher wissen wir, daß die Gegenstände, die sich in den Schiebladen befanden, nicht alle waren, die diese ursprünglich enthalten haben? Madame L'Espanaye und ihre Tochter lebten äußerst zurückgezogen — hatten niemals Gäste — gingen selten aus — hatten zahlreiche Kleidungsstücke, nur wenig in Benutzung. Was man vorfand, war zum mindesten so gut, wie man es im Besitz dieser beiden Damen vermuten konnte. Wenn ein Dieb etwas wegnahm, warum nahm er nicht das Beste — warum nicht alles? Kurz, warum ließ er viertausend Franken in Gold liegen, um sich mit einem Bündel Wäsche abzuschleppen? Das Gold *ist* liegengeblieben. Fast die ganze von dem Bankier Monsieur Mignaud erwähnte Summe wurde in Beuteln auf dem Fußboden gefunden. Ich möchte deshalb, daß Sie aus Ihren Überlegungen den törichten Gedanken eines ‚Beweggrundes' verbannen, der in den Gehirnen der Polizei durch die in den Zeugenaussagen erwähnte Tatsache entstanden ist, daß an der Tür des Hauses Geld abgegeben wurde. Zehnmal merkwürdigere Zufälligkeiten als diese — die Ablieferung des Geldes und der Mord am Empfänger drei Tage später — erleben wir alle in jeder Stunde unseres Lebens, ohne auch nur einen Augenblick lang darüber nachzudenken. Zufälligkeiten sind im allgemeinen Steine, über welche alle die Denker stolpern, die nichts von der Wahrscheinlichkeitslehre wissen — dieser Theorie, der die wichtigsten Gegenstände menschlichen Forschens ihre glänzendsten Aufklärungen verdanken. Wäre im gegenwärtigen Falle das Gold verschwunden, so wäre die Tatsache, daß es drei Tage vorher abgeliefert wurde, mehr als eine Zufälligkeit gewesen. Dann würde dies den Gedanken eines Beweggrundes gestärkt haben. Wollen wir aber unter den gegebenen Umständen das Gold als das Motiv zu dieser Tat ansehen, so müssen wir den Täter für einen so unentschlossenen Narren halten, daß er sein Gold und damit seinen Beweggrund im Stich gelassen hat.

Wollen wir uns nun die Punkte vor Augen halten, auf die ich Ihre Aufmerksamkeit hingewiesen habe

— die sonderbare Stimme, die ungewöhnliche Gewandtheit und das überraschende Fehlen jeden Motives bei einer Mordtat von so einmaliger Abscheulichkeit —, und uns dann der Metzelei selbst zuwenden. Hier wird eine Frau mit bloßer Hand erdrosselt und mit dem Kopf nach unten in einen Kamin gezwängt. Gewöhnliche Mörder pflegen so nicht zu handeln. Am wenigsten pflegen sie so mit ihrem Opfer zu verfahren. In der Art, wie die Leiche in den Kamin gezwängt war, liegt, wie Sie zugeben werden, etwas ganz Außergewöhnliches, etwas mit unserem allgemeinen menschlichen Empfinden durchaus Unvereinbares, selbst wenn wir annehmen, daß die Täter völlig verkommene Subjekte waren. Bedenken Sie auch, welche Kräfte dazu gehört haben, den Körper in eine solche Öffnung so hineinzuzwängen, daß es erst den vereinten Kräften von mehreren Personen gelang, ihn wieder herauszuziehen!

Beachten wir nun die anderen Anzeichen für die Anwendung einer geradezu wunderbaren Körperkraft. Auf der Feuerstelle lagen dicke Strähnen — sehr dicke Strähnen — grauen Menschenhaares, die mit der Wurzel ausgerissen waren. Sie sind sich dessen bewußt, welch großer Kraft es bedarf, nur zwanzig oder dreißig Haare gleichzeitig vom Kopf zu reißen. Sie haben die fraglichen Strähnen ebenso wie ich selbst gesehen und wissen, daß an ihren Wurzeln gräßlicherweise Kopfhaut- und Fleischfetzen hingen, die mit unheimlicher Gewalt mit etwa einer halben Million von Haaren herausgerissen worden waren. Die Kehle der alten Dame war nicht nur durchschnitten, sondern der Kopf vollständig vom Körper getrennt — und das Werkzeug war nur ein Rasiermesser! Ich bitte Sie, die brutale Wildheit all dieser Taten zu beachten. Von den blutunterlaufenen Stellen am Körper der Madame L'Espanaye will ich nicht reden. Dr. Dumas und sein werter Kollege, Dr. Etienne, haben erklärt, sie seien durch irgendein stumpfes Instrument hervorgerufen, und soweit sind diese beiden Herren vollkommen im Recht. Das stumpfe Instrument war natürlich das Steinpflaster des Hofes, auf welches das Opfer aus dem Fenster gefallen ist, das sich hinter dem Bett befindet. Dieser Gedanke, so einfach er uns jetzt erscheint, ist der Polizei aus dem gleichen Grunde entgangen wie die Breite der Fensterläden, denn das Vorhandensein der Nägel hat ihre Überlegungen vollkommen gegenüber der Möglichkeit verschlossen, daß die Fenster überhaupt geöffnet worden sind.

Stellen Sie sich nun zu all diesen Dingen die sonderbare Unordnung in den Zimmern vor, so können wir als Resultat folgendes zusammenfassen: eine erstaunliche Gewandtheit, übermenschliche Kräfte, eine brutale Wildheit, eine grundlose Metzelei, eine der menschlichen Natur durchaus fremde ‚Grotesquerie' an Grauen und eine Stimme, die in ihrem Tonfall den Ohren von Leuten verschiedenster Nationalität fremd klingt und jede vernünftige Wortbildung vermissen läßt. Zu welchem Ergebnis kommen Sie da? Welchen Eindruck habe ich auf Ihre Phantasie gemacht?"

Mich überlief ein Schauer, als Dupin diese Frage an mich richtete. „Ein Wahnsinniger", erwiderte ich, „hat diese Tat begangen, ein Tobsüchtiger, der aus irgendeinem Irrenhaus entkommen ist!"

„In gewisser Beziehung", entgegnete er, „ist Ihre Idee nicht von der Hand zu weisen. Aber die Stimmen Wahnsinniger gleichen selbst in ihren wildesten Anfällen nicht dieser eigenartigen Stimme, die von der Treppe her gehört wurde. Wahnsinnige gehören immer irgendeinem Volk an, und ihre Sprache zeigt, wenn sie auch in ihren einzelnen Worten zusammenhanglos ist, doch immer eine gewisse Wortbildung. Überdies haben Wahnsinnige nicht solches Haar wie ich hier in der Hand halte. Dieses kleine Büschel habe ich aus den festverkrampften Fingern der Madame L'Espanaye gelöst. Sagen Sie mir doch, was Sie davon halten?"

„Dupin!" erwiderte ich vollkommen erschüttert, „dieses Haar ist sehr sonderbar — das ist kein Menschenhaar!"

„Ich habe nicht behauptet, daß es das ist", entgegnete er. „Aber ehe wir diesen Punkt entscheiden, werfen Sie bitte einen Blick auf diese kleine Skizze, die ich auf diesem Blatt entworfen habe. Sie gibt das wieder, was in einem Teil der Zeugenaussagen als ‚blutunterlaufene Stellen und tiefe Spuren von Fingernägeln' auf dem Hals der Mademoiselle L'Espanaye und in anderen — denen der Ärzte Dumas und Etienne — als ‚eine Reihe von blauen Flecken, die offenbar von Fingereindrücken herrühren', beschrieben wurde.

Sie werden feststellen", fuhr mein Freund fort, indem er das Papier vor uns auf dem Tisch ausbreitete, „daß diese Zeichnung den Eindruck eines starken und festen Zupackens wiedergibt. Da ist kein Nachgeben zu erkennen. Jeder Finger hat — möglicherweise bis zum Tode des Opfers — den furchtbaren Griff festgehalten, mit dem er sich anfangs eingekrallt hat. Versuchen Sie nun, alle Ihre Finger gleichzeitig auf die entsprechenden Stellen zu setzen, wie Sie sie hier sehen."

Ich versuchte es vergebens.

„Wir stellen den Versuch vielleicht falsch an", sagte er, „das Papier liegt in einer ebenen Fläche, aber der menschliche Hals ist zylindrisch. Hier ist ein Holzklotz, der ungefähr die Form des Halses hat. Wickeln Sie die Skizze darum und versuchen Sie es noch einmal."

Ich wiederholte meinen Versuch, aber die Schwierigkeit war noch deutlicher als vorher. „Das sind", sagte ich, „nicht die Spuren einer Menschenhand!"

„Lesen Sie nun", erwiderte Dupin, „diese Stelle hier im ‚Cuvier'".

Es war eine genaue anatomische und allgemeine Beschreibung des großen rostfarbigen Orang-Utans von den ostindischen Inseln. Die riesenhafte Gestalt, die ungewöhnliche Kraft und Gewandtheit, die furchtbare Wildheit und der Nachahmungstrieb dieser Säugetiere sind allgemein genügend bekannt. Mit einem Male war mir der grauenhafte Mord klar.

„Die Beschreibung der Finger", sagte ich, nachdem ich zu Ende gelesen hatte, „stimmt genau mit dieser

Zeichnung überein. Kein anderes Lebewesen als nur ein Orang-Utan der hier beschriebenen Art konnte, wie ich wohl sehe, diese Fingerspuren hinterlassen, wie Sie sie gezeichnet haben. Auch dieses Büschel lohfarbener Haare entspricht denen des von Cuvier beschriebenen Tieres. Aber die Einzelheiten dieses furchtbaren Geheimnisses sind mir immer noch unklar. Außerdem wurden zwei Stimmen gehört, die sich in einem Wortwechsel befanden, und eine von ihnen war fraglos die eines Franzosen!"

„Richtig! Und Sie werden sich an einen Ausruf dieser Stimme erinnern, der übereinstimmend von allen Vernommenen gehört wurde, den Ausruf ‚mon Dieu!' Dieser wurde unter den angegebenen Umständen von einem der Zeugen — dem Zuckerbäcker Montani — als ein Ausdruck des Vorwurfes und der Zurechtweisung charakterisiert. Auf diese beiden Worte habe ich in der Hauptsache meine Hoffnungen für eine vollständige Lösung des Rätsels gesetzt. Ein Franzose hatte von dem Mord Kenntnis. Möglicherweise — tatsächlich weit mehr als wahrscheinlich — war er an der blutigen Tat, die hier geschah, unbeteiligt. Der Orang-Utan wird ihm entflohen sein. Er hat ihn vielleicht bis zu dem Zimmer verfolgt, aber unter diesen aufregenden Umständen wird er ihn nicht wieder haben einfangen können. Er befindet sich noch in Freiheit. Ich will diese Vermutungen nicht weiterspinnen — sie anders zu nennen, habe ich kein Recht —, da die nebelhaften Gedanken, auf denen sie beruhen, kaum genügend tief sind, daß ich sie selbst zu begreifen, geschweige denn einem anderen verständlich zu machen vermag. Wir wollen sie also Vermutungen nennen und in diesem Sinne auch von ihnen sprechen. Wenn der fragliche Franzose, wie ich vermute, tatsächlich an diesen Scheußlichkeiten unschuldig ist, so wird diese Anzeige, die ich gestern abend auf unserem Heimwege in der Geschäftsstelle der ‚Monde' aufgegeben habe — ein Blatt, das den Interessen der Seefahrt dient und bevorzugt von Seeleuten gelesen wird —, ihn veranlassen, hierher in unsere Wohnung zu kommen."

Er überreichte mir ein Zeitungsblatt und ich las: ‚Eingefangen — im Bois de Boulogne in den frühen Morgenstunden des ... — dem Morgen nach dem Mord — ein sehr großer lohfarbener Orang-Utan der Borneo-Art. Der Eigentümer — der, wie festgestellt wurde, Seemann auf einem Malteser Schiff ist — kann gegen hinreichende Ausweisung und Erstattung der geringen Kosten für das Einfangen und Aufbewahren das Tier wieder abholen im Faubourg St. Germain, Rue ... Nr. ... . dritter Stock.'

„Wie konnten Sie denn wissen", fragte ich, „daß dieser Mann Seemann ist und zu einem Malteser Schiff gehört?"

„Ich weiß es wirklich nicht", entgegnete Dupin, „und bin auch nicht sicher, daß es so ist. Immerhin, habe ich hier ein Stückchen Band, das, nach seiner Form und seiner Schmierigkeit zu urteilen, dazu gedient hat, das Haar in solch einen langen Zopf zu binden, wie ihn die Seeleute lieben. Außerdem können einen solchen Knoten wie diesen hier außer einem Seemann nur wenige Menschen knüpfen, und dieser ist eine Malteser Eigentümlichkeit. Ich habe das Band am Fuß des Blitzableiters gefunden. Einer der Verstorbenen kann es nicht gehört haben. Nun, wenn ich mit meinem Schluß, den ich aus dem Band ziehe, daß der Franzose ein Seemann von einem Malteser Schiff war, unrecht habe, so kann ich mit dem, was ich in der Anzeige geschrieben habe, nicht viel Schaden angerichtet haben. Habe ich mich geirrt, so wird er nur annehmen, ich sei durch irgendwelche Umstände getäuscht worden, denen nachzuforschen er sich nicht bemühen wird. Habe ich aber recht, so ist viel gewonnen. Da er ein, wenn auch unschuldiger Mitwisser der Mordtaten ist, so wird der Franzose natürlich zögern, auf die Anzeige zu antworten und seinen Orang-Utan zurückzuverlangen. Er wird sich dann sagen: ‚Ich bin unschuldig, ich bin arm, mein Orang-Utan ist sehr wertvoll, für einen Menschen in meiner Lage ein Vermögen, warum soll ich dieses aus müßiger Angst vor einer Gefahr verlieren? Hier ist er, in greifbarer Nähe. Er ist im Bois de Boulogne eingefangen worden, in großer Entfernung vom Tatort dieser Metzelei. Wie kann jemand annehmen, dieses unvernünftige Tier könne der Täter sein? Die Polizei ist ratlos, sie hat nicht den geringsten Anhaltspunkt. Sollte sie tatsächlich dem Tier auf die Spur kommen, so wäre es doch unmöglich, mir nachzuweisen, daß ich etwas von dem Mord weiß oder mir auf Grund dessen, daß ich etwas davon weiß, mir eine Schuld zuzuschieben. Vor allem bin ich erkannt. Der Anzeigende bezeichnet mich als den Eigentümer des Tieres. Ich weiß nicht, wie weit seine Kenntnisse reichen. Wenn ich es unterlasse, mein Recht an einem solchen Wertgegenstand geltend zu machen, von dem man weiß, daß ich der Eigentümer bin, so würde ich zum mindesten einen Verdacht auf das Tier lenken. Es kann aber nicht meine Absicht sein, irgendwelche Aufmerksamkeit auf mich oder auf das Tier zu lenken. Ich werde auf die Anzeige antworten, meinen Orang-Utan abholen und ihn festhalten, bis ‚Gras über die Sache gewachsen ist'."

In diesem Augenblick hörten wir Schritte auf der Treppe.

„Halten Sie Ihre Pistolen bereit", bemerkte Dupin, „aber benutzen Sie sie nicht und zeigen Sie sie auch nicht, ehe ich Ihnen ein entsprechendes Zeichen gebe."

Die Haustür war offengeblieben, der Besucher war ohne zu läuten eingetreten und hatte mehrere Stufen der Treppe erstiegen. Nun schien er zu zögern. Gleich hörten wir ihn wieder hinabsteigen. Dupin ging schnell auf die Tür zu, als wir ihn erneut heraufkommen hörten. Ein zweites Mal kehrte er nicht um, sondern kam mit entschlossenen Schritten herauf und klopfte an unserer Zimmertür.

„Herein!" sagte Dupin in ruhigem und freundlichem Ton.

Ein Mann trat ein. Es war ein Seemann, ohne Zweifel — ein hochgewachsener, stämmiger und kräftiger

Mensch, mit einer gewissen verwegenen, aber keineswegs abstoßenden Haltung. Sein sonnengebräuntes Gesicht war mehr als zur Hälfte von einem Schnurrbart und Backenbart bedeckt. Er trug einen schweren Eichenknüppel, war aber im übrigen unbewaffnet. Mit einer linkischen Verbeugung wünschte er uns einen guten Abend in einem Französisch, das zwar etwas neuchatelisch klang, aber doch seinen Pariser Ursprung erkennen ließ.

„Nehmen Sie Platz, mein Freund", sagte Dupin. „Ich nehme an, Sie kommen wegen des Orang-Utans. Auf mein Wort, ich beneide Sie wegen dieses Tieres. Ein bemerkenswert schönes und zweifellos auch sehr wertvolles Tier! Wie alt schätzen Sie ihn wohl?"

Der Seemann atmete tief auf, wie ein Mann, der sich von einer unerträglichen Last befreit fühlt, und antwortete dann in festem Ton: „Ich vermag es nicht zu sagen. Aber er kann nicht älter sein als vier oder fünf Jahre. Haben Sie ihn hier?"

„Oh, nein! Wir haben hier keine Möglichkeit, ihn gefangenzuhalten. Er ist in einem Mietstall in der Rue Dubourg, ganz in der Nähe. Sie können ihn morgen früh abholen. Sie sind natürlich in der Lage, sich als Eigentümer auszuweisen?"

„Gewiß, Herr, das kann ich."

„Es tut mir leid, mich von ihm trennen zu müssen", entgegnete Dupin.

„Ich möchte nicht, daß Sie alle diese Unannehmlichkeiten umsonst hatten, Herr", erwiderte der Mann.

„Das kann ich nicht erwarten. Ich will gerne einen Finderlohn bezahlen für das Tier — sozusagen etwas Entsprechendes.“

„Gut!“ entgegnete mein Freund, „das ist sehr schön. Lassen Sie mich nachdenken! — Was möchte ich haben? Oh, ich will es Ihnen sagen. Mein Finderlohn soll das sein: Sie sollen mir alles sagen, was Sie über die Mordtaten in der Rue Morgue wissen.“

Diese letzten Worte sprach Dupin leise und ruhig aus. Genau so ruhig ging er zur Tür, schloß sie ab und steckte den Schlüssel in die Tasche. Dann zog er eine Pistole aus der Tasche und legte sie ohne die geringste Erregung auf den Tisch.

Des Seemannes Gesicht färbte sich dunkelrot, als wolle er ersticken. Er sprang auf und griff nach seinem Knüppel, aber im nächsten Augenblick sank er auf seinen Sitz zurück, zitterte heftig und wurde bleich wie der Tod. Er sprach kein Wort, und ich bedauerte ihn im Grunde meines Herzens.

„Mein Freund“, sagte Dupin in freundlichem Ton, „Sie erregen sich ohne Grund — tatsächlich! Wir wollen Ihnen durchaus nicht schaden. Ich versichere Ihnen als Edelmann und als Franzose, wir tun Ihnen nichts zuleide! Ich weiß ganz genau, daß Sie an den schauderhaften Vorgängen in der Rue Morgue unschuldig sind. Ich will aber keineswegs leugnen, daß Sie in gewisser Beziehung darein verwickelt sind. Aus dem, was ich sage, erkennen Sie, daß ich mich über diese Sache in einer Weise habe informieren können, die Ihnen vielleicht nicht im Traume eingefallen ist. Nun steht die Sache so: Sie haben nichts getan, was Sie hätten vermeiden können — gewiß nichts, was Sie schuldig macht. Sie haben nichts entwendet, was Sie leicht ungestraft hätten tun können. Sie haben nichts zu verbergen und haben auch keinen Grund dazu. Andererseits haben Sie aber eine Ehrenpflicht, alles zu sagen, was Sie wissen. Ein Unschuldiger ist verhaftet worden und ist des Verbrechens beschuldigt, dessen Täter Sie namhaft machen können."

Der Seemann hatte, während Dupin sprach, seine Geistesgegenwart durchaus wiedergewonnen. Aber sein ursprüngliches verwegenes Auftreten war verschwunden.

„So helfe mir Gott", sagte er nach einer kurzen Pause, „ich werde Ihnen alles sagen, was ich über diese Sache weiß, aber ich glaube, Sie werden nicht die Hälfte von dem glauben, was ich Ihnen erzähle. Ich wäre tatsächlich verrückt, wenn ich es selbst glaubte. Aber trotzdem bin ich unschuldig, und ich will mir die Sache vom Herzen reden, selbst wenn ich drum sterben müßte."

Was er berichtete, war kurz folgendes: Er hatte kürzlich eine Reise nach dem indischen Archipel gemacht. Eine Gesellschaft, zu der er gehörte, landete in Borneo und machte zum Vergnügen eine Expedition in das Innere des Landes. Er selbst und ein Kamerad hatten den Orang-Utan gefangen. Nachdem sein Kamerad gestorben war, blieb das Tier in seinem alleinigen Besitz. Nach vielen Unannehmlichkeiten, die ihm die unzähmbare Wildheit des Gefangenen auf der Heimreise verursachte, gelang es ihm schließlich, das Tier in seiner eigenen Wohnung in Paris unterzubringen, wo er es, um sich nicht einer unwillkommenen Neugierde seiner Nachbarn auszusetzen, sorgfältig eingeschlossen hielt, bis eine Wunde ausgeheilt war, die es sich an Bord des Schiffes durch einen Splitter im Fuß zugezogen hatte. Dann wollte er es verkaufen.

Als er in der Nacht oder besser gesagt in den Morgenstunden des Mordtages von einer Seemannsfestlichkeit nach Hause zurückkehrte, stellte er fest, daß das Tier aus einer anliegenden Kammer, wo er es, wie er glaubte, sicher eingeschlossen hatte, entkommen und in sein Schlafzimmer eingebrochen war. Ein Rasiermesser in der Hand und vollkommen eingeseift saß er vor einem Spiegel und versuchte, sich zu rasieren, wie es dies zweifellos bei seinem Herrn durch das Schlüsselloch der Kammer beobachtet hatte. Erschreckt über den Anblick einer so gefährlichen Waffe in den Händen eines so wilden Tieres, das so geschickt damit umzugehen wußte, war der Mann für einige Augenblicke ratlos. Indes war es ihm bisher stets gelungen, das Tier selbst in seiner größten Wut mit einer Peitsche zur Ruhe zu bringen, und dazu griff er nun. Als er diese erblickte, sprang der Orang-Utan plötzlich durch die Zimmertür hinaus die Treppe hinunter und entkam durch ein unglücklicherweise offenstehendes Fenster auf die Straße.

Der Franzose folgte ihm verzweifelt. Der Affe hielt von Zeit zu Zeit an, um sich umzuschauen und mit dem

Rasiermesser, das er immer noch in der Hand hielt, seinem Verfolger entgegenzufuchteln, bis dieser an ihn herangekommen war, und dann weiterzuflüchten. So dauerte diese Jagd eine ganze Weile an. Die Straßen lagen in tiefer Ruhe, denn es war gegen drei Uhr morgens. Als sie eine Straße an der Rückseite der Rue Morgue entlang kamen, wurde der Flüchtling auf einen Lichtschein aufmerksam, der aus dem Zimmer der Madame L'Espanaye im vierten Stock ihres Hauses schimmerte. Er stürzte auf das Haus zu, entdeckte den Blitzableiter, kletterte mit unglaublicher Gewandtheit hinauf, ergriff den Fensterladen, der bis an die Mauer zurückgeschlagen war, und schwang sich damit direkt auf das Kopfende des Bettes. Der ganze Vorgang spielte sich in kaum einer Minute ab. Der Fensterladen wurde wieder aufgestoßen, als der Orang-Utan in das Fenster hineinsprang.

Der Seemann war überrascht und erfreut. Nun hoffte er zuversichtlich, das Tier wieder einzufangen, denn aus dieser Falle, in die es gegangen war, konnte es wohl nur über den Blitzableiter wieder entkommen und beim Herabsteigen leicht gefaßt werden. Andererseits hatte er allen Grund zu Befürchtungen, was es in dem Hause wohl anstelle. Die letztere Überlegung veranlaßte den Mann, dem Flüchtling weiter zu folgen. Ein Blitzableiter läßt sich leicht ersteigen, besonders von einem Seemann. Als er bis zur Höhe des Fensters gekommen war, das weitab zu seiner Linken lag, kam er nicht weiter. Er vermochte sich nur so weit hinüberzubeugen, daß er einen Blick in das Innere des Raumes werfen konnte, und dieser Blick ließ ihn vor Schrecken beinahe den Halt verlieren. Nun erklangen diese entsetzlichen Schreie in die Nacht hinaus, durch welche die Bewohner der Rue Morgue aus dem Schlummer aufgeschreckt wurden. Madame L'Espanaye und ihre Tochter waren, in Nachtgewänder gehüllt, offenbar damit beschäftigt gewesen, einige Papiere in der bereits erwähnten eisernen Kassette zu ordnen, die in der Mitte des Raumes stand. Sie war geöffnet, und ihr Inhalt lag daneben auf dem Fußboden. Die Opfer mußten dem Fenster den Rücken zugewendet haben, und in der Zeit zwischen dem Eindringen des Tieres und den Schreien war es vermutlich nicht bemerkt worden. Das Zuschlagen des Fensterladens mochte man dem Wind zugeschrieben haben.

Als der Seemann hineinblickte, hatte das riesenhafte Tier Madame L'Espanaye an den Haaren ergriffen — die sie, da sie sich gerade kämmte, lose herabhängen hatte — und fuchtelte, indem es die Gebärden des Rasierens machte, mit dem Rasiermesser vor ihrem Gesicht herum. Die Tochter lag bewegungslos am Boden, sie war ohnmächtig geworden. Die Schreie und die Abwehrbewegungen der alten Dame — wobei ihr das Haar ausgerissen wurde — hatten den Erfolg, daß sich das bis dahin wahrscheinlich friedliche Gebaren des Orang-Utans in Wut verwandelte. Mit einem Streich seines starken Armes trennte er ihr den Kopf fast vom Körper. Der Anblick des Blutes steigerte seine Wut zur

Raserei. Zähnefletschend und mit sprühenden Augen stürzte er sich auf den Körper des Mädchens, krallte seine furchtbaren Klauen um ihren Hals und hielt sie fest, bis sie den Geist aufgab. In diesem Augenblick fielen seine wild umher irrenden Blicke auf das Kopfende des Bettes, über dem das Gesicht seines Herrn, starr vor Schrecken, sichtbar war. Die Wut des Tieres, das ohne Zweifel an die gefürchtete Peitsche dachte, verwandelte sich in Angst. In dem Bewußtsein, daß er Strafe verdient hatte, schien er die Spuren seiner blutigen Taten verbergen zu wollen. Erregt sprang er im Zimmer umher, warf die Möbel um, zerbrach sie mit seinen Sprüngen und riß das Bett aus der Bettstelle. Schließlich ergriff er zuerst die Leiche der Tochter und stopfte sie in den Kamin, wo sie später aufgefunden wurde, und dann die der alten Dame, die er kopfüber aus dem Fenster warf.

Als sich der Affe mit seinem verstümmelten Opfer dem Fenster näherte, fuhr der Seemann entsetzt zurück und floh, mehr hinuntergleitend als kletternd, entsetzt nach Hause, voller Furcht vor den Folgen dieser Metzelei und in seinem Schrecken ohne weitere Gedanken über das Schicksal des Orang-Utans. Die Worte, welche die Leute auf der Treppe gehört hatten, waren die Schreckensrufe des Franzosen, unterbrochen von dem teuflischen Schnattern des Tieres.

Ich brauche kaum noch etwas hinzuzufügen. Der Orang-Utan muß über den Blitzableiter aus dem Zimmer entkommen sein, gerade ehe die Tür erbrochen wurde, und das Fenster hinter sich zugeworfen haben. Kurz darauf wurde er von dem Eigentümer selbst wieder eingefangen, der ihn für eine große Summe an den ‚Jardin des Plantes‘ verkaufte. Lebon wurde sofort in Freiheit gesetzt, nachdem wir den wirklichen Sachverhalt — mit einigen Kommentaren von seiten Dupins — auf dem Büro des Polizeipräfekten berichtet hatten. Dieser Beamte war zwar meinem Freunde durchaus wohlgesonnen, vermochte aber seinen Ärger über den Verlauf dieser Angelegenheit nicht zu verbergen und äußerte einige sarkastische Bemerkungen, wie gut es sei, wenn sich jeder um seine eigenen Dinge kümmere.

„Laß ihn reden“, sagte Dupin, der eine Entgegnung nicht der Mühe wert erachtet hatte. „Laß ihn schwätzen, es wird sein Herz erleichtern! Ich bin zufrieden, ihn auf seinem eigenen Felde geschlagen zu haben. Indes ist die Tatsache, daß er bei der Lösung dieses Rätsels versagt hat, gar nicht so zu verwundern, wie er glaubt. Denn in Wirklichkeit ist unser guter Präfekt zu schlau, um scharfsinnig zu sein. In seiner Weisheit liegt keine Kraft. Sie ist nur Kopf ohne Körper, wie die Bilder der Göttin Laverna — oder noch besser, nur Kopf und Schultern wie ein Stockfisch. Aber trotz allem ist er ein guter Kerl! Ich schätze ihn besonders wegen seiner Kunst, sich zu verstellen, der er seinen Ruf verdankt, scharfsinnig zu sein. Ich meine seine Art, ‚de nier ce qui est, et d'expliquer ce qui n'est pas!‘“

Der entwendete Brief

Es war in Paris an einem stürmischen Herbstabend des Jahres 18.., kurz nach Einbruch der Dunkelheit. In Gesellschaft meines Freundes C. Auguste Dupin erfreute ich mich in dessen kleiner nach hinten gelegener Bibliothek im dritten Stock der Rue Dunôt 33, Faubourg Saint Germain, des doppelten Genusses behaglicher Nachdenklichkeit und einer Meerschaumpfeife. Wenigstens eine Stunde lang hatten wir tiefstes Schweigen gewahrt, während deren ein Zuschauer wohl angenommen hätte, wir seien nachdrücklich und ausschließlich mit den kräuselnden Rauchwolken beschäftigt, die das Zimmer erfüllten. Indes befaßten sich meine Gedanken noch mit einigen Dingen, die an diesem Abend Gegenstand unserer Unterhaltung gewesen waren. Ich meine die Geschichte in der Rue Morgue und den geheimnisvollen Mord an der Marie Rogêt. Deshalb betrachtete ich es als ein eigentümliches Zusammentreffen, als sich die Tür öffnete und unser alter Bekannter Monsieur G., der Polizeipräfekt von Paris, hereintrat.

Wir hießen ihn herzlich willkommen, denn war er auch unbedeutend, so fanden wir immer noch genug in seinem Wesen, was uns Unterhaltung bot, und überdies hatten wir ihn seit mehreren Jahren nicht gesehen.

Wir hatten im Dunkeln gesessen, und Dupin erhob sich, um eine Lampe anzuzünden, setzte sich aber wieder nieder, ohne sein Vorhaben auszuführen, als G. uns eröffnete, er sei gekommen, uns um Rat zu fragen oder vielmehr meines Freundes Meinung in einer dienstlichen Angelegenheit zu hören, die ihm bereits viel Kopfzerbrechen bereitet habe.

„Wenn es sich um eine Sache handelt, bei der wir nachdenken müssen", entgegnete Dupin, indem er mit dem Anzünden der Lampe zögerte, „so sitzen wir besser im Dunkeln."

„Das ist wieder einer Ihrer sonderbaren Einfälle", erwiderte der Präfekt, der die Angewohnheit hatte, all das ‚sonderbar' zu nennen, was über seine Begriffe hinausging, und der deshalb stets im Kreise unzähliger ‚Sonderbarkeiten' lebte.

„Sehr richtig!" bemerkte Dupin, während er seinen Besuch mit einer Pfeife versorgte und ihm einen bequemen Sessel hinschob.

„Und was gibt es jetzt für Schwierigkeiten?" fragte ich, „hoffentlich nichts, was nach Mord aussieht!"

„O nein, nichts dergleichen! Die Sache ist in der Tat sehr einfach, und ich zweifele nicht daran, daß wir sie allein erledigen werden. Aber ich dachte, Dupin würde sich für die Einzelheiten des Falles interessieren, denn er ist ausnehmend sonderbar."

„Einfach und sonderbar!" entgegnete Dupin.

„Nun ja, aber doch nicht unbedingt! Denn in der Tat sind wir gerade dadurch so sehr verwirrt, daß die Sache so einfach liegt und doch bisher alle unsere Bemühungen vergeblich gewesen sind."

„Vielleicht ist es gerade die Einfachheit der Umstände, die Sie täuscht", erwiderte mein Freund.

„Welchen Unsinn Sie da wieder reden!" rief der Präfekt unter herzlichem Lachen aus.

„Vielleicht ist das Geheimnis ein wenig zu klar", antwortete Dupin.

„O du guter Gott! Hat man je so etwas gehört?!"

„Ein wenig zu durchsichtig!"

„Ha, ha, ha! — Ha, ha, ha! — Ho, ho, ho!" brüllte unser Besucher im tiefsten Innern erheitert. „O Dupin, Sie sind noch einmal mein Tod!"

„Um was handelt es sich denn eigentlich?" fragte ich.

„Gut, ich werde es Ihnen erzählen", entgegnete der Präfekt, indem er eine dicke, schwere Rauchwolke ausstieß und sich in seinem Sessel zurücklehnte. „Ich werde es Ihnen mit wenigen Worten erzählen. Ehe ich aber beginne, muß ich Sie bitten, alles als strengstes Geheimnis zu betrachten. Es würde mich wahrscheinlich meinen Kopf kosten, wenn man erführe, daß ich es jemandem anvertraut habe."

„Fahren Sie fort", sagte ich.

„Oder auch nicht!" warf Dupin dazwischen.

„Also! Ich bin von höchster Stelle persönlich benachrichtigt worden, daß ein Dokument von äußerster Wichtigkeit aus den königlichen Gemächern entwendet worden ist. Die Person, die es an sich genommen hat, ist bekannt, darüber besteht kein Zweifel. Man hat gesehen, wie sie es getan hat. Man weiß auch, daß es sich noch in ihren Händen befindet."

„Woher weiß man das?" fragte Dupin.

„Das ergibt sich", entgegnete der Präfekt, „eindeutig aus der Natur des Schriftstückes und daraus, daß gewisse Ereignisse nicht eintreten, solange der Räuber es noch nicht aus den Händen gegeben hat, das heißt, solange er nicht den Gebrauch davon macht, den er letzten Endes zu machen beabsichtigt."

„Drücken Sie sich doch bitte etwas verständlicher aus", erwiderte ich.

„Nun, ich kann behaupten, daß das Schriftstück seinem Besitzer an einer bestimmten Stelle eine gewisse Gewalt verleiht, wo diese von unermeßlichem Wert ist." Der Präfekt gefiel sich in solchen diplomatischen Redewendungen.

„Bis jetzt verstehe ich Sie noch nicht ganz", erwiderte Dupin.

„Nein? — Nun, die Entdeckung des Inhalts dieses Dokumentes an eine dritte Person, die ungenannt bleiben soll, würde die Ehre einer sehr hochgestellten Persönlichkeit in Frage stellen, und diese Tatsache verschafft dem Besitzer des Schriftstückes einen Vorteil gegenüber der erlauchten Person, deren Ehre und Ruhe aufs Spiel gesetzt werden."

„Aber dieser Vorteil tritt doch nur dann in Erscheinung", unterbrach ich ihn, „wenn der Räuber weiß, daß der Beraubte ihn kennt. Wer wagt es aber ...?"

„Der Räuber", entgegnete G., „ist der Gesandte D., und der wagt alles, sowohl das, was sich für einen Mann schickt, wie auch das, was sich nicht schickt. Die

Ausführung des Diebstahles war nicht weniger geistreich als kühn. Das fragliche Schriftstück, einen Brief, um es geradeheraus zu sagen, hatte die bestohlene Person soeben erhalten, als sie sich allein in den königlichen Privatgemächern befand. Während des Lesens wurde sie plötzlich durch den Eintritt jener anderen hochgestellten Persönlichkeit unterbrochen, vor der sie ihn besonders zu verbergen wünschte. Nach einem hastigen und vergeblichen Versuch, ihn in eine Schublade zu stecken, sah sie sich gezwungen, ihn offen wie er war auf den Tisch zu legen. Die Anschrift lag allerdings nach oben, und da der Inhalt nicht zu erkennen war, wurde der Brief nicht weiter beachtet. Nun tritt der Gesandte D. ein. Seine Luchsaugen entdeckten sofort das Papier, erkennen die Handschrift auf der Adresse, bemerken die Verwirrung des Empfängers und ergründen das Geheimnis. Nach einigen dienstlichen Besprechungen, die er in gewohnter Weise übers Knie bricht, zieht er einen Brief hervor, der dem bewußten irgendwie ähnlich ist, entfaltet ihn und stellt sich, als lese er ihn. Dann legt er ihn dicht neben den anderen auf den Tisch und spricht wieder etwa fünfzehn Minuten lang über dienstliche Angelegenheiten. Schließlich verabschiedet er sich und nimmt dabei den Brief, auf den er kein Recht hat, vom Tisch weg. Der rechtmäßige Eigentümer sieht dies, wagt aber in Gegenwart der neben ihm stehenden dritten Person nicht, darauf aufmerksam zu machen. Der Gesandte zieht sich zurück und läßt seinen eignen — unwichtigen — Brief auf dem Tisch liegen.“

„Da haben Sie also“, wandte sich Dupin an mich, „genau das, was Sie zu wissen wünschten, um den Vorteil zu vervollständigen: der Räuber weiß, daß der Beraubte ihn kennt.“

„Ja“, erwiderte der Präfekt, „und die so erlangte Gewalt ist seit einigen Monaten in gefährlichem Ausmaße zu politischen Zwecken benutzt worden. Die beraubte Persönlichkeit kommt täglich mehr zu der Überzeugung, wie notwendig es wird, den Brief zurückzuerhalten. Dies kann natürlich nicht öffentlich geschehen. Schließlich hat sie in ihrer Verzweiflung die Sache mir übertragen.“

„Wobei“, erwiderte Dupin, indem er eine wirbelnde Rauchwolke von sich blies, „ein scharfsinnigerer Beauftragter, wie ich glaube, weder zu wünschen noch zu denken wäre.“

„Sie schmeicheln mir“, entgegnete der Präfekt, „aber es ist ja möglich, daß man dieser Meinung ist.“

„Es ist klar“, sagte ich, „daß der Brief, wie Sie bemerkten, sich noch in den Händen des Gesandten befindet, da der Besitz und nicht die Benutzung desselben diese Macht bewirkt. Mit einer Benutzung ist diese Macht vorüber.“

„Gewiß“, erwiderte G., „und von dieser Überzeugung bin ich auch ausgegangen. Meine erste Sorge war deshalb, das Dienstgebäude des Gesandten durchsuchen zu lassen, und dabei lag die Hauptschwierigkeit darin, daß ich diese Durchsuchungen ohne sein Wissen anstellen mußte. Vor allen Dingen bin ich vor der Gefahr gewarnt worden, ihm die Gelegenheit zu einem Argwohn zu geben."

„Aber", entgegnete ich, „in derartigen Nachforschungen sind Sie doch durchaus au fait. Die Pariser Polizei hat doch so etwas vorher oft genug getan."

„Gewiß, deshalb verzweifelte ich auch nicht. Überdies boten mir die Gewohnheiten des Gesandten große Vorteile. Er ist regelmäßig jede Nacht von Hause abwesend, und seine Dienerschaft ist keineswegs sehr zahlreich. Die Schlafräume der Leute liegen ziemlich weit von den Gemächern entfernt, und da es sich meistenteils um Neapolitaner handelt, sind sie leicht betrunken zu machen. Ich besitze, wie Sie wissen, Schlüssel, mit denen ich jedes Zimmer oder Kabinett in Paris öffnen kann. In den letzten drei Monaten ist keine Nacht vergangen, die ich nicht zum größten Teil persönlich auf Nachforschungen im Hause D. verwandt hätte. Es gilt meine Ehre und, um ein tiefes Geheimnis zu verraten, die Belohnung ist außerordentlich hoch. So habe ich denn die Untersuchungen nicht eher eingestellt, bis ich davon überzeugt war, daß der Dieb mir an Schlauheit überlegen ist. Ich bilde mir ein, jede Ecke und jeden Winkel im Hause durchsucht zu haben, in denen das Papier hätte versteckt sein können."

„Aber ist es nicht vielleicht doch möglich", warf ich ein, „daß der Brief, wie es ja zweifellos der Fall ist, sich im Besitz des Gesandten befindet und doch irgendwo anders als gerade in seinem Hause versteckt ist?"

„Das ist wohl kaum anzunehmen", entgegnete Dupin. „Die gegenwärtigen besonderen politischen Verhältnisse bei Hofe und vor allen Dingen die Intrigen, in die D. bekanntlich verwickelt ist, bringen es mit sich, daß das Schriftstück seine Nützlichkeit dadurch erweist, daß es in jedem Augenblick wirksam werden kann — ein Punkt von fast ebenso großer Bedeutung wie sein Besitz."

„... daß es in jedem Augenblick wirksam werden kann?" fragte ich.

„Das heißt", entgegnete Dupin, „um es gleichzeitig vernichten zu können."

„Natürlich", antwortete ich, „dann i s t das Papier in dem Gebäude. Und daß es der Gesandte am eigenen Leibe mit sich herumträgt, erscheint mir außer Frage."

„Vollkommen!" entgegnete der Präfekt. „Wir haben ihm zweimal wie Straßenräuber aufgelauert und unter meiner Leitung seine Person gründlich durchsucht."

„Die Mühe hätten Sie sich sparen können", erwiderte Dupin. „D. ist, wie ich annehme, ja kein Narr und mußte ein derartiges Auflauern als ganz natürlich in diesem Zusammenhang voraussehen."

„Ein Narr gerade nicht", antwortete G., „aber ein Dichter ist er, und das ist nur die Abart eines Narren!"

„In der Tat", bemerkte Dupin, indem er einen langen und nachdenklichen Zug aus seiner Meerschaumpfeife tat, „obwohl ich selbst mir auch einige Knittelverse habe zuschulden kommen lassen."

„Ich hoffe, Sie werden uns", sagte ich, „einiges Genauere über Ihre Nachforschungen berichten."

„Nun, wir nahmen uns tatsächlich Zeit und suchten überall! In diesen Dingen besitze ich eine lange Erfahrung. Ich nahm mir das ganze Haus vor, Raum für Raum, und verwandte auf jeden einzelnen die Nächte einer ganzen Woche. Zuerst untersuchten wir die Möbel jedes einzelnen Zimmers. Wir öffneten jede Schublade, und ich nehme an, Sie wissen, daß es für einen geübten Polizeibeamten so etwas wie ein Geheimfach nicht gibt. Ein Mann, dem bei einer solchen Untersuchung ein Geheimfach entgeht, ist ein Tölpel. Die Sache ist s o einfach! Bei jedem Möbelstück ist sofort an einem gewissen Umfang — dem Rauminhalt — zu bemerken, wo dergleichen zu finden ist. Darüber haben wir unsere bestimmten Regeln. Der fünfzigste Teil einer Linie würde uns nicht entgehen. Nach den Schränken nahmen wir die Stühle vor. Die Polster wurden mit den feinen langen Nadeln durchsucht, die Sie mich wohl schon haben benutzen sehen. Von den Tischen entfernten wir die Platten."

„Warum denn das?"

„Bisweilen wird die Platte eines Tisches oder eines anderen ähnlich gebauten Möbelstückes von einer Person abgenommen, die etwas zu verbergen sucht. Dann wird der Fuß ausgehöhlt, das Stück in die Höhlung hineingelegt, und die Platte wieder an ihre alte Stelle gebracht. Die Pfosten und Bretter einer Bettstelle werden oft in gleicher Weise benutzt."

„Aber kann man eine derartige Höhlung nicht am Klang erkennen?" fragte ich.

„Keineswegs, wenn man den Gegenstand hineinlegt und die Höhlung genügend mit Watte ausfüllt. Im übrigen mußten wir in diesem Falle geräuschlos vorgehen."

„Aber Sie konnten doch nicht alle Möbelstücke auseinandernehmen oder in Stücke zerlegen, in denen man ein Versteck in der von Ihnen eben erwähnten Art hätte anlegen können. Ein Brief läßt sich in eine Rolle zusammendrehen, die kaum größer ist als eine dicke Stricknadel, und läßt sich in dieser Form z. B. in der Querleiste eines Stuhles unterbringen. Sie konnten doch nicht alle Stühle in Stücke zerlegen!"

„Natürlich nicht, aber wir taten etwas Besseres! Wir untersuchten die Querleisten jedes Stuhles im Hause mit einer stark vergrößernden Lupe. Auf diese Weise wäre uns keine Spur einer kürzlichen Veränderung entgangen. Ein einziges Stäubchen Bohrmehl z. B. wäre uns so sichtbar geworden wie ein Apfel. Eine Abweichung in der Leimung, ein ungewöhnliches Klaffen in einer Fuge hätte genügt, um zur Entdeckung zu führen."

„Ich nehme an, Sie haben die Spiegel, die Regale, die Schüsseln, die Betten, die Bettwäsche, die Vorhänge und auch die Fußteppiche durchsucht."

„Natürlich! Und nachdem wir so jedes einzelne Stück der Einrichtung unter die Lupe genommen hatten, machten wir uns an das Haus selbst. Wir teilten seine ganze Oberfläche in Abteilungen ein, die wir numerierten, so daß wir keine vergaßen. Sodann durchforschten wir jeden einzelnen Quadratzoll des Gebäudes einschließlich der beiden Nachbarhäuser wie vorher mit Hilfe des Vergrößerungsglases."

„Die beiden Nachbarhäuser auch?" rief ich aus. „Sie haben sich ja riesenhafte Arbeit gemacht!"

„Allerdings! Aber die ausgesetzte Belohnung ist auch außerordentlich hoch!"

„Den Erdboden im Umkreis um die Gebäude haben Sie wohl auch untersucht!"

„Der Erdboden ist rings herum mit Steinen gepflastert. Das machte uns verhältnismäßig wenig Arbeit. Wir untersuchten das Moos zwischen den Steinen und stellten fest, daß es unberührt war."

„Haben Sie auch D.s Papiere und die Bücher seiner Bibliothek durchforscht?"

„Natürlich! Wir öffneten jedes Paket und jedes Päckchen. In jedem Buch wendeten wir jede einzelne Seite um und begnügten uns nicht mit einem bloßen Schütteln, wie einige unserer Polizeibeamten das zu tun pflegen. Wir maßen die Dicke jedes Einbanddeckels auf das genaueste und untersuchten sie sorgfältigst mit dem Vergrößerungsglas. Wäre mit einem der Einbände kürzlich etwas geschehen, so hätte dies unmöglich unserer Aufmerksamkeit entgehen können. Einige fünf oder sechs Bände, die gerade aus der Buchbinderwerkstatt gekommen waren, untersuchten wir der Länge nach sorgfältig mit den Nadeln."

„Haben Sie auch die Fußböden unter den Teppichen durchsucht?"

„Ohne Zweifel! Wir nahmen die Teppiche weg und untersuchten die Dielen mit der Lupe."

„Und die Tapeten an den Wänden?"

„Auch diese!"

„Haben Sie sich auch die Keller angeschaut?"

„Auch das haben wir getan!"

„Dann", erwiderte ich, „haben Sie sich verrechnet, und der Brief ist nicht in dem Hause, wie Sie angenommen haben."

„Ich fürchte, Sie haben recht", entgegnete der Präfekt. „Aber nun, Dupin, raten Sie mir. was ich tun soll!"

„Ich würde das ganze Gebäude noch einmal durchsuchen!"

„Das ist vollkommen nutzlos", antwortete G. „Ich bin nicht mehr davon überzeugt, daß ich atme, als daß sich der Brief n i c h t in dem Hause befindet."

„Einen besseren Rat kann ich Ihnen nicht geben", erwiderte Dupin. „Zweifellos haben Sie eine genaue Beschreibung des Briefes."

„Allerdings!" Damit zog der Präfekt ein Notizbuch aus der Tasche und las eine ins einzelne gehende Schilderung des Inhaltes und besonders des Äußeren dieses vermißten Schriftstückes vor. Als er damit zu Ende war, verabschiedete er sich niedergeschlagener, als ich den guten Mann je zuvor gesehen hatte.

*

Etwa einen Monat später besuchte er uns wieder und traf uns bei der fast gleichen Beschäftigung wie damals an. Er nahm eine Pfeife und einen Stuhl und begann eine alltägliche Unterhaltung. Schließlich sagte ich: „Nun, G., wie steht es denn mit dem entwendeten Brief? Ich nehme an, Sie sind zu der Überzeugung gekommen, daß der Gesandte sich nicht übervorteilen läßt!"

„Der Teufel soll ihn holen! Ja, ich habe, wie mir Dupin riet, die ganze Untersuchung noch einmal wiederholt, aber es war verlorene Mühe, wie ich voraussah."

„Wie hoch, sagten Sie doch, war die ausgesetzte Belohnung?" fragte Dupin.

„Nun, eine sehr bedeutende, eine s e h r großzügige Belohnung! Ich möchte mich nicht genau darüber äußern. Aber das will ich Ihnen sagen: ich würde nicht anstehen, von mir aus jedem einen Scheck über fünfzigtausend Franken zu geben, der mir den Brief verschaffen kann. Die Tatsache ist die, daß er stets wachsende Bedeutung erhält und die Belohnung kürzlich verdoppelt wurde. Aber wenn man sie verdreifachen wollte, so könnte ich trotzdem nicht mehr tun, als ich bereits getan habe."

„Nun — ja", erwiderte Dupin gedehnt zwischen den Zügen aus seiner Meerschaumpfeife. „Ich glaube — wirklich, G. —, Sie haben in dieser Angelegenheit — doch noch nicht das letzte getan — was Sie hätten tun können. — Etwas mehr — hätten Sie — vielleicht doch tun können — meine ich — was?"

„Was? — Wieso denn?"

„Nun — paff, paff — Sie hätten vielleicht — paff, paff — sich irgendwo Rat holen können, was? — paff, paff, paff! Kennen Sie die Geschichte, die man sich von Abernethy erzählt?"

„Nein, soll ihn doch der Teufel holen!"

„Gewiß, soll er ihn holen! Aber eines Tages kam ein reicher alter Geizhals zu ihm, in der Absicht, ihn um einen ärztlichen Rat zu prellen. Zu diesem Zweck unterhielt er sich in einer privaten Gesellschaft mit ihm und kam dann auf seinen eigenen Zustand zu sprechen, den er dem Arzt wie den eines angeblichen Dritten schilderte. ‚Nehmen wir an, er habe die oder die Krankheitserscheinungen! Was würden Sie, Herr Doktor, ihm da geraten haben?' — ‚Unbedingt', erwiderte Abernethy, ‚unbedingt einen Arzt zu konsultieren!'"

„Aber", entgegnete der Präfekt etwas verlegen, „ich bin durchaus bereit, einem Rat zu folgen und ihn auch zu bezahlen. Ich würde tatsächlich jedem fünfzigtausend Franken geben, der mir in dieser Sache helfen könnte."

„In diesem Falle", erwiderte Dupin, indem er eine Schieblade öffnete und einen Bogen Papier herauszog, „bitte ich Sie, mir eine Anweisung auf den erwähnten Betrag auszustellen. Wenn Sie unterschrieben haben, will ich Ihnen den Brief aushändigen."

Ich war überrascht. Der Präfekt schien wie vom Blitz getroffen. Eine Minute lang saß er stumm und bewegungslos da. Er blickte meinen Freund mit offenem Munde ungläubig an, und seine Augen schienen aus ihren Höhlen zu treten. Dann schien er sich wieder zu fassen. Er ergriff eine Feder, stockte einige Male und starrte in die Luft. Darauf schrieb und unterzeichnete er eine Anweisung auf fünfzigtausend Franken, die er Dupin über den Tisch hin zureichte. Dieser prüfte sie sorgfältig und steckte sie in seine Tasche. Dann öffnete er einen Sekretär, entnahm ihm einen Brief und übergab ihn dem Präfekten. Halb außer sich vor Freude griff der Beamte danach. Er öffnete ihn mit zitternder Hand, warf einen eiligen Blick hinein, stolperte hastig zur Tür und stürzte schließlich ohne jeden Gruß aus dem Zimmer und aus dem Hause, ohne ein Wort geredet zu haben, seitdem ihn Dupin aufgefordert hatte, die Anweisung zu schreiben.

Als er weg war, erklärte mir mein Freund den ganzen Sachverhalt.

„Die Pariser Polizei", begann er, „ist auf ihre Weise außerordentlich tüchtig. Sie ist zäh, scharfsinnig, verschlagen und durchaus bewandert in den Kenntnissen all dessen, was mit ihren Obliegenheiten zusammenhängt. Als uns G. seine Untersuchungsmethoden im Hause D. auseinandergelegt hatte, war ich durchaus davon überzeugt, daß er mehr nicht hätte tun können, soweit sich nämlich seine Tätigkeit erstreckte."

„Soweit sich seine Tätigkeit erstreckte?" fragte ich.

„Allerdings", entgegnete Dupin. „Die ergriffenen Maßnahmen waren nicht nur die besten ihrer Art, sondern auch mit absoluter Vollkommenheit durchgeführt.

Hätte sich der Brief im Bereich ihrer Nachforschungen befunden, so hätten diese Burschen ihn zweifellos aufgespürt."

Ich lachte nur, aber er schien es mit seinen Worten sehr ernst zu meinen.

„Die Maßnahmen", fuhr er fort, „waren also an sich gut und einwandfrei durchgeführt. Ihr Fehler lag darin, daß sie in diesem Falle und bei diesem Mann nicht anwendbar waren. Eine bestimmte Art höchst scharfsinniger Hilfsmittel sind für den Präfekten stets ein Prokrustesbett, dem er seine Pläne gewaltsam anpaßt. Aber er irrt sich regelmäßig, indem er für den gerade vorliegenden Fall entweder zu tief oder zu seicht ist, und mancher Schulbube überlegt besser als er. Ich kannte einen Achtjährigen, dessen Erfolge beim Raten in dem Spiel ‚Gerade oder Ungerade' allgemeine Bewunderung hervorriefen. Das Spiel ist einfach und wird mit Murmeln gespielt. Der eine Spieler hält eine Anzahl von diesen Dingern in der Hand und fragt einen anderen, ob es eine gerade oder ungerade Anzahl ist. Rät dieser richtig, gewinnt er eine, im anderen Falle verliert er eine. Der Junge, von dem ich spreche, gewann alle Murmeln in seiner Schule. Natürlich hatte er ein Prinzip beim Raten und das lag nur im Beobachten und Taxieren der Schlauheit seines Gegners. Hatte er einen durchtriebenen Dummkopf vor sich, der ihm seine geschlossene Hand mit der Frage ‚Gerade oder Ungerade' entgegenhielt, so antwortete er, ‚Ungerade' und verlor. Aber beim zweiten Male gewann er, denn er sagte sich: Der Simpel hatte soeben ‚gerade', und seine Schlauheit reicht gerade aus, daß er jetzt, ‚ungerade' nimmt. Deshalb rate ich jetzt ‚ungerade'. Er tut's und gewinnt. Ein einfältiger Junge, der um einen Grad klüger war als der erste, würde so überlegt haben: dieser Bursche sieht, daß ich das erstemal ‚ungerade' gesagt habe. Beim zweiten Male will er dann einfach ‚gerade' und ‚ungerade' abwechseln lassen, wie der erste Dummkopf dies getan hat. Aber eine weitere Überlegung sagt ihm, daß dies ein zu einfacher Wechsel ist, und schließlich entscheidet, wie vorher ‚gerade' in die Hand zu nehmen. Darum rate ich jetzt ‚gerade'. Er tut's und gewinnt. Worin besteht nun letzten Endes diese Methode des Schulbuben, von dem seine Kameraden sagten: ‚E hat Glück'?"

„Lediglich darin", entgegnete ich, „daß der Überlegende sich in die Gedanken seines Gegners hineinversetzt."

„So ist es", erwiderte Dupin, „und als ich den Burschen fragte, auf welche Weise er dieses ‚Sichhineinversetzen' zustande bringe, auf dem alle seine Erfolge beruhten, erhielt ich folgende Antwort: ‚Wenn ich herausbekommen will, wie klug oder wie dumm, wie gut oder wie schlecht jemand ist, oder was er gerade denkt, so mache ich genau so ein Gesicht wie er, und dann warte ich, welche Gedanken oder Gefühle mir in den Kopf oder ins Herz kommen, die dem Gesichtsausdruck entsprechen.' Diese Antwort des Schulbuben ist das Fundament zu all der bei Larochefoucauld, La

Bruyère, Machiavelli und Campanella angenommenen Tiefgründigkeit.“

„Und diese Art des Nachdenkenden, seinen Verstand mit dem seines Gegners zu identifizieren“, erwiderte ich, „hängt also, wenn ich Sie richtig verstehe, von der Genauigkeit ab, mit welcher der Verstand des Gegners eingeschätzt wird.“

„In der Praxis hängt sie davon ab“, entgegnete Dupin, „und der Präfekt hat mit seiner Kohorte eben deshalb so oft Pech, weil ihnen erstens diese Identifizierung mißlingt und zweitens weil sie den Verstandesumfang ihres Gegners nicht richtig einzuschätzen vermögen. Sie haben nur ihre eigenen Begriffe von Scharfsinn, und wenn sie etwas Verstecktes suchen, so tun sie dies nur nach Gesichtspunkten, unter denen sie selbst es versteckt haben würden. Darin haben sie oft recht, denn ihr Verstand entspricht genau dem der großen Menge. Weicht aber die Verschlagenheit eines Verbrechers in ihrer Art von der ihrigen ab, so entwischt dieser ihnen natürlich. Das geschieht jedesmal, wenn sie es mit jemanden zu tun haben, der ihnen überlegen ist, und sehr häufig auch, wenn er unter ihnen steht. Sie vermögen ihre Untersuchungsmethoden nicht zu variieren, und besonders ungewöhnliche Umstände oder eine besonders hohe Belohnung vermögen sie dazu zu bringen, ihre alten Praktiken zu erweitern und zu übertreiben, ohne ihre Grundsätze zu ändern. Was ist denn in diesem Falle D. geschehen, um die Prinzipien des Vorgehens zu variieren? Was ist dieses Bohren und

Nachforschen, dieses Abklopfen und Untersuchen mit dem Vergrößerungsglas, dieses Einteilen des Hauses in numerierte Quadratzolle — was ist dieses alles anders, als ein Übertreiben des einen Prinzips oder eine Folge von Prinzipien des Durchsuchens, die auf der einzigen Beurteilung menschlichen Scharfsinnes beruhen, die sich der Präfekt in der langen Zeit seiner Amtstätigkeit angewöhnt hat? Haben Sie nicht beobachtet, daß er es für ausgemacht hält, jeder, der einen Brief verstecken will, müsse dies — wenn auch nicht gerade in einem aufgebohrten Stuhlbein — aber doch wenigstens an einer abgelegenen Stelle tun, aus der gleichen Überlegung heraus, die einen Mann veranlassen würde, einen Brief in einem Loch zu verbergen, das er in ein Stuhlbein gebohrt hat? Und sehen Sie nicht auch ein, daß solche ausgesuchten Verstecke nur für alltägliche Fälle die geeigneten sind und nur von einem alltäglichen Geist benutzt werden, denn in allen Fällen ist ein Versteck in dieser ausgefallenen Form im ersten Augenblick zu entdecken und w i r d entdeckt, und das hängt nicht so sehr von dem Scharfsinn, sondern in viel größerem Maße von der Sorgfalt, Geduld und Entschlossenheit des Suchenden oder, was in den Augen der Polizei auf dasselbe hinausläuft, von der Höhe der Belohnung ab. In diesem Falle hat es noch nie an den genannten Eigenschaften gefehlt. Jetzt werden Sie verstehen, was ich meinte, wenn ich annahm, daß, wenn der entwendete Brief irgendwo in dem Bereich versteckt gewesen ist, in dem der Präfekt seine Nachforschungen angestellt hat, mit anderen Worten, wenn die Grundsätze, nach denen er versteckt wurde, mit denen des Präfekten übereinstimmen, dann wäre seine Entdeckung ohne Zweifel gelungen. Dieser Beamte ist aber durchaus mystifiziert worden, und der endliche Grund für seinen Mißerfolg liegt darin, daß er den Gesandten für einen Narren hielt, weil dieser als Dichter bekannt geworden ist. Der Präfekt hat das Empfinden, daß alle Narren Dichter sind, und macht sich nun lediglich einer Non distributio medii schuldig, indem er umgekehrt annimmt, daß alle Dichter auch Narren sind."

„Aber ist dies wirklich der Dichter?" fragte ich. „Es sind, soviel ich weiß, zwei Brüder, und beide haben sich als Schriftsteller einen Namen gemacht. Der Gesandte hat, glaube ich, eine wissenschaftliche Abhandlung über die Differentialrechnung geschrieben. Er ist Mathematiker und nicht Dichter!"

„Sie irren sich, ich kenne ihn genau, er ist beides. Als Dichter und als Mathematiker hat er vernünftig überlegt. Als reiner Mathematiker hätte er dies gar nicht fertiggebracht und wäre dem Präfekten ausgeliefert gewesen."

„Mit dieser Meinung", erwiderte ich, „die der Ansicht der Allgemeinheit vollkommen widerspricht, überraschen Sie mich! Glauben Sie nicht, damit der wohlbegründeten Anschauung von Jahrhunderten zu widersprechen? Das mathematische Denken ist doch seit langem als das Denken ‚par excellence' betrachtet worden."

„Il y a à parier", entgegnete Dupin mit einem Ausspruch Chamfords, „que toute idée publique, toute convention reçue est une sottise, car elle a convenue au plus grand nombre. Die Mathematiker, versichere ich Ihnen, haben ihr Bestes getan, den allgemeinen Irrtum, auf den Sie anspielen, zu verbreiten, und der nichtsdestoweniger ein Irrtum bleibt, obwohl er als Wahrheit verkündet wird. So haben sie mit einem Eifer, der einer besseren Sache würdig wäre, den Ausdruck ‚Analyse' in die Mathematik hineingebracht. Die Franzosen sind die Urheber dieser besonderen Täuschung. Wenn aber ein Ausdruck irgendwelche Bedeutung haben soll, wenn Worte einen ihrer Anwendbarkeit entsprechenden Wert haben, dann heißt ‚Analysis' Algebra, etwa wie im Lateinischen ambitio Ambition, religio Religion und homo honestus Ehrenmann bedeutet."

„Sie streiten sich", unterbrach ich ihn, „wie ich sehe, mit den Pariser Algebraisten — aber fahren Sie fort."

„Ich erörtere die Anwendbarkeit und damit den Wert dieses Verstandes, die in einer besonderen Form oder als das abstrakt Logische gepflegt wird. Insbesondere erörtere ich den Verstand, der aus mathematischen Studien hervorgeht. Die Mathematik ist die Wissenschaft der Gestalt und der Menge. Mathematische Überlegungen sind nur auf die Beobachtung von Gestalt und Menge angewandte Logik. Der große Irrtum liegt in der Annahme, daß eben die Wahrheiten, die man ‚reine' Algebra nennt, abstrakte oder allgemeine Wahrheiten sind. Und dieser Irrtum ist so außerordentlich, daß ich verwirrt darüber bin, wie allgemein er herrscht. Mathematische Lehrsätze haben keine allgemeine Gültigkeit. Was richtig ist hinsichtlich der Beziehung von Gestalt und Menge — ist oft grundfalsch z. B. hinsichtlich der Morallehre. Hierbei ist es durchaus falsch, daß z. B. die Summe der Einzelheiten gleich dem Ganzen ist. Auch in der Chemie ist dieser Lehrsatz falsch. Auch in der Beurteilung von Motiven ist er falsch, denn zwei Motive von gegebenem Wert haben, wenn sie vereinigt sind, nicht den gleichen Wert wie die Summe ihrer Einzelwerte. Es gibt zahlreiche andere mathematische Wahrheiten, die nur in den Grenzen ihrer Beziehungen richtig sind. Aber der Mathematiker urteilt nach seinen engbegrenzten Wahrheiten aus Gewohnheit, als seien sie von unbedingt allgemeiner Anwendbarkeit — wie die Welt denn auch tatsächlich glaubt, daß sie es sind. Bryant erwähnt in seiner sehr gelehrten ‚Mythologie' die entsprechende Quelle eines Irrtums, wenn er sagt, daß die heidnischen Fabeln zwar nicht geglaubt werden, aber daß wir dies dauernd vergessen und Folgerungen aus ihnen wie aus wirklichen Tatsachen ziehen. Mit den Algebraisten, die selbst Heiden sind, werden die heidnischen Fabeln geglaubt, und die Folgerungen werden gezogen nicht so sehr aus Gedächtnisschwäche wie auf Grund einer unverantwortlichen Denkfaulheit.

Kurz, ich bin noch niemals einem reinen Mathematiker begegnet, dem von Grund auf zu trauen war, oder der es nicht insgeheim als ein Dogma ansah, daß $x^2 + px$ absolut und unbedingt $= q$ ist. Sagen Sie doch bitte einmal versuchsweise einem dieser Herren, es gebe Fälle, wo $x^2 + px$ n i c h t $= q$ ist, und wenn Sie ihm klargemacht haben, was Sie meinen, dann ziehen Sie sich möglichst schnell aus seiner Reichweite zurück, denn ohne Zweifel wird er versuchen, Sie niederzuschlagen.

Ich will damit sagen", fuhr Dupin fort, während ich zu seinen Äußerungen nur lachte, „daß der Präfekt mir diese Geldanweisung nicht hätte zu geben brauchen, wenn der Gesandte nur Mathematiker wäre. Ich weiß indes, daß er Mathematiker u n d Dichter ist, und meine Maßnahmen haben sich nach seinen Fähigkeiten gerichtet, wobei ich noch auf die besonderen Umstände Rücksicht genommen habe. Ebenso kenne ich ihn als Hofmann und kühnen Intriganten. Ein solcher Mann, nahm ich an, mußte mit den üblichen Polizeimethoden vertraut sein. Er konnte es nicht versäumen — und die Tatsachen haben bewiesen, daß er es wirklich nicht tat —, den gegen ihn getroffenen Maßnahmen zuvorzukommen. Er mußte, wie ich vermute, die geheimen Nachforschungen in seinem Hause vorausgesehen haben. Seine häufige nächtliche Abwesenheit von Hause, die von dem Präfekten als gewisse Hilfe für seinen Erfolg begrüßt wurde, betrachte ich nur als Kunstgriff, um der Polizei die Möglichkeit für ihre Nachforschungen zu geben und sie um so eher zu der Überzeugung zu bringen, zu der G. zum Schluß tatsächlich gekommen ist — zu der Überzeugung, daß sich der Brief nicht auf dem Grundstück befand. Ich fühlte auch, daß der ganze Gedankengang, den ich Ihnen soeben mit vieler Mühe auseinandergesetzt habe, nämlich, was die unveränderlichen Grundsätze der Polizei beim Suchen verborgener Gegenstände betrifft — ich fühlte, daß dieser ganze Gedankengang dem Gesandten notwendigerweise durch den Kopf gehen werde. Das mußte ihn gebieterisch veranlassen, alle üblichen Verstecke zu vermeiden. So dumm konnte er nicht sein, überlegte ich, nicht zu wissen, daß auch der schwierigste und abgelegenste Winkel im Hause den Sonden, Bohrern und Vergrößerungsgläsern des Präfekten ebenso zugänglich sein mußte, wie seine gewöhnlichen Räumlichkeiten. Schließlich sah ich, daß er ganz natürlich zur Einfachheit getrieben wurde, wenn er sich nicht freiwillig dazu entschloß. Sie erinnern sich vielleicht, wie verzweifelt der Präfekt auflachte, als ich bei unserer ersten Unterhaltung die Vermutung äußerte, dieses Geheimnis mache ihm nur deshalb so viel Mühe, weil es so selbstverständlich sei."

„Ja", erwiderte ich, „ich entsinne mich seiner Lustigkeit sehr wohl. Ich dachte tatsächlich, er fiele in Krämpfe."

„Das Materielle", fuhr Dupin fort, „hat in strenger Analogie den Vorrang vor dem Abstrakten, und eine Metapher oder ein Gleichnis vermag einem rhetorischen Grundsatz eine Färbung des Wahrhaftigen zu geben und einen Beweis zu erhärten oder eine Schilderung auszuschmücken. Das Trägheitsprinzip scheint in gleicher Weise in der Physik und in der Metaphysik zu herrschen. Es liegt keine größere physikalische Wahrheit in der Tatsache, daß sich ein umfangreicherer Körper schwieriger in Bewegung setzen läßt als ein kleinerer, und daß die dementsprechende lebendige Kraft dieser Schwierigkeit entspricht, als es eine solche der Metaphysik ist, daß ein Geist von größerem Fassungsvermögen eine größere Urteilskraft und Logik besitzt und wirksamer in seinen Regungen ist als der geringere und trotzdem in den ersten Augenblicken seiner Tätigkeit unbeweglicher, schwerfälliger und voller Hemmungen ist. Haben Sie schon beobachtet, welche von den Schildern über den Ladentüren auf der Straße unsere Aufmerksamkeit am ersten erregen?"

„Ich habe noch nicht darauf geachtet", entgegnete ich.

„Es gibt ein Rätselspiel, das man auf einer Landkarte spielt. Die eine Partei läßt die andere ein gegebenes Wort — den Namen einer Stadt, eines Flusses, einer Landschaft oder eines Reiches —, kurz irgendein Wort auf der buntscheckigen und verwirrenden Oberfläche einer Karte suchen. Ein Neuling in diesem Spiel sucht seinen Gegner dadurch zu verwirren, daß er ihm die am kleinsten geschriebenen Namen zu raten aufgibt, aber der Erfahrene wählt solche Worte, die sich in großen Buchstaben von einem Ende der Karte bis zum anderen erstrecken. Diese wie die Schilder und Plakate mit übergroßen Buchstaben auf der Straße entgehen der Beobachtung, weil sie zu deutlich sichtbar sind, und diesem physischen Übersehen entspricht eine geistige Unachtsamkeit, die den Verstand an zu aufdringlichen und zu handgreiflich selbstverständlichen Beobachtungen vorübergehen läßt. Aber dieser Punkt scheint etwas über oder außerhalb des Verständnisses des Präfekten zu liegen. Er hat es niemals für wahrscheinlich oder für möglich gehalten, daß der Gesandte den Brief unmittelbar unter der Nase der ganzen Welt hätte aufbewahren können und so am besten einen Teil dieser Welt daran hinderte, ihn zu bemerken.

Je mehr ich diese kühnen, verschlagenen und berechnenden Überlegungen D.s bedachte und mir die Tatsachen vergegenwärtigte, daß das Dokument jederzeit zur Hand sein mußte, wenn er es zweckdienlich zu verwenden gedachte, daß es, wie der Präfekt klar bewiesen hat, sich nicht im Bereich der Nachforschungen seiner Gnaden befand, um so mehr war ich überzeugt, daß sich der Gesandte verständiger- und scharfsinnigerweise dazu entschlossen hatte, den Brief überhaupt nicht zu verstecken.

Ganz erfüllt von diesen Gedanken, versah ich mich mit einer grünen Brille und kam eines Morgens wie zufällig in die Dienstwohnung des Gesandten. Ich fand D. wie immer gähnend, sich räkelnd und faulenzend zu Hause vor, und er behauptete, sich in höchstem Maße zu langweilen. Er ist vielleicht der Tatkräftigste unter allen lebenden Menschen, aber das nur, wenn ihn niemand sieht.

Um es ihm gleichzutun, beklage ich mich über meine schwachen Augen und insbesondere darüber, daß ich diese Brille tragen müsse. Unter ihrem Schutz betrachtete ich sorgfältig und gründlich das ganze Zimmer, während ich nur auf die Unterhaltung meines Gastgebers zu achten schien.

Besondere Aufmerksamkeit widmete ich einem großen Schreibtisch, in dessen Nähe er saß und auf dem verschiedene Briefe und andere Papiere, ein paar Musikinstrumente und einige Bücher unordentlich herumlagen. Indes vermochte ich nach langem und bedachtsamem Nachforschen hier nichts Verdächtiges festzustellen. Schließlich fielen meine Augen, als sie die Runde durch den Raum machten, auf einen minderwertigen Besuchskartenhalter aus durchbrochenem Pappdeckel, der an einem schmutzigen blauen Band von einem Messingknopf über der Mitte des Kaminmantels herabbaumelte. In diesem Halter, der in drei oder vier Fächer eingeteilt war, steckten fünf oder sechs Besuchskarten und ein einzelner Brief. Dieser war sehr beschmutzt und zerknittert und mittendurch fast vollkommen entzweigerissen, als ob man im ersten Augenblick ihn als wertlos hätte zerreißen wollen, dann aber im nächsten sich besonnen oder eingehalten hätte. Er trug ein großes schwarzes Siegel mit dem Buchstaben D und war mit einer feinen weiblichen Handschrift an den Gesandten selbst adressiert. Er schien sorglos und etwas geringschätzig in das oberste Fach des Halters hineingesteckt zu sein.

Kaum fiel mein Blick auf diesen Brief, als ich mir darüber im klaren war, daß dies der gesuchte war. Allerdings war er äußerlich vollkommen verschieden von dem, dessen genaue Beschreibung uns der Präfekt vorgelesen hatte. Hier war das Siegel groß und schwarz mit dem Buchstaben D, dort klein und rot mit dem herzoglichen Wappen der Familie S. Hier war die Anschrift an den Gesandten klein und in weiblicher Handschrift, dort die Überschrift an eine gewisse Persönlichkeit des Königlichen Hauses gerichtet und in ausgesprochen kühnen und entschiedenen Schriftzügen. Nur die Größe war bei beiden die gleiche, aber der größte Unterschied, das Auffällige war der Schmutz, der unsaubere und zerrissene Zustand des Papieres, der so unvereinbar war mit den tatsächlichen Gewohnheiten D.s und so sehr dazu bestimmt, in dem Beschauer die Auffassung hervorzurufen, das Schriftstück sei durchaus wertlos. Dies alles, zusammen mit der auffälligen Aufbewahrung des Dokumentes unter den Augen jedes Besuchers und in Übereinstimmung mit den Schlüssen, zu denen ich vorher gekommen war, dies alles, sage ich, war durchaus geeignet, Verdacht bei jemand zu erregen, der in der Absicht kam, Verdacht zu hegen.

Ich dehnte meinen Besuch so lange wie möglich aus, und während ich mich mit dem Gesandten sehr angeregt über ein Thema unterhielt, das ihn, wie ich wußte, stets in höchstem Maße interessierte und erregte, richtete ich in Wirklichkeit meine ganze Aufmerksamkeit auf den Brief. Bei dieser Untersuchung bemühte ich mich, mir sein Aussehen und die Art, wie er in dem Halter steckte, genau einzuprägen. Dabei machte ich schließlich eine Entdeckung, die jeden bisher noch gehegten Zweifel beseitigte. Bei der Betrachtung der Kanten des Papieres beobachtete ich nämlich, daß diese fester als notwendig gefalten waren. Sie zeigten das Aussehen, das ein steifes Papier hat, wenn es einmal gefaltet und mit dem Falzbein glatt gestrichen worden ist und dann in denselben Bruchstellen in umgekehrter Weise wieder gefaltet wird. Diese Entdeckung genügte mir. Es war mir klar, daß der Brief wie ein Handschuh mit der Innenseite nach außen gewendet, umadressiert und gesiegelt worden war. Ich wünschte dem Gesandten einen guten Morgen und verabschiedete mich, indem ich eine goldene Schnupftabakdose auf dem Tisch liegenließ.

Am nächsten Morgen fragte ich nach der Schnupftabakdose, und wir kamen wieder auf unser Thema des vorherigen Tages zu sprechen. Währenddessen erscholl unmittelbar unter dem Fenster des Hauses ein lauter Schuß wie aus einer Pistole, dem eine Anzahl erschreckter Schreie und das Gebrüll einer aufgeregten Menge folgten. D. stürzte an ein Fenster, riß es auf und schaute hinaus. Währenddessen trat ich zu dem Kartenhalter, nahm den Brief heraus, steckte ihn in die Tasche und ersetzte ihn durch ein äußerlich gleichaussehendes Faksimile, das ich zu Hause sorgfältig dafür vorbereitet hatte. Den Buchstaben D hatte ich mit Hilfe eines aus Brot gefertigten Siegels leicht nachahmen können.

Der Lärm auf der Straße war durch das sinnlose Benehmen eines Mannes mit einer Flinte verursacht worden. Er hatte sie in eine Menge von Frauen und Kindern hinein abgefeuert. Indes stellte sich heraus, daß sich keine Kugel darin befunden hatte, und man hatte ihn laufen lassen, da er offenbar verrückt oder betrunken war. Als er weg war, trat D. von dem Fenster zurück, wohin ich ihm gefolgt war, nachdem ich den Brief in Sicherheit gebracht hatte. Bald darauf verabschiedete ich mich. Der fragliche Verrückte war von mir bezahlt gewesen."

„Warum aber", fragte ich, „haben Sie den Brief durch eine Nachahmung ersetzt? Wäre es nicht besser gewesen, ihn beim ersten Besuch offen an sich zu nehmen und wegzugehen?"

„D.", erwiderte Dupin, „ist ein desperater und zu allem entschlossener Kerl. Überdies befinden sich in seinem Hause stets Leute, die alles für ihn tun. Hätte ich den tollen Versuch gewagt, den Sie eben erwähnten, so hätte ich das Haus wohl kaum lebendig verlassen, und die guten Pariser hätten nichts wieder von mir gehört. Aber über diese Überlegungen hinaus hatte ich noch etwas anderes im Sinne. Sie kennen meine politischen Ansichten. In dieser Angelegenheit handele ich als Parteigänger der daran beteiligten Dame. Achtzehn Monate lang hielt der Gesandte sie in seiner Gewalt. Nun hat sie ihn in der ihrigen, denn da er es nicht bemerkt, daß der Brief sich nicht mehr in seinem Besitz befindet, wird er mit seinen Erpressungen fortfahren, als wenn dieses tatsächlich noch der Fall wäre. Damit gräbt er sich selbst politisch sein Grab. Sein Sturz wird ebenso plötzlich wie unangenehm sein. Man mag sehr wohl über den facilis descensus Averni reden, aber bei jeder Art von Klettern ist es, wie die Catalani vom Singen sagt, weitaus leichter, hinauf- als wieder herunterzukommen. Im vorliegenden Falle habe ich keine Sympathie oder Mitleid für den, der herunterkommt. Er ist das Monstrum horrendum, ein Genie ohne Grundsätze. Indes gebe ich zu, gar zu gerne den wirklichen Charakter seiner Gedanken zu kennen, wenn diejenige, die der Präfekt ‚eine gewisse Persönlichkeit' nennt, ihm Trotz bietet und er sich veranlaßt sieht, den Brief zu öffnen, den ich an Stelle des anderen in dem Ständer gelassen habe."

„Wieso? Haben Sie irgend etwas Besonderes hineingeschrieben?"

„Nun, es schien mir nicht recht zu sein, das Innere leer zu lassen — das wäre kränkend gewesen. D. hat mir einst in Wien einen üblen Streich gespielt, den ich ihm in einer guten Laune heimzuzahlen versprach. Da ich wußte, daß er neugierig darauf sein werde, zu erfahren, wer ihn überlistet hat, so hätte ich es sehr bedauert, wenn ich ihm keinen Hinweis gegeben hätte. Er kennt meine Handschrift sehr gut, und ich habe auf die Mitte des leeren Blattes die Worte gesetzt:

‚Un dessin si funeste, s'il n'est digne d'Atrée, est digne de Thyeste'.

Die Worte stehen in Crébillons Atrée."

Die Tatsachen im Falle Valdemar

Natürlich kann ich nicht behaupten, daß ich mich darüber wundere, wenn der außergewöhnliche Fall Valdemar Aufsehen erregt hat. Es wäre ein Wunder gewesen, wenn er — insbesondere unter den gegebenen Umständen — dies nicht getan hätte. Trotz der Wünsche aller Beteiligten, die Sache wenigstens vorläufig geheimzuhalten, bis wir Zeit zu weiteren Untersuchungen gehabt hätten — trotz unserer Bemühungen, dies durchzusetzen —, fand ein entstellter und übertriebener Bericht den Weg in die Öffentlichkeit und wurde Veranlassung zu vielen falschen und aufgebauschten Darstellungen, die natürlich vielerorts nicht geglaubt wurden.

Es ist deshalb notwendig, daß ich hier die Tatsachen wiedergebe, soweit ich sie selbst überblicke. Es sind kurz etwa folgende:

Im Laufe der letzten drei Jahre war meine Aufmerksamkeit verschiedentlich auf den Mesmerismus gelenkt worden, und vor etwa neun Monaten fiel mir plötzlich auf, daß in der Reihe der bisher angestellten Versuche sich eine bemerkenswerte und unerklärliche Lücke befand: bis zu diesem Augenblick war noch niemand ‚in articulo mortis' hypnotisiert worden. Es war also erstens festzustellen, ob in dieser Lage der Patient für magnetische Einflüsse empfänglich ist, zweitens ob eine solche Empfänglichkeit durch diese Umstände gesteigert oder vermindert wird, und drittens in welchem Umfange oder für welchen Zeitraum der Eintritt des Todes durch diesen Vorgang aufzuhalten ist. Es gab noch andere Punkte, die zu klären waren, aber diese und wegen der ungeheuren Bedeutung seiner Folgen besonders der letztgenannte erregten meine Neugierde in stärkstem Maße.

Während ich mich nach einem geeigneten Objekt umsah, an dem ich diese einzelnen Beobachtungen anstellen konnte, fiel mir mein Freund Ernest Valdemar ein, der bekannte Herausgeber der ‚Bibliotheca Forensica' und — unter dem Pseudonym Issachar Marx — der polnischen Ausgaben des ‚Wallenstein' und des ‚Gargantua'. Valdemar, der seit dem Jahre 1839 fast dauernd in Harlem im Staate New York gewohnt hat, fällt — oder fiel — besonders auf wegen seiner übergroßen Magerkeit — seine unteren Gliedmaßen erinnerten stark an die John Randolphs — und auch wegen seines weißen Backenbartes, der in starkem Gegensatz zu seinem schwarzen Haar stand, das man deshalb allgemein irrtümlich für eine Perücke hielt. Sein Temperament war ausgesprochen nervös und machte ihn für mesmeristische Versuche besonders geeignet. Zwei- oder dreimal hatte ich ihn ohne große Schwierigkeit einschläfern können, hatte aber zu meiner Enttäuschung keine weiteren Resultate bei ihm zu erzielen vermocht, die ich auf Grund seiner besonderen Veranlagung bei ihm erwartet hatte. Sein Wille war mir keinen Augenblick lang tatsächlich und uneingeschränkt unterworfen, und bezüglich des Hellsehens vermochte ich nichts zu erreichen, worauf ich mich hätte verlassen können. Dieses Mißlingen führte ich auf seinen schlechten Gesundheitszustand zurück, denn wenige Monate, ehe wir miteinander bekannt geworden waren, hatten die Ärzte bei ihm eine Lungentuberkulose in fortgeschrittenem Stadium festgestellt. Er pflegte indessen über seinen zu erwartenden Tod ruhig wie über eine unvermeidliche und weiter nicht zu bedauernde Tatsache zu sprechen.

Als ich begann, mich mit den obenerwähnten Gedanken zu beschäftigen, war es ganz natürlich, daß ich an Valdemar dachte. Ich kannte die ruhigen philosophischen Anschauungen dieses Mannes zu genau, um irgendwelche Bedenken von seiner Seite zu erwarten. Überdies hatte er in Amerika keinerlei Verwandten, die irgendwelche Schwierigkeiten machen würden. Ich sprach freimütig mit ihm über meine Absicht, und zu meiner Überraschung zeigte er ein großes Interesse. Ich sage: zu meiner Überraschung, denn wenn er sich auch stets bereitwilligst für meine Versuche zur Verfügung gestellt hatte, so hatte er doch nie eine besondere Anteilnahme an meinem Tun zu erkennen gegeben. Die Art seiner Erkrankung erlaubte eine genaue Vorausbestimmung des Zeitpunktes, zu dem sein Tod zu erwarten war, und wir verabredeten, daß er mich etwa vierundzwanzig Stunden vor dem von seinen Ärzten angekündigten Augenblick seines Todes rufen lassen werde.

Es sind nun etwa sieben Monate vergangen, seitdem ich von Valdemars eigener Hand folgende Mitteilung erhielt: ‚Mein lieber P.! Sie können gleich kommen. D. und F. sind übereinstimmend der Ansicht, länger als bis morgen Mitternacht werde ich nicht mehr mitmachen, und ich glaube, sie haben den Zeitpunkt ziemlich genau erraten. Valdemar.'

Ich erhielt diese Zeilen eine halbe Stunde, nachdem sie geschrieben waren, und fünfzehn Minuten später stand ich im Zimmer des Sterbenden. Ich hatte ihn seit zehn Tagen nicht gesehen und war erschüttert über die furchtbaren Veränderungen, die während dieser kurzen Zeit mit ihm vorgegangen waren. Sein Gesicht war bleifarben, die Augen vollkommen glanzlos und die Abmagerung so außerordentlich, daß die Wangenknochen seine Haut durchstießen. Er hustete unaufhörlich, und der Puls war kaum noch vernehmbar. Trotzdem verfügte er bemerkenswerterweise noch über seine völligen geistigen und in gewissem Umfange auch noch über körperliche Kräfte. Er sprach deutlich, nahm ohne fremde Hilfe einige lindernde Arzneien und war, als ich eintrat, damit beschäftigt, mit Bleistift Notizen in ein Taschenbuch zu machen. Durch einige Kissen gestützt, saß er aufrecht im Bett, und die beiden Ärzte Dr. D. und Dr. F. waren anwesend.

Ich drückte Valdemars Hand, dann nahm ich die beiden Herren beiseite und ließ mir von ihnen einen genauen Bericht über das Befinden des Kranken geben. Der linke Lungenflügel war seit achtzehn Monaten halb verhärtet oder verknorpelt und daher für alle Lebensfunktionen vollkommen unbrauchbar. Der rechte war in seiner oberen Hälfte ebenfalls teilweise oder ganz verhärtet, während die untere Hälfte nur aus zahlreichen ineinander übergreifenden eitrigen Tuberkelherden bestand. An mehreren Stellen war sie vollkommen zerfressen und an einer anderen mit den Rippen verwachsen. Diese Erscheinungen im rechten Flügel waren verhältnismäßig neuen Datums. Die Verhärtung war mit ungewöhnlicher Schnelligkeit vor sich gegangen. Noch einen Monat vorher hatte man keinerlei Anzeichen davon bemerkt, und die Verwachsung war erst in den letzten drei Tagen festzustellen gewesen. Unabhängig von der Lungenerkrankung machten sich bei dem Patienten Anzeichen einer Erweiterung der großen Körperschlagader bemerkbar, indes war eine genaue Diagnose infolge der Verhärtungserscheinungen unmöglich. Beide Ärzte waren der Meinung, Valdemar werde gegen Mitternacht des folgenden Tages — Sonntag — sterben. Dies war um sieben Uhr am Samstagabend.

Als sie das Bett des Kranken verließen, um sich mit mir zu unterhalten, hatten die beiden Ärzte Dr. D. und Dr. F. sich zum letzten Male von ihm verabschiedet. Sie hatten nicht die Absicht, noch einmal zurückzukehren, erklärten sich aber auf meine Bitten bereit, gegen zehn Uhr des nächsten Abends noch einmal nach dem Patienten zu sehen.

Nachdem sie gegangen waren, sprach ich mit Valdemar freimütig über die Tatsache seiner bevorstehenden

Auflösung, wie auch im einzelnen über das geplante Experiment. Er äußerte noch einmal seine vollkommene Bereitwilligkeit, war sogar besorgt, daß es auch wirklich stattfinde, und bat mich, sofort damit zu beginnen. Ein Krankenwärter und eine Pflegerin waren anwesend, aber ich glaubte ein Unternehmen dieser Art ohne die Gegenwart zuverlässigerer Zeugen, als es diese Leute bei einem plötzlichen Zwischenfall sein mochten, nicht beginnen zu dürfen. Ich verschob deshalb den Versuch bis zum nächsten Abend auf etwa acht Uhr. Die Anwesenheit eines Studenten der Medizin, mit dem ich einigermaßen bekannt war — Mister Theodor L...l — enthob mich einer weiteren Verlegenheit. Ursprünglich hatte ich auf die Ärzte warten wollen, aber ich entschloß mich, zu beginnen, einesteils auf die drängenden Bitten Valdemars hin und andererseits, weil ich überzeugt war, daß ich keine Zeit zu verlieren habe, da es offenbar mit ihm zu Ende ging.

L...l erklärte sich auf meine Bitten hin freundlicherweise bereit, alle Vorgänge schriftlich festzuhalten, und alles, was ich jetzt berichte, ist aus diesen Notizen in gekürzter Form oder wörtlich entnommen.

Es fehlten noch etwa fünf Minuten an acht Uhr, als ich den Patienten bat, indem ich seine Hände ergriff, so deutlich es ihm möglich sei, gegenüber Mister L...l zu erklären, er, Valdemar, sei durchaus damit einverstanden, daß ich in dieser seiner augenblicklichen Lage den Hypnoseversuch mit ihm anstelle.

Schwach, aber deutlich vernehmbar erwiderte er: „Ja, ich will hypnotisiert werden", und fügte dann unmittelbar hinzu: „Ich fürchte, Sie haben es zu lange aufgeschoben."

Während er dies sagte, begann ich mit dem Streichen, das, wie ich wußte, seine Einschläferung aufs schnellste herbeiführte. Bereits der erste seitliche Strich meiner Hand über seine Stirn hatte eine offensichtliche Wirkung. Indes vermochte ich, obgleich ich alle meine Kraft konzentrierte, keinen weiteren wahrnehmbaren Erfolg zu erzielen, bis verabredungsgemäß einige Minuten nach zehn Uhr die beiden Ärzte Dr. D. und Dr. F. vorsprachen. Ich erklärte ihnen mit wenigen Worten, was ich beabsichtigte, und sie erhoben keinen Einspruch, da der Todeskampf bereits eingesetzt hatte. Ich fuhr also ohne Zögern fort, wandte aber statt der seitlichen Striche solche nach unten hin an und hielt meinen Blick starr auf das linke Auge des Leidenden geheftet.

Zu dieser Zeit war sein Puls kaum wahrnehmbar und sein Atem röchelnd, bisweilen setzte dieser bis auf die Dauer einer halben Minute aus.

Dieser Zustand währte eine Viertelstunde lang fast unverändert. Dann entrang sich der Brust des Sterbenden ein natürlicher tiefer Seufzer, und der röchelnde Atem hörte auf — das heißt, das Röcheln war nicht länger zu vernehmen. Der Takt des Atmens blieb unverändert. Die Glieder des Kranken waren eiskalt.

Fünf Minuten vor elf stellte ich unverkennbare Zeichen eines hypnotischen Einflusses fest. Das glasige

Rollen des Auges wich einem Ausdruck des gezwungenen Nachinnenschauens, das man nur im Zustande des Wachschlafens kennt und das nicht zu mißdeuten ist. Mit wenigen seitlichen Strichen brachte ich die Augenlider zum Zwinkern, wie bei beginnendem Schlaf, und mit einigen weiteren schloß ich sie vollkommen. Indes genügte mir dies noch nicht, sondern ich fuhr mit meinen Handgriffen nachdrücklich und unter Aufbietung meiner ganzen Willenskraft fort, bis ich eine völlige Erstarrung aller Glieder des Schlummernden erreicht hatte, die ich vorher in eine augenscheinlich bequeme Lage gebracht hatte. Die Beine waren lang ausgestreckt, und die Arme ruhten in geringem Abstand von den Hüften auf dem Bett. Der Kopf war leicht erhoben.

Als ich dies erreicht hatte, war es gerade Mitternacht, und ich bat die anwesenden Herren, Valdemars Zustand zu untersuchen. Nach einigen Versuchen gaben sie zu, daß er sich in einem außergewöhnlich tiefen Hypnoseschlaf befand. Die Neugierde beider Ärzte war aufs höchste erregt. Dr. D. beschloß, die ganze Nacht über bei dem Kranken zu bleiben, während Dr. F. sich mit dem Versprechen verabschiedete, bei Tagesanbruch zurückzukommen. L...l und die beiden Pfleger blieben anwesend.

Wir ließen Valdemar völlig ungestört bis gegen drei Uhr morgens. Dann trat ich zu ihm hin und fand ihn in genau der gleichen Lage wie beim Weggang des Dr. F., das heißt, er lag in der gleichen Stellung, der Puls war unmerkbar, der Atem nur ganz leicht — kaum wahrnehmbar, es sei denn, daß man ihm einen Spiegel vor die Lippen hielt —, die Augen waren auf natürliche Weise geschlossen und die Glieder starr und kalt wie Marmor. Indes war der allgemeine Eindruck keineswegs der des Todes.

Als ich mich Valdemar genähert hatte, machte ich einen halben Versuch, seinen rechten Arm dazu zu bringen, dem meinigen zu folgen, indem ich diesen leicht vor ihm hin und her bewegte. Mit einem solchen Experiment hatte ich früher bei diesem Medium nie Erfolg gehabt und glaubte auch dieses Mal nur wenig damit zu erreichen. Indes folgte zu meinem Erstaunen sein Arm bereitwilligst, wenn auch schwach jeder Richtung, die ich ihm mit dem meinigen wies. Nun beschloß ich, einige Worte der Unterhaltung zu wagen.

„Mister Valdemar", fragte ich, „schlafen Sie?" Er antwortete nicht, indes bemerkte ich ein Zittern um seine Lippen und fühlte mich veranlaßt, die Frage immer wieder an ihn zu richten. Bei der dritten Wiederholung wurde sein Körper von einem leichten Schauer überrieselt, die Augenlider öffneten sich so weit, daß ein weißer Streifen seines Augapfels durchschimmerte, die Lippen bewegten sich langsam, und zwischen ihnen drangen in kaum wahrnehmbarem Flüstern die Worte hervor: „Ja — schlafe jetzt. Wecken Sie mich nicht! — Lassen Sie mich so sterben!"

Daraufhin betastete ich die Glieder und fand sie so starr wie vorher. Der rechte Arm gehorchte wie zuvor den Bewegungen meiner Hand. Ich fragte den Hypnotisierten wieder: „Fühlen Sie noch Schmerzen in der Brust, Mister Valdemar?"

Die Antwort erfolgte jetzt unmittelbar, aber noch leiser als vorhin: „Keine Schmerzen — ich sterbe."

Ich hielt es nicht für angebracht, ihn jetzt noch weiter zu stören, und bis zur Ankunft von Dr. F. wurde nichts mehr gesagt noch getan. Dieser kam kurz vor Sonnenaufgang und gab seinem größten Erstaunen darüber Ausdruck, den Patienten noch am Leben zu finden. Nachdem er ihm den Puls gefühlt und ihm einen Spiegel an die Lippen gehalten hatte, ersuchte er mich, wieder mit dem Hypnotisierten zu sprechen. Das tat ich und fragte ihn: „Mister Valdemar, schlafen Sie noch?"

Wie zuvor vergingen einige Minuten, ehe eine Antwort erfolgte, und in dieser Zeit schien der Sterbende alle Kraft zu sammeln, um zu sprechen. Bei der vierten Wiederholung meiner Frage sagte er ganz leise, fast unhörbar: „Ja, schlafe noch — sterbe."

Es war nun die Ansicht oder vielmehr der Wunsch der Ärzte, Valdemar solle in seiner gegenwärtigen offenbar ruhigen Lage ungestört belassen werden, bis der Tod eintrete. Dies mußte, wie sie übereinstimmend annahmen, innerhalb weniger Minuten der Fall sein. Ich beschloß indessen, noch einmal mit ihm zu sprechen, und wiederholte nur meine vorige Frage.

Während ich sprach, ging eine merkliche Veränderung in der Haltung des Schlafenden vor sich. Die Augen öffneten sich langsam, die Pupillen verschwanden nach oben, die Haut nahm Leichenblässe an, die nicht so sehr an Pergament wie an weißes Papier erinnerte, und die kreisrunden hektischen Flecken, die sich bis zu diesem Augenblick in der Mitte einer jeden Wange scharf abgezeichnet hatten, verschwanden mit einem Male. Ich gebrauche diesen Ausdruck, weil dieses plötzliche Verschwinden mich an nichts so sehr erinnerte wie an das Verlöschen einer ausgeblasenen Kerze. Gleichzeitig zog sich die Oberlippe über die Zähne hinauf, die sie bis dahin vollkommen bedeckt hatte, während der Unterkiefer mit einem hörbaren Ruck herunterfiel und den Mund weit offenstehen ließ, in dem die geschwollene, schwarze Zunge deutlich sichtbar wurde. Ich nehme an, daß niemandem der Anwesenden die Schrecken eines Totenbettes fremd waren, aber so über jeden Begriff schauerlich war in diesem Augenblick Valdemars Aussehen, daß alle aus der Nähe des Bettes zurückwichen.

Ich habe das Empfinden, daß ich nun an einem Punkt meiner Erzählung angekommen bin, von dem ab ich bei keinem meiner Leser Glauben finden werde. Indes kann ich nichts anderes tun, als einfach fortzufahren.

An Valdemar war nun nicht das geringste Lebenszeichen mehr zu erkennen. Da wir annahmen, er sei tot, wollten wir ihn der Obhut der Pfleger überlassen, als sich ein starkes Zittern der Zunge bemerkbar machte. Dies währte etwa eine Minute. Dann erklang zwischen den offenen und bewegungslosen Kiefern hervor eine Stimme, die beschreiben zu wollen Wahnsinn wäre. Es gibt wohl zwei oder drei Ausdrücke, die hier vielleicht am Platze wären. Ich könnte den Ton heiser, gebrochen und hohl nennen, aber die schauerliche Wirkung des Ganzen ist aus dem einfachen Grunde unbeschreiblich, weil ähnliche Laute nie zuvor an das Ohr eines Menschen gedrungen sind. Indes waren es zwei Eindrücke, die ich damals empfand und die mir, wie auch heute noch, das Besondere dieser Laute zu kennzeichnen schienen und einen Begriff von ihrer unirdischen Eigenart zu vermitteln vermögen. Einmal schien die Stimme aus weiter Ferne oder aus einer tiefen Höhle im Innern der Erde an unser — oder doch wenigstens mein — Ohr zu dringen, und zweitens hatte ich dabei — ich fürchte tatsächlich, es wird mir unmöglich sein, mich verständlich zu machen — das Empfinden wie beim Betasten einer gelatinösen oder schleimigen Masse.

Ich habe von ‚Klang' und von ‚Stimme' gesprochen. Damit will ich sagen, daß der Ton eine so deutliche — eine wunderbar und aufregend deutliche Silbenbildung erkennen ließ. Valdemar s p r a c h — offenbar als Antwort auf die Frage, die ich an ihn gerichtet hatte. Man wird sich erinnern, daß ich ihn fragte, ob er schlafe. Nun antwortete er: „Ja — nein — ich habe geschlafen — und jetzt — jetzt — bin ich tot."

Keiner der Anwesenden machte den Versuch, das unaussprechliche Grauen zu unterdrücken, das diese wenigen so geäußerten Worte zu erregen wohl imstande waren. Der Student L...l fiel in Ohnmacht. Die beiden Pfleger verließen das Zimmer und waren nicht zu bewegen, dieses wieder zu betreten. Meine eigenen Eindrücke vermag ich dem Leser nicht zu schildern. Etwa eine Stunde lang bemühten wir uns schweigend — ohne ein Wort zu sagen —, L...l wieder zum Bewußtsein zu bringen. Als er wieder zu sich kam, wandten wir uns erneut Valdemar zu, um seinen Zustand zu untersuchen.

Dieser blieb in jeder Beziehung so, wie ich ihn zuletzt beschrieben habe mit der einen Ausnahme, daß der Spiegel nun kein Zeichen einer Atmung mehr erkennen ließ. Ein Versuch, Blut aus seinem Arm zu ziehen, mißlang. Ich muß auch erwähnen, daß dieses Glied nicht länger meinem Willen gehorchte. Vergebens versuchte ich, es den Winken meiner Hand folgen zu lassen. Das einzige wirkliche Anzeichen einer mesmeristischen Wirkung waren jetzt die zitternden Bewegungen der Zunge, wenn ich eine Frage an Valdemar richtete. Augenscheinlich bemühte er sich zu antworten, hatte aber nicht mehr die nötige Willenskraft dazu. Fragen gegenüber, die einer der anderen Anwesenden an ihn richtete, blieb er vollkommen unempfindlich, obwohl ich versuchte, jeden einzelnen von ihnen in mesmeristische Beziehungen zu ihm zu bringen. Ich glaube, nun alles Nötige gesagt zu haben, um den Zustand des Hypnotisierten in dieser Zeit verständlich zu machen. Es wurden andere Pfleger angestellt, und um zehn Uhr verließ ich in Begleitung der beiden Ärzte und des Mister L . . . l das Haus.

Nachmittags sprachen wir alle wieder vor, um uns den Patienten anzuschauen. Sein Zustand war genau der gleiche geblieben. Wir unterhielten uns darüber, ob es zweckmäßig sei, ihn aufzuwecken. Indes einigten wir uns ohne Mühe zu der Ansicht, daß damit niemandem gedient sei. Offenbar war bis jetzt der Tod — oder was wir im allgemeinen so nennen — durch die Hypnose aufgehalten worden. Es schien uns klar, daß Valdemar aufwecken nur seine augenblickliche oder doch baldige Auflösung herbeiführen hieße.

Von diesem Zeitpunkt an bis zum Ende der letzten Woche — also während der Dauer von fast sieben Wochen — setzten wir unsere täglichen Besuche in Valdemars Hause fort, wobei uns hier und da Ärzte oder andere Freunde begleiteten. Während dieser ganzen Zeit blieb der Hypnotisierte genau so, wie ich ihn zuletzt beschrieben habe. Die Pfleger überwachten ihn ununterbrochen.

Es war am vergangenen Freitag, als wir uns endlich entschlossen, das Experiment der Erweckung zu machen oder dies wenigstens zu versuchen, und das — vielleicht unglückliche — Ergebnis dieses Experimentes ist es, daß der Anlaß zu so vielem Gerede in Privatkreisen und zu so mancher — ich vermag es nicht anders zu nennen — ungerechtfertigten Stellungnahme in der Öffentlichkeit geführt hat.

Um Valdemar aus dem mesmeristischen Trancezustand zu erwecken, wandte ich die üblichen Handgriffe an. Diese blieben eine Zeitlang wirkungslos. Das erste Anzeichen einer Wiederbelebung bestand in einer teilweisen Senkung der Iris. Als besonders bemerkenswert wurde beobachtet, daß diese Senkung der Pupille von dem Ausfließen einer gelblichen, scharf und sehr übelriechenden Flüssigkeit unter den Augenlidern begleitet war.

Nun wurde angeregt, ich solle wie früher versuchen, den Arm des Patienten zu beeinflussen. Ich machte den Versuch, ohne indes damit Erfolg zu haben. Dann äußerte Dr. F. den Wunsch, ich solle eine Frage stellen. Dies tat ich folgendermaßen: „Herr Valdemar, können Sie uns sagen, was Sie augenblicklich fühlen oder wünschen?"

Im Augenblick kehrten die hektischen Flecken auf den Wangen zurück, die Zunge zitterte oder vielmehr bewegte sich heftig im Munde — obwohl die Kiefer und Lippen starr blieben wie vorher —, und schließlich erklang diese furchtbare Stimme, die ich bereits beschrieben habe: „Um Gottes willen! — Schnell! — Schnell! Schläfern Sie mich ein!" oder: „Schnell! — Wecken Sie mich auf! — Schnell! — Ich sage Ihnen, daß ich tot bin!"

Ich war vollkommen fassungslos und wußte im Augenblick nicht, was ich tun sollte. Zuerst versuchte ich, den Patienten wieder einzuschläfern, aber dies mißlang mir, da ich meinen Willen nicht zu konzentrieren vermochte, und so versuchte ich im Gegenteil, ihn aufzuwecken. Bald sah ich, daß ich damit Erfolg hatte, oder glaubte wenigstens, daß mein Erfolg vollkommen sein werde. Ich bin überzeugt, daß alle Anwesenden erwarteten, der Patient werde erwachen.

Auf das, was wirklich geschah, hätte wohl kaum ein menschliches Wesen gefaßt sein können.

Während ich noch eilig die mesmerischen Striche machte — brach, schrumpfte, faulte — während die Worte „Tot! Tot!" von der Zunge und nicht von den Lippen des Leidenden drangen — im Zeitraum einer einzigen Minute oder noch weniger sein ganzer Leib geradezu unter meinen Händen hinweg. Vor allen Anwesenden lag auf dem Bett eine fast zerfließende Masse in ekelhafter, widerlicher Fäulnis.

Das verräterische Herz

Wirklich! Nervös — sehr, furchtbar nervös war ich damals und bin es noch. Aber warum wollen Sie behaupten, ich sei wahnsinnig? Die Krankheit hatte meine Sinne geschärft, nicht zerstört oder verwirrt. Vor allen Dingen war mein Gehör sehr fein. Ich hörte alles im Himmel und auf Erden. Ich hörte mancherlei in der Hölle. Und das sollte Wahnsinn sein? Hören Sie zu! Und achten Sie darauf, wie vernünftig — wie ruhig ich Ihnen die ganze Geschichte erzählen kann!

Ich vermag es nicht zu sagen, wie mir der Gedanke zuerst in den Sinn kam. Aber einmal aufgetaucht, verfolgte er mich Tag und Nacht. Eine Absicht war nicht vorhanden, Leidenschaft lag nicht vor. Ich liebte den Alten. Er hatte mir nie etwas zuleide getan, nie habe ich eine Kränkung von ihm erfahren. An seinem Gold hatte ich kein Interesse. Ich glaube, es war sein Auge! Ja, das war es! Das eine seiner Augen erinnerte an das eines Geiers — ein blaßblaues Auge mit einem Häutchen darüber. Stets, wenn es mich anstarrte, stockte mein Blut, und so kam mir nach und nach, ganz allmählich der Gedanke, den alten Mann ums Leben zu bringen und so für immer dieses Auge loszuwerden.

Das ist also der Kernpunkt. Sie halten mich für verrückt! Verrückte wissen von nichts. Aber mich hätten Sie sehen sollen, wie klug ich vorging, mit welcher Behutsamkeit, mit welchen Überlegungen und Verstellungen ich zu Werke ging! Nie zuvor war ich freundlicher zu dem Alten als in der Woche, bevor ich ihn umbrachte. Und jede Nacht um Mitternacht drückte ich die Klinke seiner Tür nieder und öffnete sie — oh, so leise! Und wenn die Öffnung für meinen Kopf weit genug war, dann steckte ich eine geschlossene Blendlaterne hindurch, so dicht abgeblendet, daß kein Schimmer hervordrang, und dann schob ich meinen Kopf hinterher. Oh, Sie hätten gelacht, wenn Sie gesehen hätten, wie listig ich ihn hineinsteckte. Ich bewegte ihn langsam, ganz, ganz langsam, um den Schlaf des Alten nicht zu stören. Eine ganze Stunde brauchte ich, um meinen Kopf so weit durch den Spalt hindurchzustecken, daß ich ihn auf seinem Bett liegen sehen konnte. Ha! Wäre ein Wahnsinniger so klug gewesen? Und dann, wenn mein Kopf im Zimmer drin war, öffnete ich die Laterne vorsichtig — oh, so vorsichtig! Vorsichtig, denn die Scharniere knarrten, öffnete ich sie, daß gerade ein einziger dünner Strahl auf das Geierauge fiel. Und das tat ich sieben lange Nächte, immer gerade um Mitternacht, aber ich fand das Auge stets geschlossen, und so war es unmöglich, die Tat zu vollbringen, denn es war nicht der Alte, sondern sein böses Auge, was mich ärgerte. Und jeden Morgen bei Tagesanbruch ging ich kühn in sein Zimmer und sprach mutig mit ihm, nannte ihn in herzlichem Tone beim Namen und erkundigte mich, wie er die Nacht verbracht habe. Sie sehen, es hätte ein sehr scharfsinniger Alter sein müssen, um zu argwöhnen, daß ich jede Nacht gerade um zwölf, während er schlief, zu ihm hineinschaute.

In der achten Nacht war ich noch behutsamer als sonst, als ich die Tür öffnete. Der Minutenzeiger einer Uhr bewegt sich schneller, als meine Hand es tat. Niemals vor dieser Nacht hatte ich das Ausmaß meiner Kräfte — und meines Scharfsinnes empfunden. Kaum vermochte ich mein Triumphgefühl zu unterdrücken. Daran zu denken, daß ich es war, der nach und nach die Tür öffnete und er nicht einmal im Traume etwas von meinem geheimen Tun und Denken ahnte! Ich lachte innerlich bei dem Gedanken, und vielleicht hörte er mich, denn plötzlich bewegte er sich im Bett, als wenn er stutzte. Nun werden Sie denken, ich hätte mich zurückgezogen — aber nein! Sein Zimmer lag pechschwarz in tiefer Dunkelheit — denn die Fensterläden waren aus Furcht vor Einbrechern fest verschlossen —, so wußte ich, daß er die geöffnete Tür nicht sehen konnte, und drückte sie sachte, sachte weiter auf.

Ich hatte meinen Kopf hineingeschoben und war im Begriff, die Laterne zu öffnen, als mein Daumen an dem Blechverschluß abglitt und der Alte mit dem Ausruf im Bett auffuhr: „Wer ist da?“

Ich verhielt mich ganz ruhig und sagte nichts. Eine ganze Stunde lang bewegte ich keinen Muskel, und während dieser Zeit vernahm ich nicht, daß er sich niederlegte. Er saß noch aufrecht im Bett und horchte — gerade so, wie ich es Nacht für Nacht getan habe, wenn ich auf die Totenuhr in der Wand horchte.

Dann hörte ich ein leises Seufzen und wußte, daß es das Seufzen eines tödlichen Schreckens war. Es war kein Seufzen vor Schmerz oder Kummer — o nein! — es war der leise, unterdrückte Laut, der aus der Tiefe der Seele emporsteigt, wenn sie von der Last der Furcht erdrückt wird. Ich kannte diesen Ton sehr gut. Manche Nacht, gerade um Mitternacht, wenn alle Welt schlief, hatte er sich meiner eigenen Brust entrungen und mit seinem fürchterlichen Echo den Schrecken, der mich quälte, noch vertieft. Ich sage, ich kannte ihn gut. Ich wußte, was der Alte empfand, und bemitleidete ihn, obwohl ich innerlich von Herzen frohlockte. Ich wußte, daß er seit dem ersten leisen Geräusch, bei dem er sich im Bett bewegt hatte, wach lag. Seine Furcht hatte ihn seitdem überwältigt. Er hatte versucht, sich einzubilden, sie sei grundlos, aber er vermochte es nicht. Er hatte sich vorgeredet, „es ist nichts anderes als der Wind im Schornstein — es ist nur eine Maus, die über den Fußboden läuft" oder „es ist nur ein Heimchen, das ein einziges Mal gezirpt hat". Ja, er hatte versucht, sich mit diesen Vorstellungen zu beruhigen. Aber er hatte festgestellt, daß alles vergebens war. Alles vergebens, da der Tod sich ihm näherte und ihn mit seinem schwarzen Schatten beschlich, um sein Opfer einzuhüllen. Und es war der finstere Einfluß dieses unsichtbaren Schattens, der ihn — obwohl er nichts sah noch hörte — die Gegenwart meines Kopfes im Raum fühlen ließ.

Als ich eine lange Zeit sehr geduldig gewartet hatte, ohne ihn sich niederlegen zu hören, beschloß ich einen kleinen — einen ganz, ganz kleinen Spalt in der Laterne zu öffnen. So öffnete ich sie — Sie können es sich nicht vorstellen, wie leise, leise —, bis endlich ein einzelner matter Strahl, wie der Faden einer Spinne, aus dem Spalt hervorschoß und auf das Geierauge fiel.

Es war geöffnet — weit, weit geöffnet —, und ich wurde wütend, als ich es erblickte. Ich sah es ganz deutlich — ganz mattblau mit einem gräßlichen Schleier darüber, der mir das Mark in den Knochen erstarren ließ. Aber nichts anderes von des Alten Gesicht oder Gestalt vermochte ich zu unterscheiden, da ich den Strahl instinktiv genau auf diesen verfluchten Flecken richtete.

Und nun — habe ich Ihnen nicht gesagt, daß das, was Sie irrtümlicherweise für Wahnsinn halten, nichts anderes war als übergroße Schärfe der Sinne? —, nun sage ich Ihnen, drang ein leiser gedämpfter schneller Laut an mein Ohr wie der einer Uhr, die man in Watte eingehüllt hat. Diesen Laut kannte ich zu gut. Es war der Herzschlag des Alten. Er steigerte meine Wut, wie der Trommelwirbel den Mut eines Soldaten anfacht.

Aber auch jetzt noch hielt ich mich zurück und blieb still. Ich atmete kaum. Die Laterne hielt ich unbeweglich. Ich versuchte, wie ruhig ich den Strahl auf das Auge richten konnte. Inzwischen schwoll das höllische Trommeln des Herzens an. Mit jedem Augenblick wurde es schneller und schneller, lauter und lauter. — Verstehen Sie mich wohl? Ich habe Ihnen gesagt, ich sei nervös. Ich bin es tatsächlich. Und nun in der Totenstunde der Nacht, inmitten der fürchterlichen Stille dieses alten Hauses versetzte mich ein so seltsamer Laut wie dieser in einen maßlosen Schrecken. Indes hielt ich noch eine Minute länger an mich und blieb ruhig. Aber das Schlagen wurde lauter und lauter! Ich dachte, das Herz müßte zerspringen. Und nun ergriff mich eine neue Angst — der Laut möchte von einem Nachbarn gehört werden! Des Alten Stunde hatte geschlagen! Mit einem lauten Schrei riß ich die Laterne auf und sprang in den Raum. Er kreischte einmal — einmal nur auf! In einem Augenblick zerrte ich ihn auf den Fußboden und warf das schwere Bettzeug über ihn. Dann lächelte ich vergnügt, als ich sah, daß die Tat soweit gelungen war. Aber noch einige Minuten lang schlug das Herz mit gedämpftem Ton. Das störte mich aber nicht. Durch die Mauern war es nicht zu hören. Schließlich hörte es ganz auf. Der alte Mann war tot. Ich nahm das Bett weg und untersuchte die Leiche. Ja, er war tot, mausetot. Ich legte meine Hand auf das Herz und ließ sie dort einige Minuten lang ruhen. Es klopfte nicht mehr. Er war mausetot. Sein Auge würde mich nicht länger mehr ärgern.

Wenn Sie noch denken, ich sei wahnsinnig, so werden Sie das nicht länger tun, wenn ich Ihnen die kluge Vorsicht schildere, mit der ich den Körper versteckte. Die Nacht verstrich, und ich arbeitete hastig, aber leise. Zuerst zerlegte ich die Leiche. Ich schnitt den Kopf, die Arme und die Beine ab.

Dann nahm ich drei Dielen des Fußbodens heraus und legte alles zwischen die Querbalken. Dann legte ich die Bretter vorsichtig und sorgfältig wieder an ihre Stelle, daß kein menschliches Auge — nicht einmal das seinige — etwas Unrechtes hätte entdecken können. Es war nichts auszuwaschen, kein Fleck irgendeiner Art, nicht ein Blutspritzer. Dazu war ich zu vorsichtig gewesen. Alles hatte ich in einer Bütte aufgefangen — ha, ha!

Als ich mit diesen Arbeiten zu Ende war, war es vier Uhr — genau so dunkel wie um Mitternacht. Als die Glocke die Stunde schlug, klopfte es an der Haustür Leichten Herzens ging ich hinunter zu öffnen — denn was hatte ich nun zu fürchten? Drei Männer traten ein, die sich mit vollendeter Höflichkeit als Polizeibeamte vorstellten. Ein Nachbar hätte während der Nacht einen Schrei gehört. Man habe Verdacht gehabt, es sei nicht mit rechten Dingen zugegangen, und die Polizei benachrichtigt. Sie — die Beamten — seien beauftragt, der Sache auf den Grund zu gehen.

Ich lächelte — was hatte ich zu befürchten? Ich begrüßte die Herren. Den Schrei, entgegnete ich, hätte ich selbst im Traume ausgestoßen. Der Alte, bemerkte ich, sei unterwegs, über Land. Ich führte meine Besucher durch das ganze Haus. Ich forderte sie auf zu suchen — gut zu suchen. Schließlich führte ich sie in sein Zimmer. Ich zeigte ihnen seine Schätze, wohlverwahrt und unberührt. Im Rausch meiner Zuversicht brachte ich Stühle in den Raum und bat sie, sich hier von ihren Anstrengungen auszuruhen, während ich selbst in der wilden Kühnheit meines vollkommenen Triumphes meinen eigenen Stuhl gerade auf den Platz stellte, unter dem der Leichnam meines Opfers ruhte.

Die Beamten waren zufriedengestellt. Mein Benehmen hatte sie überzeugt. Ich fühlte mich merkwürdig wohl. Sie nahmen Platz, und während ich freundlich antwortete, plauderten sie von alltäglichen Dingen. Aber bald fühlte ich, wie ich blaß wurde, und wünschte, sie würden gehen. Mein Kopf schmerzte, und ich glaubte, ein Klingen in den Ohren zu vernehmen. Aber sie blieben sitzen und plauderten weiter. Das Klingen wurde deutlicher, es klang weiter und wurde immer deutlicher. Ich plauderte eifriger, um das Gefühl loszuwerden, aber es hielt an und wurde immer bestimmter, bis ich schließlich feststellte, daß der Laut n i c h t in meinem Ohr war.

Zweifellos wurde ich nun sehr bleich. Aber ich sprach noch fließender und mit erhobener Stimme weiter. Trotzdem schwoll der Ton an, und was konnte ich tun? Es war ein tiefer, dumpfer, schneller Ton, gerade so wie der einer Uhr, die man in Watte eingehüllt hat. Ich rang nach Atem — und doch hörten die Beamten nichts. Ich sprach schneller, lebhafter, doch das Geräusch nahm ständig zu. Ich erhob mich und stritt über Kleinigkeiten mit erhobener Stimme und heftigen Gebärden, aber das Geräusch nahm ständig zu. Warum gingen sie nicht? Ich lief mit schweren Schritten hin und her, als brächten mich die Bemerkungen der Männer zur Raserei — aber das Geräusch nahm ständig zu. O Gott, was sollte ich tun? Ich schäumte — raste — fluchte! Ich schwang den

Stuhl, auf dem ich gesessen hatte und stieß ihn auf die Dielen, aber das Geräusch übertönte alles und nahm ständig zu. Es wurde lauter — lauter — lauter! Und die Männer plauderten immer noch und lächelten. War es möglich, daß sie es nicht hörten? Allmächtiger Gott! — Nein, nein! — Sie hörten — sie ahnten — sie wußten es! Sie machten sich lustig über mein Entsetzen! Das dachte ich und denke es noch. Aber alles andere war dieser Todesangst vorzuziehen! Alles andere war erträglicher als dieser Hohn! Dieses heuchlerische Lächeln vermochte ich nicht länger zu ertragen! Ich fühlte es, ich mußte schreien oder sterben! — Und nun wieder! — Horch! Lauter! Lauter! Lauter! L a u t e r !

„Ihr Schurken!" kreischte ich auf, „verstellt euch nicht länger! Ich gebe zu, daß ich es getan habe! — Reißt die Dielen auf! — Hier, hier! — Es ist der Schlag seines verfluchten Herzens!"

Die Maske des Roten Todes

Schon lange wütete der „Rote Tod“ im Lande. Noch nie war eine Seuche so verhängnisvoll und so furchtbar gewesen. Blut war ihr Avatar und ihr Siegel — die Farbe und der Schrecken des Blutes. Es begann mit stechenden Schmerzen und plötzlichem Schwindel, dann folgten starke Blutungen aus allen Poren und schließlich die gänzliche Auflösung. Die scharlachroten Flecken auf dem Körper und insbesondere auf dem Gesicht des Opfers waren das Zeichen des Bannes, der es ausschloß von der Hilfsbereitschaft und der Anteilnahme seiner Mitmenschen. Ansteckung, Verlauf und Ende der Krankheit waren das Werk einer halben Stunde.

Aber Prinz Prospero war glücklich, furchtlos und klug. Als sein Reich zur Hälfte entvölkert war, erwählte er sich unter den Rittern und Damen seines Hofstaates tausend muntere und leichtherzige Freunde, und mit ihnen zog er sich in die tiefe Einsamkeit eines seiner befestigten Schlösser zurück. Es war ein weitläufiges und großartiges Bauwerk, eine Schöpfung nach des Prinzen eigenem exzentrischem und für das Erhabene empfänglichem Geschmack. Eine mächtige und hohe Mauer umgaben es, durch welche eiserne Tore Einlaß gewährten. Nachdem der Hofstaat seinen Einzug gehalten hatte, brachte man Schmiedefeuer und schwere Hämmer herbei und schmiedete die Riegel zu. So wollte man dem plötzlichen Anfall der Verzweiflung den Eintritt und dem Unverstand den Ausgang verwehren. Das Schloß war reichlich mit Lebensmitteln versehen. Solche Vorsorge machte es den Höflingen leicht, einer Anstekkung zu entgehen. Die Außenwelt mochte selbst für sich sorgen. Mittlerweile wäre jedes Trauern und Grübeln Torheit gewesen. Der Prinz hatte für jegliche Art von Belustigung Sorge getragen. Da waren Possenreißer und Stegreifdichter, Tänzer und Musikanten, Schönheit und Wein! Das alles war da und dazu die Wohlgeborgenheit! Und draußen war der „Rote Tod".

Es war gegen das Ende des fünften oder sechsten Monats dieser Abgeschlossenheit, während draußen die Pest noch auf das grausamste wütete, als Prinz Prospero für seine tausend Freunde ein Maskenfest von ungewöhnlicher Prächtigkeit veranstaltete.

Diese Maskerade bot einen Anblick von ausnehmender Prächtigkeit. Doch zuerst laßt mich von den Räumlichkeiten reden, in denen sie stattfand. Es waren ihrer sieben — eine königliche Flucht! In vielen Palästen indes würde diese einen weiten und geraden Durchblick geboten haben, während die Flügeltüren bis fast zu den beiderseitigen Wänden zurückgeschoben waren, so daß sich dem Auge durch ihre ganze Weite kein Hindernis bot. Ganz anders hier, wie man es bei des Fürsten Vorliebe für das Bizarre wohl erwarten konnte. Die Räume folgten so unregelmäßig aufeinander, daß der Blick stets nur einen zu überschauen vermochte. Alle zwanzig oder dreißig Meter bot sich nach einer scharfen Wendung ein neuer Anblick. Rechts und links in der Mitte einer jeden Wand befand sich ein schmales hohes gotisches Fenster, das auf einen geschlossenen Gang hinausführte, der, den Windungen der Zimmerflucht folgend, an dieser entlanglief. Die Fenster bestanden aus buntem, mit dem vorherrschenden Farbton der entsprechenden Raumdekoration übereinstimmendem Glase. So war das Zimmer am äußeren östlichen Ende blau, und entsprechend strahlend blau waren seine Fenster. Das zweite war purpurrot in seinen Ornamenten und Tapeten, und purpurrot waren auch die Fensterscheiben. Das dritte war ganz in Grün gehalten, und ebenso waren seine Fenster. Das vierte war orange in Ausstattung und Beleuchtung, das fünfte weiß und das sechste violett. Der siebente Raum war dicht verhangen mit schwarzem Samt, der in schweren Falten von der Decke über die Wände bis zu dem mit schwarzen Teppichen belegten Fußboden herniederfiel. Hier waren die Fenster scharlachfarben — in tiefem blutigem Rot. In keinem der sieben Räume befand sich unter der Menge des allenthalben verstreuten und von der Decke herabhängenden Goldschmuckes ein Leuchter oder ein Kandelaber. Ein Licht, das von Lampen oder Kerzen ausstrahlte, war in dieser ganzen Zimmerflucht nicht zu finden. Aber in den Gängen, die an den Gemächern entlangliefen, stand gegenüber jedem Fenster ein mächtiger Dreifuß. Dieser trug ein flammendes Kohlenbecken, das seine Strahlen durch das farbige Glas sandte und das Gemach mit blendendem Licht erfüllte. Das hatte eine Vielfalt festlicher und phantastischer Bilder zur Folge. In dem westlichen oder schwarzen Zimmer indessen verursachten die durch die blutroten Scheiben gefärbten und auf den schwarzen Wandbehängen spielenden Strahlen des Feuers so wahrhaft geisterhafte Wirkungen und verliehen den Gesichtern der Eintretenden ein so wildes Aussehen, daß nur wenige aus der Gesellschaft sich erkühnten, ihren Fuß über seine Schwelle zu setzen.

An der westlichen Wand dieses Gemaches befand sich eine riesengroße Uhr aus Ebenholz. Ihr Pendel schwang mit einem dumpfen, schweren, eintönigen Laut hin und her, und wenn der Minutenzeiger das Zifferblatt einmal umkreist hatte und der Stundenschlag ertönte, dann drang aus den ehernen Lungen des Uhrwerks ein klarer, lauter und tiefer Ton von außerordentlichem Wohlklang, aber zugleich auch von solcher seltsam eindringlichen Eigenart, daß bei jedem Stundenschlag die Musiker des Orchesters einen Augenblick lang ihr Spiel unterbrachen, um diesem Klang zu lauschen. So mußten auch die Tanzenden einen Augenblick innehalten, und ein kurzes Mißbehagen lief durch die ganze fröhliche Gesellschaft. Und während der Schlag der Uhr noch durch den Raum schwang, sah man die Ausgelassensten erbleichen und die Älteren und Gesetzteren wie im Traum oder in Gedanken versunken mit der Hand über ihre Stirn streichen. War indes das Echo verklungen, so scholl wieder ein heiteres Lachen durch die Gesellschaft. Die Musikanten schauten sich gegenseitig an, lächelnd über ihre eigene Erregtheit und Narrheit. Flüsternd schworen sie sich zu, vom nächsten Stundenschlag sich nicht wieder in dieser Weise verwirren zu lassen. Und dann nach Ablauf von weiteren sechzig Minuten — die dreitausendsechshundert Sekunden der fliehenden Zeit bedeuten — erscholl ein neuer Stundenschlag und verursachte die gleiche Mißstimmung, Verwirrung und Nachdenklichkeit wie vorher.

Aber trotz alledem war es ein fröhliches und prächtiges Fest. Der Fürst hatte einen eigenartigen Geschmack. Er besaß ein feines Auge für Farben und ihre Wirkungen. Alles, was nur deshalb für schicklich galt, weil es Mode war, verachtete er. Seine Pläne waren kühn und eigenwillig, und seine Entwürfe schimmerten in fremdartiger Glut. Einige mochten ihn für verrückt halten. Seine Freunde wußten, daß er es nicht war. Man mußte ihn hören, sehen und mit ihm in nähere Verbindung treten, um davon überzeugt zu sein, daß er es nicht war.

Gelegentlich dieses großen Festes hatte er die bewegliche Dekoration dieser sieben Räume größtenteils selbst angeordnet, und sein Geschmack war für den Charakter der Maskenkostüme richtunggebend gewesen. Sie waren gewiß grotesk mit vielerlei Glanz und Schimmer, Pikanterie und Phantasie — viel von dem, was man seither in „Hernani" gesehen hat. Da sah man arabeske Figuren mit seltsam bewegten Gliedern, phantastische Traumgebilde, wie von Wahnsinnigen erdacht, viel Schönes, viel Mutwilliges, viel Bizarres, einiges Furchterregende und nicht wenig, das abstoßend wirkte. Auf und ab stolzierten sie durch die sieben Räume, in der Tat eine Vielfalt von Traumbildern. Und während sie — die Traumbilder — so einherwogten, leuchteten sie wider in den Farbtönen der Räume, und der wilde Rhythmus des Orchesters schien wie das Echo ihrer Schritte. Und dazwischen erklingen die Schläge der Ebenholzuhr in dem samtausgeschlagenen Gemach — und alles wird still, alles schweigt zu ihrer Stimme. Die Traumbilder stehen erstarrt auf ihren Plätzen. Aber kaum ist der Widerhall der Schläge verklungen — nur einen Augenblick haben sie gewährt —, so flutet ein leichtes, halbunterdrücktes Lachen hinter ihnen her durch die Räume, und wieder schwillt die Musik an, die Traumbilder leben wieder auf und wogen hin und her, lustiger als vorher im Widerschein des Lichtes, das von den Dreifüßen her durch die bunten Fenster hereinstrahlt. Aber das Zimmer, das von den sieben am weitesten nach Westen liegt, wagt keine der Masken zu betreten. Die Nacht schreitet fort, ein rötliches Licht flutet durch die blutfarbenen Scheiben, und die Schwärze der düsteren Draperie wird in erschreckender Weise deutlich. Wer seinen Fuß auf den schwarzen Teppich setzt, dem klingt von der nahen Ebenholzuhr der dumpfe Laut feierlicher und eindringlicher entgegen als irgendeiner, der an das Ohr all derer dringt, die sich weiter ab in den anderen Räumen der Fröhlichkeit ergeben.

Diese anderen Gemächer indes waren voll drängender Fülle, und in ihnen schlug geisterhaft pulsend das Herz des Lebens. Und rauschend nahm das Fest seinen Fortgang, bis schließlich die Uhr die Mitternachtsstunde verkündete. Und die Musik schwieg still, wie ich bereits erwähnte, und die Tanzenden hielten inne, und es war eine unbehagliche Unterbrechung allenthalben wie vorher. Aber nun waren es zwölf Schläge, die von der Uhr herklangen, und so kam es, daß die Besinnlichen unter den Feiernden noch mehr Zeit zu ernsteren Gedanken fanden, und es geschah, daß, noch ehe das letzte Echo des letzten Stundenschlages in Schweigen versunken war, mancher unter der Menge sich der Gegenwart einer Maske bewußt wurde, die bisher der Aufmerksamkeit eines jeden einzelnen entgangen war. Als das Gerücht von der Anwesenheit dieses neuen Gastes die Runde gemacht hatte, erhob sich schließlich in der ganzen Gesellschaft ein Gemurmel der Überraschung, der Furcht, des Schreckens und des Abscheues.

In einer so phantastisch maskierten Gesellschaft, wie ich sie geschildert habe, konnte nur eine ganz außergewöhnliche Erscheinung, wie man sich denken kann, solches Aufsehen erregen. Allerdings war die Maskenfreiheit dieser Nacht uneingeschränkt, aber diese Gestalt hätte selbst den Herodes übertroffen, und des Prinzen großzügige Anordnungen hatte sie außer acht gelassen. Auch im Herzen des Unbekümmertsten gibt es Saiten, die nicht ohne Erschütterung zu berühren sind, und selbst für denjenigen, dem Leben und Tod nur Scherz bedeutet, läßt sich mit gewissen Dingen nicht spielen. Die ganze Gesellschaft schien im tiefsten Innern zu empfinden, daß Kostüm und Betragen dieses Fremdlings weder Witz noch Schicklichkeit verrieten. Seine Gestalt war hoch und hager und vom Kopf bis zu den Füßen in Leichengewänder gehüllt. Die Maske, unter der sich das Gesicht verbarg, war so dem starren Antlitz eines Leichnams nachgebildet, daß es der genauesten Untersuchung kaum gelang, die Täuschung zu entdecken. Dies alles hätte die tolle Festgesellschaft wenn auch nicht gebilligt, so doch geduldet, wäre nicht der Vermummte so weit gegangen, die Merkmale des Roten Todes anzulegen. Seine Gewänder waren mit Blut befleckt — und seine breite Stirn wie auch sein Antlitz trugen die scharlachroten Zeichen des Entsetzens.

Als des Prinzen Prospero Augen auf dieses gespenstige Bild fielen, das mit langsamen und feierlichen Schritten, wie um seine Rolle vollendet zu spielen, zwischen den Tanzenden auf und ab stolzierte, sah man ihn im ersten Augenblick unter heftigen Schauern des Schreckens oder auch des Abscheus zusammenzucken. Dann aber überflog Zornesröte seine Stirn.

„Wer wagt es", fragte er rauh die ihn umgebenden Höflinge, „wer wagt es, uns mit solchen gotteslästerlichen Scherzen zu beleidigen? Ergreift ihn und reißt ihm die Makse ab, auf daß wir erfahren, wen wir bei Sonnenaufgang von den Zinnen der Burg hängen sehen werden!"

Es war das östliche oder blaue Zimmer, in dem der Prinz sich befand, als er diese Worte sprach. Laut und klar tönten sie durch die sieben Gemächer, denn der

Prinz war ein kühner und starker Mann, und die Musik war auf einen Wink seiner Hand verstummt.

Es war der blaue Raum, in dem sich der Prinz im Kreise einiger erbleichender Höflinge befand. Zu Anfang, als er so sprach, war der leise Laut einer Bewegung zu erkennen, der von dieser Gruppe zu dem Eindringling hinlief. Dieser befand sich in diesem Augenblick gerade in der Nähe und trat mit bedachtsamen und stolzen Schritten auf den Sprecher zu. Aber in einer gewissen, nicht zu benennenden Scheu, die allen Anwesenden diese tolle Vermessenheit des Vermummten einflößte, fand sich niemand, der es wagte, Hand an ihn zu legen. So schritt er ungehindert in kurzem Abstand an des Prinzen Gestalt vorüber, und während die gesamte große Gesellschaft wie auf einen Befehl hin aus der Mitte der Räume zu den Wänden hin zurückwich, setzte er ohne Unterbrechung mit dem gleichen, feierlich gemessenen Schritt, den man bereits anfangs an ihm bemerkt hatte, seinen Weg durch die Räume hin fort, aus dem blauen in den purpurfarbenen, durch den purpurfarbenen in den grünen, durch den grünen in den orangefarbenen, durch diesen in den weißen und dann in den violetten, noch ehe eine entschiedene Bewegung geschah, ihn aufzuhalten. Dann aber stürzte Prinz Prospero, sinnlos vor Wut und Scham über seine augenblickliche Feigheit, durch die Gemächer, aber niemand folgte ihm, denn ein tödlicher Schrecken hatte alle ergriffen. In der Hand schwang er einen gezogenen Dolch und hatte die vor ihm herwandelnde Gestalt bis auf drei oder vier Fuß erreicht, als diese gerade das schwarze Gemach betreten hatte und sich plötzlich gegen ihren Verfolger hin umwandte. Ein gellender Schrei — der Dolch fiel blinkend auf den schwarzen Teppich, auf den im gleichen Augenblick Prinz Prospero entseelt niederstürzte. Mit dem Mute wilder Verzweiflung stürzte sich eine Schar der Festgenossen in das schwarze Gemach, um den Vermummten zu ergreifen, der hochaufgerichtet und regungslos im Schatten der Ebenholzuhr stand. In unaussprechlichem Entsetzen schrien sie auf, als sie die Grabgewänder und die Leichenmaske, die sie mit rauher Gewalt ergriffen hatten, leer und hohl fanden.

Jetzt erkannte man die Anwesenheit des Roten Todes! Wie ein Dieb in der Nacht war er gekommen. Einen nach dem anderen der Feiernden raffte er dahin in den blutbefleckten Festsälen, und jeder starb da, wo er in verzweifelter Verzerrung niedersank. Und der Gang der Ebenholzuhr stockte so wie das Leben des letzten der Festgenossen verrann. Die Dreifüße erloschen, und mit dem Roten Tod traten Finsternis und Verwesung ihre Herrschaft an.

Morella

Αὐτὸ καθ' αὑτὸ μεθ' αὑτοῦ, μονοειδὲς ἀεὶ ὄν.
An sich und in sich selbst, ewig überall ein und dieselbe. Plato, Gastmahl.

Ein Empfinden tiefer, indes äußerst seltsamer Zuneigung hegte ich gegenüber meiner Freundin Morella. Vor vielen Jahren war ich ihr zufällig begegnet, und seit unserem ersten Zusammentreffen war mein Innerstes in einer mir bis dahin unbekannten Glut entflammt. Aber diese Glut hatte ihren Ursprung nicht im Eros, und ebenso bitter wie quälend war die stets wachsende Überzeugung, daß ich ihre ungewöhnliche Bedeutung mir in keiner Weise zu erklären, noch ihre wechselnde Heftigkeit zu beschwichtigen vermochte. Gleichwohl vereinten wir uns, und das Schicksal verband uns vor dem Altar. Doch sprach ich nie von Leidenschaft, und nie dachte ich an Liebe. Sie aber floh jede Geselligkeit, und indem sie sich mir allein widmete, machte sie mich glücklich. Es bedeutet Glück, zu staunen, es bedeutet Glück, zu träumen.

Morella besaß eine tiefe Bildung. So wahr ich lebe, ihre Begabung war ungewöhnlicher Art, ihre geistigen Fähigkeiten waren riesenhaft. Dies fühlte ich und wurde in vielen Dingen ihr Schüler. Bald fand ich, daß sie mir, wohl infolge ihrer in Preßburg genossenen Erziehung, eine Anzahl jener mystischen Schriften vorlegte, die man gemeinhin als den Bodensatz der frühen deutschen Literatur bezeichnet. Diese bildete aus Gründen, die ich nicht verstehen vermochte, ihre liebste und ständige Lektüre, und daß sie auch die meinige wurde, ist dem einfachen aber wirksamen Einfluß von Gewohnheit und Vorbild zuzuschreiben.

Mit alldem hatte, wenn ich mich nicht täusche, mein Verstand indes nur wenig zu tun. Meine Überzeugung entsprach, soviel ich weiß, in keiner Weise den in diesen Schriften vertretenen Idealen, und entdeckte auch, soll ich nicht lügen, weder in meinem Tun noch meinem Denken eine Spur des Mystizismus, von dem ich las. In dieser Überzeugung überließ ich mich stillschweigend der Führung meines Weibes und betrat furchtlosen Herzens die geheimen Gemächer ihrer Studien. Und dann — dann, wenn ich über verbotenen Seiten grübelnd, einen geächteten Geist in mir aufflammen fühlte, legte Morella ihre kühle Hand auf die meinige und fand in der Asche einer toten Philosophie einige unbedeutende eigenartige Worte, deren seltsamer Sinn sich meinem Gedächtnis einbrannte. Und dann wich ich Stunde um Stunde nicht von ihrer Seite und horchte auf den Wohlklang ihrer Stimme — bis schließlich ihre Melodie mir zum Entsetzen wurde — bis ein Schatten auf meine Seele fiel — und ich erblaßte und tief in meinem Innersten vor der Erdferne ihrer Stimme erschauderte. So wandelte sich Freude jählings in Schrecken und die Schönheit in Grauen, wie Hinnom zu Gehenna wurde.

Ich darf es mir versagen, den tieferen Sinn solcher Probleme zu erörtern, die diese alten Bände bargen, und die lange Zeit die einzige Unterhaltung zwischen Morella und mir bildeten. Der Kenner all dessen, was wir „Moraltheologie" nennen, ist über dies wohlunterrichtet, und der Laie würde sicherlich nur wenig davon verstehen. Der wilde Pantheismus Fichtes, die maßvollere παλιγγενεσία der Pythagoräer und vor allen Dingen die Identitätsdoktrinen, wie Schelling sie lehrte, waren allgemein Gegenstand unserer Gespräche und bedeuteten der phantasievollen Morella das Höchste an Schönheit. Die persönliche Identität definiert Locke, wie ich glaube, als das dauernde Dasein eines vernünftigen Wesens. Und da wir unter einer Person ein denkendes und vernunftbegabtes Wesen verstehen und es ein Bewußtsein gibt, das jedes Denken begleitet, so ist es dies alles, was uns zu dem macht, was wir unser Ich nennen, womit wir uns von anderen denkenden Wesen unterscheiden und was uns unsere Identität verleiht. Indes war dieses „Principium individuationis", die Erkenntnis dieser Identität, die mit dem Tode für immer oder nie verlorengeht, für mich zu allen Zeiten ein Gegenstand regesten Interesses, nicht allein wegen seiner verwirrenden und erregenden Konsequenzen, sondern auch wegen der sonderbaren und eifrigen Art, mit der Morella sich ihrer annahm.

Aber nun kam eine Zeit, wo das Geheimnisvolle im Wesen meines Weibes mich wie ein Zauber bedrückte. Nicht länger vermochte ich die Berührungen ihrer bleichen Finger noch den leisen Klang ihrer melodischen Stimme oder den Glanz ihrer melancholischen Augen zu ertragen. All dessen war sie sich bewußt, ohne mir darum einen Vorwurf zu machen. Sie schien meine Schwäche, meine Torheit zu kennen und nannte es lächelnd „Schicksal". Selbst die mir unbekannten Ursachen einer sich steigernden Entfremdung schienen ihr bekannt zu sein, aber kein Wink von ihrer Seite ließ mich ihre Natur erkennen. Und doch war sie Weib und verging vor Gram Tag um Tag. Hochrote Flecken zeigten sich auf ihren Wangen, und blau schwollen die Adern auf ihren bleichen Schläfen. Und schmolz meine Seele für einen Augenblick in Mitleid, so ließ im nächsten ein Aufleuchten ihrer wissenden Augen mein Innerstes erschauern, und mir schwindelte, wie uns schwindelt, wenn wir in einen grausigen und unermeßlichen Abgrund hinabstarren.

Soll ich gestehen, daß ich mit tiefem, verzehrendem Verlangen den Augenblick von Morellas Ableben erwartete? Ich tat es, aber der zerbrechliche Geist klammerte sich noch für viele Tage, Wochen und qualvolle Monate an seine sterbliche Hülle, bis meine gereizten Nerven meinen Verstand überwältigten. Der Aufschub machte mich rasend, und teuflischen Herzens fluchte ich der Tage, der Stunden und der bitteren Augenblicke, die gleich den Schatten des scheidenden Tages länger und länger zu werden schienen, während ihr zartes Leben dahinschwand.

An einem Herbstabend, während alle Winde am Himmel schliefen, rief mich Morella an ihr Bett. Ein trüber Nebel ruhte über der Erde, ein warmer Glanz lag auf dem Wasser, und es war, als sei ein Regenbogen mit seinen bunten Farben vom Firmament unter das reiche Oktoberlaub herniedergefallen.

„Das ist ein Tag der Tage", sagte sie, als ich zu ihr trat, „ein Tag, unter allen Tagen, zu leben oder zu sterben. Ein schöner Tag ist es für die Söhne der Erde und des Lebens — ach, noch schöner für die Töchter des Himmels und des Todes."

Ich küßte sie auf die Stirn, und sie fuhr fort: „Ich sterbe und doch werde ich leben!"

„Morella!"

„Die Tage sind nie gekommen, da du mich lieben konntest — aber die du im Leben verabscheutest, wirst du im Tode verehren!"

„Morella!"

„Ich wiederhole es, ich werde sterben. Aber in mir ist ein Pfand dieser Neigung, die du — ach, wie wenig nur! — für mich, Morella, empfunden hast. Und wenn mein Geist dahinflieht, wird das Kind leben — dein und mein, Morellas Kind! Doch deine Tage werden Tage der Sorge sein, dieser Sorge, der beständigsten aller Empfindungen, so wie die Zypresse der beständigste ist unter allen Bäumen. Denn die Stunden deines Glückes sind vorüber, und Freude ernten wir nicht zweimal im Leben wie die Rosen in Paestum, die zweimal im Jahre blühen. Nicht länger sollst du anakreontisch spielen mit der Zeit, sondern unbekannt mit Myrte und Wein wirst du, wie die Moslemin in Mekka, schon auf Erden dein Leichentuch mit dir umhertragen."

„Morella!" schrie ich auf, „Morella! Wie kannst du das wissen?" Aber sie wandte ihr Antlitz ab auf dem Kissen, und während ein leises Zittern ihre Glieder durchrieselte, starb sie, und ich hörte ihre Stimme nicht mehr.

Doch wie sie es vorhergesagt hatte, ihr Kind — dem sie sterbend das Leben gab und das mit der Mutter letztem seinen ersten Atemzug tat — ihr Kind, eine Tochter lebte. Und sie wuchs seltsam heran an Körper und Geist. Sie wurde das vollkommene Ebenbild von ihr, die dahingegangen war, und ich liebte sie mit einer Liebe, die glühender brannte als alles, dessen ich je einen Sterblichen fähig gehalten hätte.

Doch es währte nicht lange, da verfinsterte sich der Himmel dieser reinen Zuneigung, dunkel jagten die Wolken des Schreckens und der Trauer über ihn dahin. Ich sagte schon, das Kind wuchs seltsam heran an Körper und Geist. Seltsam in der Tat war sein körperliches Wachstum, aber schrecklich, oh, wie schrecklich waren die tobenden Gedanken, die mich umdrängten, wenn ich die Entwicklung seiner geistigen Fähigkeiten beobachtete. Konnte es anders sein, wenn ich täglich in den Überlegungen des Kindes die Kräfte und Fähigkeiten des reifen Weibes entdeckte? Wenn ich von den kindlichen Lippen die Lehren der Erfahrung vernahm und in seinen offenen und forschenden Augen die Weisheit und Leidenschaft der Reife glühen sah? Als dies alles meinen erschreckten Sinnen offenbar wurde — als ich es nicht länger von meinem Innern zu verbergen noch aus meinen Wahrnehmungen auszuschließen vermochte, die es nur zitternd aufnahmen — ist es verwunderlich, daß dieser von Natur furchtbare und erregende Argwohn in meinem Geiste sich erhob, und daß meine Gedanken erschreckt zurückwanderten zu den wilden Worten und aufregenden Phantasien der toten Morella? Und ich entzog der Neugierde der Welt ein Wesen, das zu verehren mein Schicksal mir auferlegt hatte, und in der strengen Abgeschlossenheit meines Heimes wachte ich mit tödlicher Angst über allem, was diesem geliebten Wesen begegnete.

Und wie die Jahre dahingingen und ich, Tag um Tag in ihr heiliges, mildes und beredtes Antlitz blickend, ihr stetiges Reifen beobachtete, entdeckte ich täglich neue Ähnlichkeiten des Kindes mit seiner Mutter, der melancholischen und toten. Und stündlich verfinsterten sich die Schatten dieser Ähnlichkeit, vollkommener, entschiedener, verwirrender, schrecklicher anzuschauen. Daß ihr Lächeln dem ihrer Mutter glich, konnte ich noch ertragen, aber dann erschauderte ich zu sehr darüber, wie sehr es dieses selbst war, — daß ihre Augen denen Morellas glichen, vermochte ich noch hinzunehmen, aber zu oft blickte sie hinein in die Tiefen meiner Seele mit Morellas eigener, verwirrender Eindringlichkeit. Und in der Form ihrer hohen Stirn, in den Locken ihres seidigen Haares, den bleichen Fingern, die sie darin vergrub, und der traurigen Melodie ihrer Stimme, vor allem aber, ach, vor allem in den Worten und Ausdrücken der Toten auf den Lippen der geliebten Lebenden fand ich Nahrung für die verzehrenden Gedanken und das Entsetzen, für einen Wurm, der niemals sterben wollte.

So vergingen zwei Jahrzehnte ihres Lebens, und immer noch hatte meine Tochter auf dieser Erde keinen Namen erhalten. „Mein Kind" und „mein Liebling" waren die üblichen Benennungen eines liebevollen Vaters, und die strenge Abgeschlossenheit ihrer Tage verhinderten jeden anderen Verkehr. Morellas Name starb mit ihr bei ihrem Tode. Nie hatte ich von der Mutter zur Tochter gesprochen. Und tatsächlich hatte das Kind in der Kürze seines Daseins von der äußeren Welt keine anderen Eindrücke, als die sich in den engen Grenzen ihres persönlichen Lebens boten. Schließlich schien die Zeremonie der Taufe meinem erregten und gehetzten Geist augenblicklich Befreiung von den Schrecken meines Schicksals zu versprechen. Vor dem Taufbecken suchte ich nach einem Namen. Und viele voller Klugheit und Schönheit, aus alten und jungen Tagen, aus meiner Heimat und aus fernen Ländern drängten sich mir auf die Lippen — viele, viele, zarte, glückliche und gute Namen! Was trieb mich dazu, das Gedenken an die begrabene Tote aufzustören? Welcher Dämon zwang mich, den Laut auszusprechen, in dessen Erinnerung mir das Blut stürmisch von den Schläfen zum Herzen zurückebbte? Welch böser Geist sprach aus den Tiefen meiner Seele, als ich im Schweigen der Nacht unter den dunklen Gewölben in das Ohr des heiligen Mannes den Namen flüsterte: Morella? Welcher Dämon verzerrte die Züge meines Kindes und übergoß sie mit tödlicher Blässe, als sie bei diesem kaum hörbaren Laut stutzte, ihren starren Blick zum Himmel hob und auf die schwarze Grabplatte unserer Familiengruft niedersinkend antwortete: „Hier bin ich!"

Deutlich und kalt drangen diese einfachen Worte an mein Ohr und rollten wie geschmolzenes Blei in mein Gehirn. Jahre um Jahre vermögen zu vergehen, doch die Erinnerung an diesen Augenblick — niemals! War ich in der Tat auch nicht unvertraut mit Blüten und Wein — aber Schierling und Zypressen überschatteten mich Tag und Nacht! Ich achtete weder Zeit noch Ort, die Sterne meines Schicksals erblaßten am Himmel, die Erde wurde dunkel, ihre Gestalten glitten vorüber wie fliehende Schatten, und unter ihnen allen sah ich nur eine — Morella! Die Winde am Firmament atmeten nur einen Laut in mein Ohr, und die Wellen des Meeres murmelten nur — Morella! Aber sie starb und mit eigenen Händen trug ich sie zu Grabe. Und lange, bitter lachte ich auf, als ich keine Spur der ersten wiederfand, da ich die zweite hineinbettete — Morella!

Das Schriftstück in der Flasche

Wer nur noch einen Augenblick zu leben hat,
hat nichts mehr zu verheimlichen.
Quinault: Athys.

Von meiner Heimat und meiner Familie weiß ich wenig zu berichten. Die Unbill und der Lauf der Zeit haben mich aus der einen vertrieben und der anderen entfremdet. Ererbter Wohlstand ermöglichten mir eine Erziehung ungewöhnlicher Art, und eine beschauliche Veranlagung erlaubte mir, das alles methodisch zu ordnen, was ich mir in einem frühzeitigen Studium vernünftigerweise angeeignet hatte. Vor allen Dingen hatte ich ein großes Vergnügen an den Werken der deutschen Moralisten, nicht, weil ich törichterweise ihren beredten Unsinn bewundert hätte, sondern wegen der Leichtigkeit, mit der ich in geschulten Überlegungen ihre Irrtümer aufzudecken vermochte. Oft hat man mir die Trockenheit meines Geistes vorgeworfen. Mangelnde Phantasie hat man mir wie ein Vergehen zur Last gelegt, und allezeit bin ich wegen der Zweifelsucht meiner Ansichten bekannt gewesen. In der Tat hat, wie ich fürchte, eine starke Vorliebe für die Naturphilosophie mich zu einem damals weitverbreiteten Irrtum verleitet — ich meine die Gewohnheit, Zufälligkeiten sogar geringfügigster Art mit den Grundsätzen dieser Wissenschaft in Verbindung zu bringen. Im ganzen könnte niemand weniger als ich der Gefahr ausgesetzt sein, durch die ignes fatui des Aberglaubens aus den strengen Bereichen der Wahrheit entführt zu werden. Ich halte es für richtig, dies vorauszuschicken, damit die unglaubliche Geschichte, die ich erzählen will, nicht als die wahnsinnige Erfindung einer unreifen Einbildungskraft, sondern vielmehr als die positive Erfahrung eines Menschen betrachtet wird, dessen Verstande die Träume der Phantasie ein toter Buchstabe und eine Nichtigkeit bedeuten.

Nach vielen Jahren, die ich auf Reisen in fremden Ländern verbracht hatte, segelte ich im Jahre 18 . . vom Hafen von Batavia auf der reichen und dichtbevölkerten Insel Java zu einer Fahrt nach den Archipelagos-Inseln ab. Ich fuhr als Passagier, und zwar aus keinem anderen Anlaß als einer Art nervöser Unruhe, die mich widerwärtigerweise belästigte. Unser Schiff war ein schönes Fahrzeug von etwa vierhundert Tonnen, kupferbeschlagen und in Bombay aus Malabar-Eiche erbaut. Es hatte Baumwolle und Öl von den Lakkadiven geladen. Außerdem hatten wir Kokosbast, Palmzucker, Schmalz, Kokosnüsse und einige Kisten Opium an Bord. Die Ladung war ungeschickt verstaut und das Schiff infolgedessen rank.

Wir liefen mit einer nur ganz leichten Brise aus und standen viele Tage lang an der Ostküste von Java ohne eine andere Gelegenheit, uns die Eintönigkeit unserer Fahrt zu verkürzen, als das Anlaufen der kleinen Flekken des Archipelagos, die zu unseren Reisezielen gehörten. Eines Abends bemerkte ich, während ich über dem Hackbord lehnte, im Nordwesten eine ganz vereinzelte Wolke. Sie war sowohl wegen ihrer Färbung als auch wegen der Tatsache bemerkenswert, daß sie die erste war, die wir seit unserer Abfahrt aus Batavia sahen. Aufmerksam beobachtete ich sie bis zum Sonnenuntergang, als sie sich urplötzlich nach Osten und Westen hin ausbreitete und wie ein schmaler Streifen Rauch auf dem Horizont lag, so daß sie wie die lange Linie einer niedrigen Küste aussah. Bald darauf fesselte der düsterrot aufgehende Mond und das eigenartige Aussehen der See meine Aufmerksamkeit. Dies änderte sich schnell, und das Wasser schien durchsichtiger als gewöhnlich. Obwohl ich den Boden deutlich unterscheiden konnte, stellte ich doch fest, als ich das Lot zur Hand nahm, daß das Schiff über fünfzehn Faden Tiefe stand. Nun wurde die Luft unerträglich heiß und flimmerte wie über glühendem Eisen. Als die Nacht hereinbrach, erstarb jeder Luftzug, so daß eine größere Stille unvorstellbar ist. Die Flamme einer Kerze brannte auf dem Achterschiff ohne die geringste bemerkbare Bewegung, und ein langes, zwischen Daumen und Zeigefinger gehaltenes Haar hing herab, ohne daß man auch nur ein Zittern an ihm bemerken konnte. Trotzdem vermochte der Kapitän, wie er sagte, kein Anzeichen einer Gefahr zu entdecken, und da wir unmittelbar auf Land zutrieben, befahl er, die Segel ganz einzuziehen und vor Anker zu gehen. Eine Wache wurde nicht ausgestellt, und die Mannschaft, hauptsächlich Malaien, streckte sich bedächtig auf Deck aus. Ich ging hinab, nicht ohne das deutliche Vorgefühl eines Unglücks. Tatsächlich hatte ich nach alldem die Gewißheit, daß wir einen Tornado zu erwarten hatten. Ich teilte dem Kapitän meine Befürchtungen mit, aber er achtete nicht auf meine Worte und ließ mich stehen, ohne sich zu einer Antwort zu bequemen. Indes hinderte mich mein Unbehagen, zu schlafen, und gegen Mitternacht ging ich auf Deck. Als ich meinen Fuß auf die oberste Stufe der Kajütentreppe setzte, wurde ich durch ein lautes sausendes Geräusch wie von sich sehr schnell drehenden Windmühlenflügeln erschreckt, und ehe ich mir darüber im klaren war, was es bedeutete, fühlte ich das Schiff bis ins Innerste erzittern. Im nächsten Augenblick schleuderte ein wilder Gischt uns auf die Seite und überschwemmte über uns hinstürzend das ganze Deck vom Bug bis zum Stern.

Die riesige Gewalt des Orkans stellte die Sicherheit des Schiffes auf eine außerordentlich harte Probe. Obwohl große Wassermengen hineingedrungen und auch noch seine Masten über Bord gegangen waren, erhob es sich nach einer Minute wieder schwer aus der See und richtete sich unter der gigantischen Wucht des Sturmes, eine Zeitlang rollend, endlich wieder auf.

Es ist unmöglich zu sagen, durch welches Wunder ich dem Verderben entging. Betäubt durch den Anprall des Wassers fand ich mich als ich wieder zu mir kam, zwischen dem Hintersteven und dem Ruder eingeklemmt. Unter großen Schwierigkeiten kam ich wieder auf die Füße und hatte, als ich verwirrt um mich blickte, zuerst den Eindruck, wir befänden uns in einer Brandung, so schrecklich und über jede wildeste Phantasie erhaben war der Aufruhr des bergehohen und schäumenden Meeres rings um uns her. Nach einer Weile vernahm ich die Stimme eines alten Schweden, der im Augenblick des Auslaufens an Bord gekommen war. Mit aller Kraft rief ich ihn an, und augenblicklich kam er taumelnd nach hinten. Bald entdeckten wir, daß wir die einzigen Überlebenden dieser Katastrophe waren. Alle an Deck Befindlichen, mit Ausnahme von uns beiden, waren über Bord geschwemmt worden. Kapitän und Steuerleute mußten im Schlaf ums Leben gekommen sein, denn ihre Kabinen waren vom Wasser überflutet. Ohne Hilfe konnten wir voraussichtlich wenig für die Rettung des Schiffes tun, und die augenblickliche Erwartung unterzugehen lähmte anfangs unsere Bemühungen. Unser Ankertau war natürlich beim ersten Stoß des Orkans wie Bindfaden gerissen, sonst wären wir ohne weiteres gekentert. Mit erschreckender Geschwindigkeit lenzten wir vor der See, und das Wasser brach über uns hinweg. Das Balkenwerk am Stern war stark zerschlagen, und allenthalben hatten wir schweren Schaden genommen. Indes fanden wir zu unserer höchsten Freude, daß die Pumpen noch intakt waren und sich unser Ballast nicht sehr verschoben hatte. Die Hauptwut des Sturmes war bereits vorüber, und von seiner Heftigkeit befürchteten wir wenig Gefahr. Aber mit Entsetzen sahen wir seinem vollständigen Abflauen entgegen, denn wir waren überzeugt, daß wir in diesem übelzerschlagenen Zustande auch in der nachfolgenden furchtbaren Dünung unweigerlich zugrunde gehen mußten. Indes schien sich diese sehr berechtigte Befürchtung keineswegs bald zu verwirklichen. Fünf ganze Tage und Nächte lang — während derer unsere einzige Nahrung etwas Palmzucker war, den wir unter großen Schwierigkeiten aus dem Vorderschiff herausholten — flog das Wrack allen Berechnungen hohnsprechend vor schnell aufeinanderfolgenden Böen dahin, die, wenn auch keineswegs mehr der ersten Gewalt des Samum gleichend, so doch furchtbarer waren als jeder Sturm, den ich vorher erlebt habe. Mit kleinen Abweichungen war unser Kurs in den ersten vier Tagen südsüdöstlich, und wir mußten an der Küste von Neuholland hinabtreiben. Am fünften Tage wurde die Kälte außerordentlich, obwohl der Wind mehr aus dem Norden kam. Die Sonne ging mit fahlgelbem Glanz auf und erhob sich mit unbestimmtem Schein nur wenige Grade über den Horizont. Wolken waren nicht vorhanden, doch nahm der Sturm an Stärke zu und blies mit wechselnder Wut. Etwa gegen Mittag, soweit wir schätzen konnten, fesselte die Sonne wieder unsere Aufmerksamkeit. Sie strahlte kein eigentliches Licht aus, sondern glühte in einem trüben, düsteren, diffusen Glanz, wie wenn ihre Strahlen polarisiert wären. In dem Augenblick, als sie in der wogenden See versank, erlosch plötzlich das Innere ihrer Scheibe wie von einer unberechenbaren Gewalt eilig ausgewischt, und es war nur ein dünner silberner Ring, der in den unermeßlichen Ozean hinabtauchte.

Vergebens warteten wir auf den Beginn des sechsten Tages — dieser Tag ist für mich noch nicht angebrochen —, für den Schweden sollte er nicht mehr erscheinen. Von nun an waren wir in pechschwarze Finsternis gehüllt, so daß es uns nicht möglich gewesen wäre, einen auch nur zwanzig Schritte vom Schiff entfernten Gegenstand zu erkennen. Ewige Nacht, ungemildert durch das in den Tropen gewohnte phosphoreszierende Meerleuchten, schien uns einzuhüllen. Auch beobachteten wir, daß die gewöhnliche Brandung oder der Gischt, der uns bis dahin begleitet hatte, nicht länger zu bemerken war, obwohl der Sturm mit unverminderter Heftigkeit raste. Rings um uns war Schrecken und dicke Finsternis und eine ebenholzschwarze erstickende Wüste. Abergläubische Furcht beschlich langsam die Sinne des Schweden, und mein eigenes Gemüt war in schweigendes Staunen gehüllt. Wir vernachlässigten jede Bemühung um das Schiff, da sie uns schlimmer als nutzlos dünkte. So gut wir es vermochten, sicherten wir uns am Stumpf des Besanmastes und blickten voller Bitterkeit in der Ozean hinaus. Weder über die Zeit noch über unseren Standort vermochten wir uns eine Vorstellung zu machen. Immerhin gewahrten wir, daß wir weiter nach Süden trieben, als je ein Seefahrer vor uns gekommen war, und wunderten uns sehr, daß wir nicht auf die gewöhnlichen Eishindernisse trafen. Inzwischen schien jeder Augenblick unser letzter zu sein und jede bergehohe Woge uns zum Kentern zu bringen. Der Seegang überstieg alles, was ich bisher für möglich gehalten hatte, und daß wir nicht in jedem Augenblick davon begraben wurden, war ein Wunder. Mein Begleiter erwähnte die Leichtigkeit unserer Ladung und erinnerte mich an die ausgezeichneten Eigenschaften unseres Schiffes. Aber ich konnte mich der äußersten Hoffnungslosigkeit nicht erwehren und bereitete mich düster auf den Tod vor, den, wie ich glaubte, innerhalb einer Stunde nichts mehr aufzuschieben vermochte, denn mit jeder Meile Weges, die das Schiff zurücklegte, stiegen die schwarzen Seen gräßlicher und erschreckender. Bald verging uns der Atem, wenn wir uns über die Sturmvögel hinaus erhoben, bald schwindelte uns, wenn wir mit höchster Geschwindigkeit in eine Wasserhölle hinabsausten, wo die Luft stockte und kein Laut den Schlummer der Kraken störte.

Auf dem Grunde eines solchen Schlundes befanden wir uns, als ein jäher Schrei meines Begleiters furchtbar durch die Nacht erscholl. „Sehen Sie, sehen Sie!“ kreischte er mir ins Ohr. „Allmächtiger Gott, sehen Sie, sehen Sie!“ Bei diesen seinen Worten gewahrte ich einen trübdunklen Schein roten Lichtes, das an den Wänden des riesenhaften Abgrundes herabströmte, in dem wir uns befanden, und das einen Schimmer auf unser Deck warf. Als ich meine Augen erhob, bot sich mir ein Anblick, der mir das Blut in den Adern erstarren ließ. In einer schrecklichen Höhe unmittelbar über uns und gerade auf dem Rande des tiefen Abgrundes schwebte ein riesenhaftes Schiff von etwa viertausend Tonnen. Obwohl es sich auf dem Scheitel einer Woge befand, die das Hundertfache seiner eigenen Höhe hatte, übertraf es augenscheinlich an Größe jedes Linienschiff und jeden Ostindienfahrer. Sein riesenhafter Rumpf war von einem tiefen schmutzigen Schwarz ohne alle sonst bei einem Schiff üblichen Zierate. Eine einzige Reihe von Bronzekanonen drohte aus seinen offenen Stückpforten, die auf ihrer glänzenden Oberfläche das Licht zahlloser, in seinem Takelwerk hin und her schaukelnder Laternen zurückwarfen. Was uns aber besonders mit Schrecken und Erstaunen erfüllte, war die Tatsache, daß es dieser übernatürlich erscheinenden See und dem unbändigen Orkan zum Trotz unter vollen Segeln vor dem Winde lief. Als wir seiner zum ersten Male ansichtig wurden, war nur sein Bug zu sehen, und langsam erhob es sich aus dem dunklen und schrecklichen Abgrund. Einen furchtbaren Augenblick lang stand es auf dem schwindligen Gipfel wie auf seiner eigenen Erhabenheit, dann zitterte es, schwankte und — kam herab.

Ich weiß nicht, welche plötzliche Selbstbeherrschung über mich kam. Soweit nach hinten taumelnd, als ich konnte, erwartete ich furchtlos den drohenden Untergang. Unser eigenes Schiff war am Ende seines Kampfes und versank mit dem Bug in der See. So traf der Schlag der herabkommenden Masse es in dem Teile seines Rumpfes, der fast unter Wasser lag, und die unbeschreibliche Folge war, daß ich mit unwiderstehlicher Gewalt in das Takelwerk des fremden Schiffes geschleudert wurde. Als ich fiel, drehte sich das Schiff in den Wind und lief weiter, und der darauffolgenden Verwirrung schreibe ich es zu, daß ich der Aufmerksamkeit der Mannschaft entging. Ohne große Schwierigkeit kam ich unbemerkt durch die Hauptluke und fand auch bald eine Gelegenheit, mich im Kielraum zu verstecken. Warum ich das tat, weiß ich kaum zu sagen, das unerklärliche Gefühl eines überwältigenden Eindruckes, der beim ersten Anblick des Seefahrers von mir Besitz ergriffen hatte, war vielleicht die Ursache meiner Heimlichkeit. Ich wollte mich nicht Menschen anvertrauen, die nach dem flüchtigen Empfinden zu urteilen, das ich gehabt hatte, in so vieler Beziehung neuartig, zweifelhaft und besorgniserregend waren. Deshalb hielt ich es für geboten, mich im Kielraum zu verbergen. Dies tat ich, indem ich ein kleines Stück der Planken verschob und mir so zwischen den mächtigen Balken des Schiffes einen bequemen Schlupfwinkel schuf.

Kaum hatte ich mein Werk vollendet, als Fußtritte im Kielraum mich zwangen, Gebrauch davon zu machen. Ein Mann ging mit schwachen und unsicheren Schritten an meinem Versteck vorüber. Sein Gesicht konnte ich nicht sehen, aber ich hatte die Möglichkeit, seine Erscheinung zu beobachten. Offenbar lag etwas von hohem Alter und Schwäche darin. Seine Knie wankten unter der Last der Jahre, und sein ganzer Körper zitterte unter ihrer Bürde. Mit leiser, gebrochener Stimme murmelte er einige Worte in einer mir unverständlichen Sprache vor sich hin und suchte in einer Ecke unter einem Haufen seltsamer Instrumente und zerfetzter Navigationskarten herum. Sein Gehabe stellte eine seltsame Mischung dar aus der Unvernunft einer zweiten Kindheit und der feierlichen Würde eines Gottes. Schließlich ging er an Deck, und ich sah ihn nicht wieder.

*

Ein Gefühl, das ich nicht zu benennen weiß, hat von meiner Seele Besitz ergriffen — eine Empfindung, die sich nicht deuten läßt, auf die alle Lehren der Vergangenheit sich nicht anwenden lassen, und für die mir selbst die Zukunft, wie ich fürchte, keinen Schlüssel bietet. Für ein Gemüt wie das meinige ist diese letzte Überlegung ein Übel. Niemals werde ich — ich weiß, daß ich es niemals werde — mit der Natur meiner Vorstellungen zufrieden sein. Trotzdem: ist es nicht wunderbar, daß diese Vorstellungen unbegrenzt sind, da sie ihren Ursprung in so restlos neuen Quellen haben! Meine Seele ist um einen neuen Sinn, um eine neue Wesenheit reicher geworden.

*

Es ist lange her, seitdem ich das Deck dieses schrecklichen Schiffes betreten habe, und die Strahlen meines Schicksals sammeln sich, wie ich glaube, in einem Brennpunkt. Unbegreifliche Menschen! Eingehüllt in Gedanken einer Art, die ich nicht zu erraten vermag, gehen sie an mir vorüber, ohne mich zu bemerken. Heimlichkeit meinerseits ist höchste Narrheit, denn die Leute wollen mich nicht sehen. Aber jetzt gerade bin ich unter den Augen des Steuermannes vorübergegangen, und es ist noch nicht lange her, daß ich mich in die Kabine des Kapitäns gewagt, um daraus das Material zu entnehmen, auf dem ich geschrieben habe und noch schreibe. Von Zeit zu Zeit werde ich dieses Tagebuch fortsetzen. Es ist wahr, daß ich vielleicht keine Gelegenheit finden werde, es der Welt zu übermitteln, aber ich will nicht versäumen, es zu versuchen. Im letzten Augenblick werde ich das Schriftstück in eine Flasche verschließen und ins Meer werfen.

*

Ein Ereignis gibt mir neuen Stoff zum Nachdenken. Sind solche Dinge die Wirkungen ungelenkter Zufälligkeiten? Ich habe mich an Deck gewagt und mich, ohne Aufsehen zu erregen, zwischen einen Haufen Tauwerk und alter Segel am Boden der Schaluppe geworfen. Während ich über das Eigenartige meines Schicksals nachdachte, beschmierte ich, ohne dessen bewußt zu werden, mit einem Teerpinsel die Kanten eines sauber zusammengefaltenen Leesegels, das neben mir auf einem Faß lag. Das Segel ist jetzt wieder auf dem Schiff gesetzt, und die gedankenlosen Pinselstriche ergeben das Wort „Entdeckung".

Kürzlich habe ich meine Beobachtungen über den Bau des Schiffes angestellt. Obwohl gut bewaffnet, ist es doch, wie ich glaube, kein Kriegsschiff. Seine Takelung, Bauart und allgemeine Ausrüstung widersprechen dem.

Was es nicht ist, kann ich leicht erkennen. Was es ist, fürchte ich, ist unmöglich zu sagen. Ich weiß nicht, wie es kommt, aber wenn ich seine seltsame Bauweise, die einzigartige Form seiner Spieren, seinen riesenhaften Rumpf und die übergroße Zahl seiner Segel, seinen streng einfachen Bug und ebensolchen Stern betrachte, so durchblitzt mich ein zufälliges Empfinden vertrauter Dinge, und diese vermischen sich stets mit unbestimmten Schatten der Erinnerung, einem unberechenbaren Gedenken an alte fremde Chroniken und längst vergangene Zeiten.

*

Ich habe mir die Balken des Schiffes angesehen, sie bestehen aus einem mir fremden Material. Der besondere Charakter dieses Holzes überrascht mich, denn für den Zweck, zu dem es verwandt ist, erscheint es mir ungeeignet. Ich meine seine außerordentliche Porösität, ohne dabei zu berücksichtigen, daß es, als Folge des Befahrens dieser Gewässer, zum Wurmfraß neigt, und abgesehen von der Verwitterung des Alters. Es wird vielleicht als eine überneugierige Beobachtung erscheinen, aber es hätte alle Merkmale spanischer Eiche, wenn diese auf unnatürliche Weise aufgequollen wäre.

Wenn ich den vorstehenden Satz lese, erinnere ich mich des seltsamen Ausspruches eines alten, wetterharten holländischen Seemannes. „Es ist ebenso sicher“, pflegte er zu sagen, wenn in seine Wahrhaftigkeit irgendein

Zweifel gesetzt wurde, „so sicher, wie es ein Meer gibt, wo das Schiff selbst in seiner Größe wächst, wie der lebende Körper des Seemannes!"

*

Vor einer Stunde habe ich mich in eine Gruppe der Mannschaft hineingewagt. Sie achteten nicht auf mich und schienen, obwohl ich mitten unter ihnen stand, meine Gegenwart nicht zu bemerken. Wie der eine, den ich zuerst im Kielraum gesehen hatte, trugen sie alle die Merkmale eines eisgrauen hohen Alters. Ihre Knie zitterten vor Schwäche, ihre Schultern waren von der Last der Jahre gebeugt, und ihre runzlige Haut knisterte im Winde. Ihre Stimmen waren leise zitternd und gebrochen, ihre Augen blinzelten alterstriefend, und ihre grauen Haare flatterten schrecklich im Sturm. Um sie her auf dem Deck verstreut lagen mathematische Instrumente der seltsamsten und veraltetsten Konstruktion.

*

Vor einiger Zeit erwähnte ich, daß ein Leesegel gesetzt wurde. Seit diesem Zeitpunkt hat das Schiff ganz vor dem Winde gelegen und seinen schrecklichen Kurs unmittelbar nach Süden beibehalten, jeden Lappen Segel gesetzt vom Flaggenknopf bis zur untersten Leesegelspiere, und jeden Augenblick rollte es mit den höchsten Rahen in die erschreckende Hölle der See. Gerade habe ich das Deck verlassen, wo ich unmöglich auf den Füßen zu stehen vermag, obwohl die Mannschaft offenbar nur wenig Schwierigkeiten hat. Als das Wunder der Wunder erscheint es mir, daß unser riesiger Schiffsrumpf nicht ein für allemal verschlungen wird. Sicherlich sind wir dazu verdammt, dauernd am Rande der Ewigkeit zu schweben, ohne endlich in den Abgrund hinabzutauchen. An Wogen, die tausendmal erschreckender sind als alles, was ich je gesehen habe, gleiten wir mit der Leichtigkeit einer pfeilschnellen Seemöve vorüber, und die riesenhaften Seen erheben ihre Häupter wie Dämonen, die drohen, aber nicht vernichten dürfen. Dieses sich immer wiederholende Entkommen vermag man nur einer einzigen natürlichen Ursache zuzuschreiben, die eine solche Wirkung erklären kann. Das Schiff muß sich im Bereich eines starken Stromes oder irgendeiner mächtigen Unterströmung befinden.

*

Ich habe den Kapitän von Angesicht zu Angesicht und in seiner eigenen Kabine gesehen, aber er hat, wie ich erwartete, mich nicht beachtet. Obwohl einem zufälligen Beobachter nichts auffällt, das in ihm mehr oder weniger als einen Mann erkennen läßt, so vermischte sich doch das Empfinden der Verwunderung, mit dem ich ihn betrachtete, mit einem Gefühl unaussprechlicher Hochachtung und Ehrfurcht. Seine Gestalt hat etwa meine Größe, das heißt fünf Fuß und acht Zoll. Er hat einen wohlgefügten und kräftigen, indes keineswegs robusten oder in anderer Weise bemerkenswerten Körperbau. Aber es ist der einzigartige Ausdruck, der sein

Gesicht beherrscht, es ist das eindringliche, wunderbare und aufregende Zeugnis so außerordentlich hohen Alters, das in mir ein Gefühl, ein unaussprechliches Empfinden hervorruft. Seine Stirn, obwohl wenig gefurcht, scheint die Spuren von Zehntausenden von Jahren zu tragen. Sein graues Haar erzählt von der Vergangenheit, und seine noch graueren Augen sind Propheten der Zukunft. Der Fußboden der Kabine war besät mit seltsamen eisenbeschlagenen Folianten, zerfallenden wissenschaftlichen Instrumenten und zerfetzten, längst vergessenen Karten. Sein Haupt war auf die Hand gestützt, und mit brennenden ruhelosen Augen beugte er sich über ein Papier, das ich für eine Bestallungsurkunde hielt und das offenbar die Unterschrift eines Monarchen trug. Ebenso wie der erste Seemann, den ich im Kielraum gesehen hatte, murmelte er leise launenhafte Silben in einer fremden Sprache vor sich hin, und obwohl sich der Sprecher dicht neben meinem Ellbogen befand, schien seine Stimme aus einer meilenweiten Ferne an mein Ohr zu dringen.

*

Das Schiff und alles darin sind vom Geiste des Alters erfüllt. Die Mannschaft gleitet umher wie die Geister begrabener Jahrhunderte. Ihre Augen blicken brennend und unruhig, und wenn mir ihre Hände in dem schauerlichen Schein der Laternen begegnen, habe ich ein Empfinden wie nie zuvor, obwohl ich mich mein Leben lang mit Altertümern beschäftigt und so lange die Schatten gestürzter Säulen in Baalbek, Tadmor und Persepolis in mich aufgesogen habe, bis meine Seele selbst eine Ruine geworden ist.

*

Blicke ich mich um, so schäme ich mich meiner früheren Furcht. Wenn ich vor dem Sturm erzitterte, der uns bis dahin begleitete, soll ich nicht entsetzt sein über einen Kampf zwischen Sturm und Meer, von dem eine Vorstellung zu geben Worte wie Tornado und Samum trivial und unzureichend sind? In der unmittelbaren Nähe des Schiffes herrscht die Finsternis ewiger Nacht und ein Chaos gischtlosen Wassers, aber über eine Meile weit von uns entfernt sind auf jeder Seite undeutlich und mit Zwischenräumen erschreckende Eisbarrikaden zu erkennen, die sich in den trostlosen Himmel türmen und den Mauern des Weltalls gleichen.

*

Wie ich mir dachte, zeigt es sich, daß sich das Schiff in einer Strömung befindet, wenn sich diese Bezeichnung auf eine Flut anwenden läßt, die heulend und kreischend an dem weißen Eise vorbei mit der Geschwindigkeit eines kopfüber stürzenden Kataraktes nach Süden schießt.

*

Ich nehme an, es ist durchaus unmöglich, den Schrecken meiner Empfindungen zu begreifen. Indes die Neugierde, die Geheimnisse dieser furchtbaren Gegenden zu ergründen, übersteigt noch meine Verzweiflung und versöhnt mich mit dem erschreckenden Ausblick auf den Tod. Es ist offenbar, daß wir auf irgendeine erregende Erkenntnis zurasen, auf irgendein unerklärliches Geheimnis, dessen Enthüllung Untergang bedeutet. Vielleicht führt uns dieser Strom zum Südpol selbst. Eine so ausschweifende Vermutung hat, das muß ich gestehen, jede Wahrscheinlichkeit für sich.

*

Die Mannschaft läuft mit unruhigen, zitternden Schritten über das Deck. Aber auf ihren Mienen und in ihrer Haltung drückt sich eher die Erregung der Hoffnung als die Teilnahmslosigkeit der Verzweiflung aus.

Inzwischen kommt der Wind immer noch von achtern, und da wir eine Menge Segel gesetzt haben, wird das Schiff zeitweise gänzlich aus der See herausgehoben. O Schrecken über Schrecken! Das Eis öffnet sich plötzlich zur Rechten und zur Linken, und in schwindelerregender Weise wirbeln wir in riesenhaften konzentrischen Kreisen rings um die Ränder eines gigantischen Amphitheaters, dessen Wände sich oben in der Dunkelheit und der Entfernung verlieren. Indes, es bleibt mir wenig Zeit, über mein Schicksal nachzudenken! Schnell werden die Kreise enger, wie wahnsinnig stürzen wir in den Bereich des Strudels, und inmitten eines Brüllens, Brausens und Donnern des Meeres und des

Sturmes beginnt das Schiff zu erzittern — o Gott! und — geht unter!

*

Bemerkung. — Die Novelle ‚Das Schriftstück in der Flasche' wurde erstmalig im Jahre 1831 veröffentlicht, und erst viele Jahre später lernte ich die Karten von Mercator kennen, auf denen der Ozean dargestellt ist, wie er sich durch vier Mündungen in das (nördliche) Polarmeer ergießt, um in das Innere der Erde zu verschwinden. Der Pol selbst ist als schwarzer Fels dargestellt, der sich zu riesenhafter Höhe auftürmt.

Die Augengläser

Vor vielen Jahren pflegte man den Gedanken an eine „Liebe auf den ersten Blick“ ins Lächerliche zu ziehen. Aber sowohl diejenigen, die ernster Gedanken, wie auch solche Menschen, die tiefer Empfindungen fähig sind, haben stets ihre Möglichkeit verteidigt. Die moderne Forschung auf dem Gebiete des ethischen Magnetismus oder der Magnetoästhetik rechnen in der Tat mit der Möglichkeit, daß die natürlichsten und infolgedessen auch wahrhaftigsten und heftigsten aller menschlichen Leidenschaften solche sind, die im Herzen wie durch elektrische Beeinflussung entstehen — kurz, daß die offensichtlichsten und dauerhaftesten der seelischen Fesseln diejenigen sind, die durch einen Blick geschmiedet werden. Das Bekenntnis, das ich hiermit ablegen will, wird die bereits fast zahllosen Beweise für die Richtigkeit dieser Behauptung um einen neuen vermehren.

Meine Erzählung verlangt, daß ich etwas ausführlich bin. Ich bin noch sehr jung — noch nicht zweiundzwanzig Jahre alt. Mein gegenwärtiger Name ist weitverbreitet und fast plebejisch zu nennen, nämlich Simpson. Ich sage „gegenwärtig“, denn erst seit kurzer Zeit nenne ich mich so, da ich diesen Namen im letzten Jahr gesetzlich angenommen habe, um eine bedeutende Erbschaft anzutreten, die mir ein entfernter Verwandter, der wohlgeborene Herr Adolphus Simpson, hinterlassen hat. Das Vermächtnis machte mir die Annahme des Namens meines Erblassers — des Familiennamens, nicht des Vornamens — zur Pflicht. Mein Vorname ist Napoleon Bonaparte — oder vielmehr ist das mein erster und mein zweiter Rufname.

Den Namen Simpson habe ich nur mit einigem Widerstreben angenommen, denn auf meinen wirklichen Vatersnamen Froissart war ich verzeihlicherweise sehr stolz, da ich eine Abstammung von dem berühmten Verfasser der „Chronique" nachweisen zu können glaubte. Da ich gerade von Namen spreche, will ich beiläufig eine einzigartige klangliche Übereinstimmung unter den Namen einiger meiner unmittelbaren Vorfahren erwähnen. Mein Vater war ein Monsieur Froissart aus Paris. Seine Frau, meine Mutter, die er heiratete, als sie fünfzehn Jahre alt war, war eine Mademoiselle Croissart, die älteste Tochter des Bankiers Croissart. Dessen Frau wiederum, bei ihrer Verheiratung erst sechzehn Jahre alt, war die älteste Tochter eines gewissen Victor Voissart. Monsieur Voissart hatte seltsamerweise eine Dame ähnlichen Namens, eine Mademoiselle Moissart geheiratet! Sie war ebenfalls fast noch ein Kind, als sie sich verehelichte, und ihre Mutter Madame Moissart war erst vierzehn, als sie zum Altar geführt wurde. Diese frühen Heiraten sind in Frankreich nichts Ungewöhnliches. Hier kommen nun die Namen Moissart, Voissart, Croissart und Froissart alle in der direkten Vorfahrenlinie vor. Mein eigener Name wurde indes, wie ich schon sagte, durch eine gerichtliche Verfügung Simpson, und zwar unter so viel Widerstreben meinerseits, daß ich eine Zeitlang tatsächlich zögerte, ein Vermächtnis anzunehmen, an das diese unnütze und ärgerliche Bedingung geknüpft war.

An persönlichen Gaben mangelt es mir keineswegs. Im Gegenteil glaube ich, daß ich wohlgestaltet bin und das besitze, was neun Zehntel der Menschen ein ansehnliches Äußere nennen. Ich bin fünf Fuß und elf Zoll groß, mein Haar ist schwarz und lockig, meine Nase wohlgebildet, meine Augen sind groß und grau, und obgleich sie in der Tat in einem sehr unangenehmen Maße schwach sind, würde man nach ihrem Äußern keinen solchen Fehler an ihnen vermuten. Indes hat diese Schwäche mich selbst oft sehr gestört, und ich habe zu jedem Mittel Zuflucht genommen — mit Ausnahme von Augengläsern. Jung und hübsch, wie ich war, mochte ich sie natürlich nicht und weigerte mich entschieden, welche zu tragen. Ich kenne in der Tat nichts, was das Aussehen eines jungen Menschen so entstellt und jedem Gesicht ein so ernsthaftes, wenn nicht gar scheinheiliges und altes Aussehen gibt. Auf der anderen Seite gibt eine Lorgnette geradezu den Anschein von Geckenhaftigkeit und Affektiertheit. Bis dahin hatte ich mich, so gut es ging, ohne eine solche beholfen. Aber das ist schon zuviel von diesen rein persönlichen Einzelheiten, die im Grunde von geringer Bedeutung sind. Ich will mich darauf beschränken, noch zu bemerken, daß ich ein sanguinisches Temperament besitze, voreilig, hitzig, begeisterungsfähig — und Zeit meines Lebens ein großer Frauenverehrer gewesen bin.

*

Eines Abends im vergangenen Winter betrat ich in Begleitung meines Freundes Mister Talbot eine Loge im P.-Theater. Es war ein Opernabend, und der Theaterzettel versprach eine seltene Darbietung, so daß das Haus außergewöhnlich gut besetzt war. Wir hatten uns zur rechten Zeit eingefunden, mußten uns aber doch unter einigen Schwierigkeiten den Weg zu den für uns reservierten Vorderplätzen bahnen.

Zwei Stunden lang widmete mein Begleiter, ein musikalischer fanatico, seine ungeteilte Aufmerksamkeit der Bühne, während ich mich damit unterhielt, das Publikum zu beobachten, das in der Hauptsache aus den besten Kreisen der Stadt bestand. Nachdem ich dessen müde geworden war, wandte ich meine Augen der Primadonna zu, als meine Aufmerksamkeit durch eine Erscheinung in einer der Logen gefesselt wurde, die meiner Beobachtung entgangen war.

Sollte ich tausend Jahre alt werden, niemals werde ich die außerordentliche Erregung vergessen, mit der ich diese Gestalt betrachtete. Es war die erlesenste Frauenerscheinung, die ich je gesehen hatte. Das Gesicht war so weit der Bühne zugewandt, daß ich es einige Minuten lang nicht sehen konnte, aber ihre Formen waren göttlich. Kein anderes Wort vermag ihr herrliches Ebenmaß auszudrücken — und selbst der Ausdruck ‚göttlich' erscheint mir lächerlich schwach, wenn ich ihn niederschreibe.

Die Magie einer lieblichen Frauengestalt — der Zauber weiblicher Anmut — ist jederzeit eine Macht gewesen, der ich nicht widerstehen zu können glaubte. Aber dies hier war die verkörperte, fleischgewordene Grazie, das beau idéal meiner wildesten und begeistertsten Vorstel lungen. Die Gestalt war, soweit die Brüstung der Loge dies zu erkennen gestattete, etwas über mittelgroß und näherte sich dem Majestätischen, ohne dies wirklich zu erreichen. Sie war von einer vollendeten Fülle und Haltung. Der Kopf, der nur von hinten sichtbar war, wetteiferte in seinen Umrissen mit dem einer griechischen Psyche und war eher enthüllt als verdeckt durch einen Kopfputz von gaze aérienne, der mich an den ‚ventus textilis' des Apulejus erinnerte. Der rechte Arm ruhte auf der Brüstung der Loge und erregte mit seinem ausgesuchten Ebenmaß jeden Nerv in mir. Sein oberer Teil war verhüllt von einem dieser jetzt modernen, nur wenig bis unterhalb des Ellenbogens reichenden losen offenen Ärmel. Darunter befand sich unter einem hauchdünnen Überwurf ein anderer enganliegender und mit einer reichen Spitzenmanschette umsäumter, der anmutig über ihren Handrücken fiel und nur die zarten Finger sehen ließ, an denen ein Brillantring von, wie ich sah, außerordentlichem Wert funkelte. Die wunderbare Rundung des Handgelenks hob ein Armband hervor, das durch eine prächtige, juwelengeschmückte

Agraffe geschlossen war und in unmißverständlicher Weise von dem Reichtum und dem gewählten Geschmack der Trägerin kündete.

Mindestens eine halbe Stunde lang starrte ich wie versteinert zu dieser königlichen Erscheinung hinüber, währenddessen ich die volle Macht und Wahrheit all dessen empfand, was über die ‚Liebe auf den ersten Blick' gesagt und gesungen worden ist. Meine Gefühle waren durchaus verschieden von all denen, die ich bis dahin in der Gesellschaft der gefeierten Vertreterinnen weiblicher Anmut empfunden hatte. Eine unerklärliche und, wie ich gestehen muß, magnetische Wechselwirkung von Seele zu Seele schien nicht nur meinen Blick, sondern die ganze Gewalt meines Denkens und Empfindens an diese wunderbare Gestalt vor mir zu fesseln. Ich sah — ich fühlte — ich erkannte, daß ich tief, sinnlos, unwiderruflich verliebt war und das sogar, noch ehe ich das Gesicht der Geliebten gesehen hatte. So heftig war in der Tat die Leidenschaft, die mich verzehrte, daß ich überzeugt war, sie werde nur wenig, wenn überhaupt, an Stärke verlieren, wenn die Gesichtszüge, die ich vorerst noch nicht erblickt hatte, nur gewöhnlicher Art waren. So außerordentlich ist die Natur der einzig wahren Liebe, der Liebe auf den ersten Blick, und so wenig hängt sie in Wirklichkeit von den äußeren Umständen ab, die sie allein hervorzurufen und zu beherrschen scheinen.

Während ich so in Bewunderung dieser reizenden Erscheinung hingerissen war, ließ sie eine plötzliche

Unruhe im Zuschauerraum ihren Kopf etwas mehr zu mir hinwenden, so daß ich ihr ganzes Profil erblickte. Seine Schönheit überstieg noch meine Erwartungen — und doch war etwas darin, was mich enttäuschte, ohne daß ich mir zu sagen vermochte, worin dies bestand. Ich sage ‚enttäuschte', aber das ist nicht das richtige Wort. Meine Empfindungen waren gleichzeitig beruhigt und erregt. Sie genossen weniger in Begeisterung und mehr in ruhigem Entzücken — in entzückter Ruhe. Diese Empfindung wurde vielleicht durch die madonnenhaften und mütterlichen Züge dieses Antlitzes hervorgerufen, und doch begriff ich, daß sie nicht allein darin ihren Ursprung haben konnte. Es war etwas anderes — etwas Rätselhaftes, das ich nicht zu ergründen vermochte —, ein Ausdruck in diesen Zügen, der mich leicht verwirrte, während er mein Interesse auf das Höchste erregte. In der Tat befand ich mich gerade in der geistigen Verfassung, die einen jungen und empfänglichen Menschen zu jeder Art Extravaganz fähig macht. Wäre die Dame allein gewesen, so wäre ich zweifellos in ihre Loge eingedrungen und hätte sie unter allen Umständen angesprochen. Aber glücklicherweise befand sie sich in Gesellschaft zweier Begleiter, eines Herrn und einer auffallend schönen jungen Frau, die allem Anschein nach einige Jahre jünger war als sie selbst.

In meinem Innern erwog ich tausend Pläne, wie ich es später erreichen könne, der älteren Dame vorgestellt zu werden oder für den Augenblick ihre Schönheit deutlicher betrachten zu können. Ich würde meinen Platz mit einem anderen, ihr näheren Platz vertauscht haben, aber die volle Besetzung des Theaters machte das unmöglich, und die strengen Gesetze untersagten neuerdings den Gebrauch des Opernglases auf das entschiedenste, selbst wenn ich so glücklich gewesen wäre, eins bei mir zu haben. Aber das war nicht der Fall, und so war ich voller Verzweiflung.

Schließlich bedachte ich mich darauf, meinen Begleiter anzusprechen.

„Talbot", sagte ich, „Sie haben ein Opernglas! Darf ich es einmal haben?"

„Ein Opernglas? Nein! Was, glauben Sie, soll ich mit einem Opernglas?" Damit wandte er sich ungeduldig wieder der Bühne zu.

„Aber Talbot", fuhr ich fort, indem ich ihn an der Schulter zupfte, „hören Sie doch! Sehen Sie die Proszeniumsloge? — Dort! Nein, die nächste! — Haben Sie je eine so reizende Frau gesehen?"

„Sie ist sehr schön, ohne Zweifel", entgegnete er.

„Ich bin neugierig, wer sie wohl sein mag."

„Aber in aller guter Geister Namen, Sie wissen nicht, wer das ist? ‚Sie nicht kennen, heißt sich selbst unwissend nennen!' Das ist die berühmte Madame Lalande — die Schönheit des Tages par excellence und der Gesprächsstoff der ganzen Stadt. Ungeheuer reich, dazu Witwe — eine große Partie —, gerade von Paris herübergekommen!"

„Kennen Sie sie?"

„Ja, ich habe die Ehre!"

„Wollen Sie mich vorstellen?“

„Gewiß — mit dem größten Vergnügen! Wann soll es sein?“

„Morgen um eins! Ich hole Sie bei B . . . ab!“

„Sehr gut, und nun halten Sie den Mund, wenn es geht!“

Was dieses letztere betraf, mußte ich Talbots Rat folgen, denn gegenüber allen weiteren Fragen und Versuchungen blieb er hartnäckig taub und beschäftigte sich nur noch mit den Vorgängen auf der Bühne.

Inzwischen hielt ich meine Augen an Madame Lalande gefesselt und hatte schließlich das Glück, einen vollen Anblick ihres Gesichtes genießen zu können. Es war ausnehmend lieblich, was mir natürlich mein Herz schon vorher gesagt hatte, auch wenn mich Talbot in diesem Punkte nicht aufgeklärt hätte —, und doch blieb dieses unverständliche Etwas, das mich verwirrte. Schließlich kam mir zu Bewußtsein, daß ich von einem gewissen Zug von Ernst, Traurigkeit oder noch eher von Müdigkeit beeindruckt war, der diesem Gesicht etwas von seiner Jugend und Frische nahm, um ihm eine seraphische Zartheit und Majestät zu verleihen und es so natürlich für mein begeistertes und romantisches Gemüt zehnfach interessant zu machen.

Während so meine Augen sich ergötzten, erkannte ich schließlich zu meiner größten Bestürzung an einem fast unbemerklichen Stutzen von seiten der Dame, daß sie plötzlich die Eindringlichkeit meiner Blicke gewahr geworden war. Indes war ich restlos verzaubert und vermochte selbst für einen Augenblick meine Augen nicht abzuwenden. Sie wandte ihr Gesicht ab, und wieder sah ich nur die gemeißelten Umrisse ihres Kopfes. Nach einigen Minuten drehte sie, wie von Neugierde getrieben, zu sehen, ob ich noch hinblickte, ihr Gesicht langsam herum und begegnete aufs neue meinen glühenden Blicken. Sofort senkten sich ihre großen dunklen Augen, und eine tiefe Röte bedeckte ihre Wangen. Aber wie groß war mein Erstaunen, als ich bemerkte, daß sie nicht nur ihren Kopf nicht wieder abwandte, sondern tatsächlich eine Lorgnette von ihrem Gürtel nahm, sie hob und einstellte, um mich damit mehrere Minuten lang aufmerksam und ungezwungen zu beobachten.

Wäre ein Donnerkeil zu meinen Füßen niedergestürzt, ich hätte nicht überraschter sein können — indes nur überrascht —, keineswegs auch nur im geringsten beleidigt oder abgestoßen, wenn auch ein so kühnes Benehmen bei einer anderen Frau mich zu kränken oder abzustoßen geeignet gewesen wäre. Aber das Ganze geschah mit so viel Ruhe — mit so viel Nonchalance, so viel Harmonie, mit einem so offenbaren Ausdruck bester Erziehung, kurz, daß nichts von Unverschämtheit zu bemerken war und ich nur Bewunderung und Überraschung empfand.

Ich beobachtete, daß sie nach dem ersten Erheben des Glases von der kurzen Betrachtung meiner Person befriedigt war und das Instrument wieder senkte, als sie es wie auf einen zweiten Gedanken hin wieder hob und fortfuhr, mich mit gespannter Aufmerksamkeit mehrere

Minuten lang — fünf Minuten zum mindesten, des bin ich sicher — zu mustern.

Dieses in einem amerikanischen Theater so auffällige Benehmen fand allgemeine Beachtung und veranlaßte eine Bewegung und ein Gemurmel im Publikum, das mich für einen Augenblick in Verwirrung versetzte, aber in den Zügen der Madame Lalande keinen sichtlichen Eindruck hinterließ.

Nachdem sie ihre Neugierde befriedigt hatte — wenn es eine solche war —, ließ sie das Glas sinken und widmete ihre Aufmerksamkeit wieder der Bühne. Dabei wandte sie mir wieder wie vorher ihr Profil zu. Ich fuhr unablässig fort, sie zu beobachten, obwohl ich mir der Ungezogenheit meines Tuns voll bewußt war. Jetzt sah ich, wie sie langsam und unauffällig den Kopf wandte, und kam bald zu der Überzeugung, daß die Dame, während sie sich so stellte, als blicke sie auf die Bühne, tatsächlich mich betrachtete. Es bedarf keiner Erwähnung, welchen Eindruck dieses Verhalten von seiten einer so bezaubernden Frau auf meine erregte Phantasie ausübte.

Nachdem sie mich so vielleicht eine Viertelstunde lang beobachtet hatte, wandte sich das reizende Ziel meiner Leidenschaft dem Herrn zu, der sie begleitete, und ich sah, während sie sprach, deutlich an beider Blicken, daß ihre Unterhaltung mich betraf.

Schließlich blickte Madame Lalande wieder zur Bühne hin und schien einige Minuten lang von der Vorstellung gefesselt zu sein. Danach indes fand ich mich in höchste

Erregung versetzt, als ich sie ein zweites Mal das Glas, das ihr zur Seite hing, öffnen und sich mir wie vorher voll zuwenden sah, worauf sie mich, ohne auf das neuerliche Gemurmel im Zuschauerraum zu achten, mit der gleichen wunderbaren Ruhe von Kopf bis zu den Füßen musterte, die mich vorher so entzückt und verwirrt hatte.

Dieses außergewöhnliche Benehmen, das mich in ein vollkommenes Fieber der Erregung, in einen wirklichen Liebeswahnsinn versetzte, war indes eher dazu angetan, mich zu ermutigen, als mich aus der Fassung zu bringen. In der irrsinnigen Glut meiner Anbetung vergaß ich alles neben der Gegenwart und der majestätischen und reizenden Schönheit des Bildes, das sich meinem Blick bot. Ich erwartete einen Augenblick, in dem ich das Publikum mit der Oper beschäftigt glaubte, und machte ihr, als ich endlich einen Blick von Madame Lalande erhaschte, von weitem eine leichte, aber nicht mißzuverstehende Verbeugung.

Sie errötete tief und wandte den Blick ab. Dann schaute sie langsam und vorsichtig umher, offenbar um sich zu vergewissern, ob mein unbesonnenes Tun bemerkt worden sei, und wandte sich dem Herrn zu, der an ihrer Seite saß.

Nun empfand ich brennend das Unschickliche meines Benehmens und erwartete nichts Geringeres als eine unmittelbare Bloßstellung, während mir Visionen von Pistolenläufen in früher Morgenstunde blitzschnell und unbehaglich durch den Kopf gingen. Indes war ich aufs höchste und unmittelbar erleichtert, als ich sah, wie die Dame dem Herrn nur wortlos einen Theaterzettel reichte. Indes vermag sich der Leser nur eine schwache Vorstellung von meinem Erstaunen — von meiner tiefen Überraschung, meiner wahnsinnigen Verwirrung des Herzens und der Seele zu machen, als sie, nachdem sie verstohlen umhergeblickt hatte, ihre strahlenden Augen voll und ruhig auf mir ruhen ließ und dann mit einem schwachen Lächeln, das eine glänzende Reihe ihrer Perlenzähne sehen ließ, zweimal deutlich und unzweifelhaft bejahend mit dem Kopf nickte.

Es erübrigt sich natürlich, bei meiner Freude, meinem Entzücken, der grenzenlosen Begeisterung meines Herzens länger zu verweilen. Wenn irgend jemand wahnsinnig war vor überströmendem Glück, so war ich es in diesem Augenblick. Ich liebte! Das war meine erste Liebe — das fühlte ich! Es war höchste, unbeschreibliche Liebe! Es war „Liebe auf den ersten Blick", und auf den ersten Blick war sie gewürdigt und erwidert worden!

Ja, erwidert! Wie und warum sollte ich einen Augenblick lang daran zweifeln? Welche andere Deutung fand ich für ein solches Benehmen von seiten einer so schönen, so reichen, offenbar so gebildeten, so gut erzogenen Dame in einer solchen gesellschaftlichen Stellung, in jeder Beziehung so durchaus achtbar, wie es — das empfand ich mit vollkommener Gewißheit — Madame Lalande war. Ja, sie liebte mich! Sie erwiderte die Begeisterung meiner Liebe mit einem ebenso blinden, ebenso vorurteilslosen, ebenso wenig berechnenden, ebenso hingebenden und ebenso äußerst maßlosen Enthusiasmus, wie ich selbst ihn empfand. Diese entzückenden Phantasien und Gedanken wurden indes durch das Fallen des Vorhangs unterbrochen. Das Publikum erhob sich, und der übliche Tumult überraschte mich unmittelbar. Eilig verließ ich Talbot und bemühte mich, mir einen Weg in die Nähe von Madame Lalande zu bahnen. Als mir dies infolge des Gedränges mißlang, gab ich die Jagd schließlich auf und wandte meine Schritte heimwärts. In meinem Mißgeschick, nicht einmal den Saum ihres Gewandes berührt zu haben, tröstete ich mich mit dem Gedanken, daß ich von Talbot am nächsten Morgen in aller Form vorgestellt werden sollte.

Dieser Morgen war endlich da, das heißt, nach einer langen und ermüdenden Nacht voller Ungeduld graute schließlich der Tag. Und dann krochen die Stunden bis „eins" im Schneckentempo, öde und zahllos! Aber auch Stambul, sagt man, hat einmal ein Ende, und so ging auch dieses lange Warten vorüber. Die Uhr schlug eins, und als das letzte Echo verklang, machte ich mich auf den Weg nach dem B . . .schen Hause und fragte nach Talbot.

„Ausgegangen!" erwiderte der Diener — es war Talbots eigener!

„Ausgegangen!" wiederholte ich, indem ich ein paar Schritte rückwärts taumelte. „Hör zu, mein Junge, das ist unmöglich. So kommen wir nicht weiter! Mister Talbot ist nicht ausgegangen! Was soll das bedeuten?"

„Nichts, mein Herr! Aber Mister Talbot ist nicht da. Das ist alles. Er ist gleich nach dem Frühstück nach S... geritten und hat hinterlassen, er werde vor einer Woche nicht wieder in der Stadt sein."

Versteinert vor Zorn und Schrecken stand ich da. Ich versuchte etwas zu erwidern, aber meine Zunge versagte den Dienst. Schließlich wandte ich mich wutverzerrt auf dem Absatz um, in meinem Innern die ganze Sippe Talbot in die tiefste Hölle verwünschend. Offenbar hatte mein rücksichtsvoller Freund, il fanatico, seine Verabredung mit mir vollkommen vergessen, ebenso schnell vergessen, wie sie getroffen war. Er war immer sehr großzügig bezüglich seiner Versprechungen! Da war nichts zu machen. So verschluckte ich meinen Ärger, so gut es ging, und schlenderte in übler Laune umher. Dabei richtete ich an jeden Bekannten, den ich traf, ver gebliche Fragen über Madame Lalande. Vom Hörensagen kannten sie sie alle, wie ich feststellte — viele vom Ansehen. Aber sie war erst seit einigen Wochen in der Stadt, und infolgedessen waren es nur wenige, die sich ihrer persönlichen Bekanntschaft rühmen konnten Diese wenigen, ihr überdies noch verhältnismäßig fremden Menschen konnten oder wollten sich nicht die Freiheit nehmen, mich bei einem förmlichen Morgenbesuch vorzustellen. Während ich so verzweifelt dastand und mich mit einem Trio meiner Freunde über den Gegenstand meiner verzehrenden Liebe unterhielt, geschah es, daß dieser selbst vorüberfuhr.

„So wahr ich lebe, da ist sie!" schrie der eine von uns.

„Unübertrefflich schön!“ rief der zweite.

„Ein Engel auf Erden!“ entfuhr es dem dritten.

Ich blickte auf, und in einem offenen Wagen, der die Straße herab uns näherkam, saß die entzückende Erscheinung aus der Oper, begleitet von der jüngeren Dame, die in ihrer Loge bei ihr gewesen war.

„Auch ihre Begleiterin sieht erstaunlich gut aus“, bemerkte derjenige aus unserem Trio, der zuerst gesprochen hatte.

„Überraschend!“ erwiderte der zweite. „Immer noch eine glänzende Erscheinung! Aber Kunst tut Wunder. Auf mein Wort, sie sieht besser aus als vor fünf Jahren in Paris. Immer noch eine schöne Frau, finden Sie nicht, Froissart, — Simpson, wollte ich sagen!?“

„Immer noch!“ entgegnete ich, „und warum sollte sie das nicht sein? Aber verglichen mit der jungen Schönen ist sie ein Nachtlicht neben dem Abendstern — ein Glühwürmchen neben dem Antares!“

„Hahaha! — Simpson, Sie haben ein erstaunliches Gefühl, Entdeckungen zu machen — wirklich originelle, meine ich!“ und damit trennten wir uns, während einer aus dem Trio einen lustigen Schlager zu summen begann, von dem ich nur die beiden Zeilen aufschnappte:

Ninon, Ninon, Ninon à bas — —
A bas Ninon de Lanclos!

Während dieser kleinen Szene hatte indes eines sehr dazu beigetragen, mich zu trösten, wenn es auch die Leidenschaft noch mehr schürte, von der ich verzehrt wurde. Als der Wagen der Madame Lalande an unserer

Gruppe vorüberrollte, hatte ich beobachtet, daß sie mich erkannte und, mehr noch als das, mich mit dem seraphischsten Lächeln, das ich mir vorzustellen vermochte, einem nicht mißzudeutenden Zeichen des Wiedererkennens beglückte.

Für eine Vorstellung indes mußte ich alle Hoffnung fahren lassen, bis Talbot daran dachte, vom Lande zurückzukehren. In der Zwischenzeit besuchte ich hartnäckig jede renommierte Vergnügungsstätte und hatte schließlich in dem Theater, in dem ich sie das erstemal gesehen hatte, das außerordentliche Glück, sie wiederzusehen und Blicke mit ihr zu tauschen. Das geschah indes erst nach Verlauf von zwei Wochen. Jeden Tag in dieser Zeit hatte ich in Talbots Wohnung nach ihm gefragt und war jedesmal wieder über das ewige „Noch nicht zurückgekehrt" seines Dieners erneut in Wut geraten.

So war ich an dem fraglichen Abend in einem Zustande, der fast an Wahnsinn grenzte. Madame Lalande, so hatte man mir gesagt, war Pariserin — war erst kürzlich aus Paris herübergekommen. Konnte sie nicht plötzlich dorthin zurückkehren? — zurückkehren, ehe Talbot nach Hause kam? — und war sie für mich dann nicht für immer verloren? Der Gedanke war zu furchtbar, als daß ich ihn zu ertragen vermochte. Da mein Lebensglück auf dem Spiel stand, beschloß ich also, mit männlicher Entschlossenheit zu handeln. Mit einem Wort, als die Vorstellung zu Ende war, verfolgte ich die Dame bis zu ihrer Wohnung, merkte mir ihre Anschrift und sandte ihr am nächsten Morgen einen ausführlichen und sorgfältig verfaßten Brief, in dem ich ihr mein ganzes Herz ausschüttete.

Ich sprach kühn, freimütig — mit einem Wort, ich sprach mit Leidenschaft. Ich verbarg nichts — nichts sogar von meinen Schwächen. Ich spielte auf die romantischen Umstände unserer ersten Begegnung an — sogar auf die Blicke, die wir gewechselt hatten. Ich ging so weit, zu sagen, ich sei von ihrer Liebe überzeugt. Diese Überzeugung und die Glut meiner Verehrung führte ich als zwei Entschuldigungsgründe an für mein sonst unverzeihliches Benehmen. An dritter Stelle erwähnte ich meine Furcht, sie könne die Stadt verlassen, ehe sich mir eine Gelegenheit zu einer förmlichen Vorstellung biete. Diesen begeistertsten Brief, der je geschrieben wurde, schloß ich mit einer freimütigen Darstellung meiner Verhältnisse — meines Reichtums — und damit, daß ich ihr mein Herz und meine Hand anbot.

In todesängstlicher Hoffnung erwartete ich die Antwort. Nach einer Zeit, die mir wie ein Jahrhundert erschien, traf sie ein.

Ja, sie traf wirklich ein! So romantisch dies alles erscheinen mag, ich erhielt tatsächlich einen Brief von Madame Lalande — der schönen, reichen, vergötterten Madame Lalande. Ihre Augen — ihre wunderbaren Augen hatte ihr edles Herz nicht Lügen gestraft. Als echte Französin, die sie war, hatte sie dem freimütigen Gebot ihrer Vernunft, dem edlen Trieb ihrer Natur gehorcht und die konventionelle Prüderie der Welt verachtet. Sie hatte mein Ansinnen nicht von sich gewiesen. Sie hatte sich nicht in Stillschweigen gehüllt. Sie hatte meinen Brief nicht ungeöffnet zurückgehen lassen. Sie hatte mir sogar als Antwort von ihrer eigenen zarten Hand einen Brief folgenden Inhalts gesandt:

„Monsieur Simpson wird pardonne mich, wenn ich nicht versteh die schöne Sprach von seine contrée so gut wie will. Es ist erst kurz, daß ich ankomme und noch nicht habe opportunité zu — l'étudier. Mit diese Entschuldigung für die manière ich will nun sagen, daß — hélas! Monsieur Simpson haben erraten nur zu wahr. Muß ich sagen mehr? Hélas! Bin ich nicht schon bereit, sprechen zu viel? Eugénie Lalande."

Diese edelmütigen Zeilen küßte ich millionenmal und beging jedenfalls gleichzeitig noch tausend andere Torheiten, die meinem Gedächtnis entfallen sind. Noch kehrte Talbot nicht zurück. Hätte er sich auch nur die geringste Vorstellung von den Leiden machen können, die seine Abwesenheit seinem Freunde verursachte, sicherlich wäre er in seiner mitfühlenden Art schnellstens herbeigeeilt, mich zu trösten. Indes er kam noch immer nicht. Ich schrieb. Er antwortete, er sei durch dringende Geschäfte abgehalten, aber er werde in Kürze zurückkommen. Er bat mich, nicht zu ungeduldig zu sein, mein Entzücken zu mäßigen, beruhigende Bücher zu lesen, nur leichten Rheinwein zu trinken und meine Zuflucht zu den Tröstungen der Philosophie zu nehmen. Der Narr! Wenn er nicht selbst kommen konnte, warum in aller guter Geister Namen legte er keinen Empfehlungsbrief für mich bei? Ich schrieb erneut und ba ihn, sogleich einen solchen abzusenden. Mein Bricf wurde mir von seinem Diener mit den folgenden, mit Bleistift auf die Rückseite geschriebenen Zeilen zurückgesandt. Der Halunke war seinem Herrn auf das Land hin nachgereist.

„Hat S... gestern verlassen, Aufenthalt unbekannt. Sagte nicht, wohin und wann zurück. Ich dachte, es sei das beste, den Brief zurückzusenden, da ich Ihre Handschrift erkenne, und da Sie stets mehr oder weniger in Eile sind.

Ihr ergebener Stubbs."

Ich brauche nicht zu sagen, daß ich daraufhin beide, Herrn und Diener, zu den höllischen Geistern verwünschte. Aber mit Zorn war nichts getan, und jammern brachte keinen Trost.

Indes besaß ich noch eine Hilfe in meiner angeborenen Kühnheit. Bis dahin hatte sie mir gute Dienste getan, und nun beschloß ich, sie mir zur Erreichung meines Zieles zunutze zu machen. Welche Formlosigkeit konnte ich mir überdies nach dem Briefwechsel zwischen uns noch zuschulden kommen lassen, die von Madame Lalande als unschicklich hätte empfunden werden können? Seit der Briefangelegenheit hatte ich mir angewöhnt, ihr Haus zu beobachten, und dabei entdeckt, daß sie in der Abenddämmerung, nur von einem livrierten Neger begleitet, auf einem öffentlichen Platz unter ihren Fenstern einen Spaziergang zu machen pflegte. Hier unter den üppigen, schattigen Bäumen, im grauen Schimmer eines milden Sommerabends nahm ich die Gelegenheit wahr und sprach sie an.

Um den sie begleitenden Diener desto besser täuschen zu können, tat ich dies mit der sicheren Miene eines alten vertrauten Bekannten. Mit der Geistesgegenwart der echten Pariserin ging sie darauf ein und streckte mir zur Begrüßung die bezauberndste kleine Hand entgegen. Der Diener blieb zurück, und mit übervollem Herzen sprachen wir lange und rückhaltlos von unserer Liebe.

Da Madame Lalande das Englische noch weniger fließend sprach, als sie es schrieb, mußten wir uns auf französisch unterhalten. In dieser anmutigen, so für die Leidenschaft geeigneten Sprache ließ ich der Begeisterung meines Gemütes freien Lauf und drang mit aller mir zur Verfügung stehenden Beredsamkeit in sie, zu einer unverzüglichen Heirat ihre Einwilligung zu geben.

Zu dieser meiner Ungeduld lächelte sie und machte die alten Einwände der Schicklichkeit geltend, diesen Popanz, der so viele zurückschreckt, bis das Glück für immer vorüber ist. Unklugerweise hätte ich, bemerkte sie, meinen Wunsch, sie kennenzulernen, unter meinen Freunden herumgetragen, und so sei es unmöglich, den Tag unserer ersten Bekanntschaft zu verheimlichen. Errötend spielte sie damit darauf an, wie außerordentlich neu diese noch war. Eine unverzügliche Heirat sei nicht angebracht — sei unschicklich — sei unerhört! All dies brachte sie mit einer reizend naiven Miene vor, die mich entzückte, während sie mich gleichzeitig betrübte und überzeugte. Sie ging sogar so weit, mir lächelnd Voreiligkeit, Unbesonnenheit vorzuwerfen, und bat mich zu bedenken, daß ich in Wirklichkeit nicht einmal wisse, wer sie sei, in welchen Verhältnissen und welcher gesellschaftlichen Stellung sie lebe. Seufzend bat sie mich, meinen Antrag noch einmal zu bedenken, und nannte meine Liebe eine Verblendung, eine Laune, eine Einbildung oder Augenblicksneigung, eine oberflächliche und vergängliche Regung eher der Phantasie als des Herzens. Während sie dies alles vorbrachte, senkten sich die milden Schatten der Dämmerung mehr und mehr auf uns hernieder — und dann machte sie mit einem zarten Druck ihrer feenhaften Hand das ganze soeben errichtete Gebäude von Einwänden in einem süßen Augenblick wieder zunichte.

Ich antwortete, so gut ich es vermochte — so gut es nur ein ehrlich Liebender vermag. Lange und inständig sprach ich von meiner Verehrung, von meiner Leidenschaft, von ihrer ausnehmenden Schönheit und von meiner begeisterten Bewunderung. Schließlich erwähnte ich mit überzeugender Kraft die Gefahren, die der Weg der Liebe mit sich bringt, dieser Weg, der niemals ohne Hindernis dahinläuft, und schloß daraus auf die Gefahr, die mit einer unnötigen Verlängerung dieses Weges verbunden war.

Dieser letzte Einwand schien endlich die Unbeugsamkeit ihres Entschlusses zu brechen. Sie gab nach; aber, bemerkte sie, es gebe noch ein Hindernis, das ich, wie sie sicher fühle, noch nicht genügend bedacht habe.

Darüber zu sprechen, sei besonders für eine Frau eine delikate Angelegenheit, indes sehe sie, daß sie damit ihren Empfindungen ein Opfer bringen müsse. Aber für mich wolle sie jedes Opfer bringen. Damit machte sie eine Anspielung auf die Frage des Alters. Sei ich mir denn im klaren — vollkommen im klaren darüber, welcher Altersunterschied zwischen uns bestehe? Daß das Alter des Mannes um einige Jahre — bis zu fünfzehn oder zwanzig — höher sei als das der Frau, werde von der Welt als erlaubt, ja als passend angesehen. Aber sie sei stets der Überzeugung gewesen, daß die Frau niemals älter als der Mann sein dürfe. Ein so unnatürlicher Unterschied sei leider allzuoft die Veranlassung zu einem unglücklichen Leben. Nun habe sie erfahren, daß ich nicht über zweiundzwanzig Jahre alt sei, und ich habe vielleicht nicht beachtet, daß die Lebensjahre meiner Eugénie hierüber ganz beträchtlich hinausgingen.

Diese Worte bewiesen einen Seelenadel, eine würdevolle Aufrichtigkeit, die mich entzückte und bezauberte, die meine Fesseln auf ewig festschmiedete. Kaum vermochte ich die Begeisterung zu verbergen, die mich erfüllte.

„Meine süßeste Eugénie", rief ich aus, „was bedeutet dies alles, was Sie da sagen? Ihr Alter übersteigt in gewissem Maße das meinige. Aber was besagt das? Die Sitten der Welt sind so voller konventioneller Narrheiten. Welcher Unterschied besteht zwischen einem Jahr und einer Stunde für zwei Menschen, die sich so lieben wie wir beide? Ich bin zweiundzwanzig, wie Sie sagen — zugegeben! Ebensogut können Sie sagen, ich sei dreiundzwanzig. Nun, Sie selbst, meine teuerste Eugénie, können nicht älter sein als — können nicht älter sein als — nicht älter als — als — als — als —"

Hier unterbrach ich mich einen Augenblick in der Erwartung, Madame Lalande werde mir ins Wort fallen und ihr wirkliches Alter nennen. Aber eine Französin ist selten so deutlich und hat als Antwort auf eine verwirrende Frage stets eine passende kleine Ausflucht zur Hand. In diesem Augenblick ließ Eugénie, nachdem sie schon eine Weile vorher in ihrem Halsausschnitt etwas zu suchen schien, ein Miniaturporträt auf den Rasen fallen. Ich hob es sofort auf, um es ihr zu reichen.

„Behalten Sie es", sagte sie mit ihrem bezauberndsten Lächeln, „behalten Sie es um meinetwillen, um deretwillen, die es zu schmeichelhaft darstellt. Überdies werden Sie auf der Rückseite vielleicht auch die Antwort finden, die Sie suchen. Aber jetzt wird es schon etwas zu dunkel sein — indes können Sie es morgen mit Muße betrachten. Inzwischen sollen Sie mich heute abend nach Hause begleiten. Meine Freunde veranstalten eine kleine musikalische Abendgesellschaft, und ich kann Ihnen einen guten Gesang versprechen. Wir Franzosen nehmen es nicht gar so genau wie Ihr Amerikaner, und ich werde Sie ohne Schwierigkeit als alten Bekannten hineinschmuggeln können."

Mit diesen Worten nahm sie meinen Arm, und ich begleitete sie nach Hause. Die Wohnung war sehr vornehm und, wie ich glaube, sehr geschmackvoll eingerichtet. Indes vermag ich über diesen letzteren Punkt kaum ein Urteil abzugeben, denn es war gerade dunkel geworden, als wir ankamen, und in den besseren amerikanischen Häusern trifft man in der heißen Jahreszeit während dieser angenehmsten Stunde des Tages selten Licht an. Etwa eine Stunde später wurde eine einzige Lampe in den Hauptempfangssalon gebracht. Dieser Raum war, wie ich erkennen konnte, sehr geschmackvoll, ja mit großer Pracht eingerichtet. Indes blieben zwei anstoßende Räume, in denen sich die Gesellschaft hauptsächlich aufhielt, während des ganzen Abends in ein angenehmes Dämmerlicht gehüllt. Dies ist eine wohlverständliche Sitte, die der Gesellschaft wenigstens die Wahl zwischen Licht und Schatten überläßt und die unsere Freunde von jenseits des Wassers sich nur zu gerne zunutze machten.

Der so verbrachte Abend war fraglos der köstlichste meines Lebens. Madame Lalande hatte hinsichtlich der musikalischen Talente ihrer Freunde nicht zuviel versprochen, und nur in Wien habe ich jemals in privaten Kreisen einen so ausgezeichneten Gesang wie den hier gebotenen gehört. Die Instrumentalvorträge waren mannigfacher Art und bekundeten großes Talent. Gesungen wurde hauptsächlich von Damen, und keine unter ihnen machte ihre Sache nicht wenigstens gut. Als schließlich dringend nach „Madame Lalande" gerufen wurde, erhob sie sich ohne Einwendung oder Ziererei von der Chaiselongue, auf der sie an meiner Seite gesessen hatte, und begab sich, begleitet von einem oder zwei Herren und von ihrer Begleiterin aus der Oper in den Hauptempfangssalon. Ich hätte sie gerne selbst begleitet, hatte indes die Empfindung, daß ich unter den Umständen, unter denen ich in das Haus eingeführt worden war, besser daran tat, unbeachtet dort zu bleiben, wo ich war. So war ich zwar des Vergnügens beraubt, sie zu sehen, aber nicht, sie singen zu hören.

Der Eindruck, den sie auf die Gesellschaft ausübte, schien elektrisierend zu sein — indes war die Wirkung auf mich selbst noch eine weit tiefere. Ich weiß nicht, wie ich diese auch nur annähernd beschreiben soll. Teilweise rührte sie fraglos von dem Gefühl der Liebe her, das mich erfüllte, hauptsächlich aber aus meiner Überzeugung von dem außerordentlich feinen Empfinden der Sängerin. Keine Künstlerin hätte eine Arie oder ein Rezitativ mit leidenschaftlicherem Ausdruck vortragen können, als sie es tat. Die Art, wie sie die Romanze aus „Othello" vortrug, der Ton, mit dem sie die Stelle „Sul mio sasso" aus den „Capuletti" wiedergab, klingen noch heute in meinem Gedächtnis nach. In ihren tieferen Tonlagen war sie durchaus wunderbar. Ihre Stimme umfaßte volle drei Oktaven vom tiefen Alt-d bis zum hohen Sopran-d, und obwohl sie durchaus in der Lage gewesen wäre, den Raum des San-Carlo-Theaters auszufüllen, meisterte sie mit größter Exaktheit jede Schwierigkeit der stimmlichen Komposition — steigende und fallende Skalen, Kadenzen oder Fiorituri. Im Finale der „Nachtwandlerin" wußte sie den Worten:

Ah, non giunge uman pensiero
al contento ond' io son piena!

eine ganz außerordentliche Wirkung zu verleihen.

Hier variierte sie, indem sie die Malibran nachahmte, den Originalsatz Bellinis, indem sie ihre Stimme bis zum Tenor-g herabsinken ließ, um dann in einem schnellen Übergang das zweigestrichene g anzuschlagen und damit ein Intervall von zwei Oktaven zu überspringen.

Nach diesem Wunder gesanglicher Leistung erhob sie sich vom Klavier und nahm ihren Sitz an meiner Seite wieder ein, worauf ich ihr mit Worten höchster Begeisterung mein Entzücken über ihre Kunst zum Ausdruck brachte. Von meiner Überraschung sagte ich nichts, und doch war ich aufrichtig überrascht, denn eine gewisse Schwäche oder vielmehr eine merkliche zitternde Unsicherheit in der gewöhnlichen Unterhaltung hatte mich im voraus annehmen lassen, sie werde im Gesang keine besonders beachtliche Fertigkeit zeigen.

Nun unterhielten wir uns ohne Unterbrechung lange, ernsthaft und vollkommen offenherzig miteinander. Sie ließ sich von mir vieles aus meinem bisherigen Leben berichten und lauschte mit atemloser Aufmerksamkeit jedem Worte meiner Erzählung. Ich verbarg nichts — ich fühlte, ich hatte ein Recht darauf, nichts vor ihrer vertrauenden Zuneigung zu verbergen. Durch ihre Aufrichtigkeit in dem delikaten Punkt ihres Alters ermutigt, äußerte ich mich nicht nur mit vollkommener Freimütigkeit im einzelnen über meine vielen kleinen Untugenden, sondern legte ein volles Geständnis ab über all die moralischen und sogar die physischen Unzulänglichkeiten, deren Enthüllung einen soviel größeren Mut verlangt und soviel sicherer ein Beweis von Liebe ist. Ich brachte die Unbesonnenheiten meiner Studienzeit zur Sprache — meine Extravaganzen, meine Trinkgelage, meine Schulden, meine Liebeleien. Ich ging sogar so weit, von einem leichten hektischen Husten zu sprechen, der mich eine Zeitlang gequält hatte, von meinem chronischen Rheumatismus, von einem Zwicken ererbter Gicht und schließlich von der unangenehmen und lästigen, aber bisher sorgsam verheimlichten Schwäche meiner Augen.

„Was diesen letzten Punkt betrifft", sagte Madame Lalande lachend, „so sind Sie sicherlich unklug gewesen, ihn zu bekennen. Denn ohne dieses Geständnis würde, des bin ich sicher, niemand Ihnen dies vorgeworfen haben. Übrigens", fuhr sie fort, „erinnern Sie sich — und dabei bemerkte ich trotz der Dunkelheit des Raumes ein deutliches Erröten auf ihren Wangen —, „erinnern Sie sich, mon cher ami, an dieses kleine Augenglas, das hier an meinem Halse hängt?"

Mit diesen Worten drehte sie dieselbe Lorgnette zwischen den Fingern, die mich in der Oper so in Verwirrung gebracht hatte.

„Ach ja, wie gut erinnere ich mich seiner!" rief ich aus, indem ich leidenschaftlich die zarte Hand drückte, die mir das Glas zum Betrachten hinreichte. Es war ein kompliziertes prächtiges Spielzeug, reich ziseliert und filigriert und, wie ich selbst bei der schwachen Beleuchtung feststellen konnte, von wertvollen Juwelen schimmernd.

„Eh bien, mon ami", fuhr sie mit einer gewissen Eindringlichkeit fort, die mich überraschte — „eh bien, mon ami, Sie haben mich ernstlich um eine Gunst gebeten, die Sie als unschätzbar zu bezeichnen beliebten. Sie haben mich auf morgen um meine Hand gebeten. Wenn ich nun Ihren dringenden Bitten — und wenn ich es sagen darf, der Stimme meines Herzens — folge, bin ich dann nicht berechtigt, von Ihnen eine ganz — ganz kleine Gefälligkeit als Gegenleistung zu erbitten?"

„Nennen Sie sie", rief ich mit einem Eifer aus, der beinahe die Aufmerksamkeit der Gesellschaft auf uns gezogen hätte, und nur ihre Gegenwart vermochte mich daran zu hindern, mich ihr ungestüm zu Füßen zu werfen. „Nennen Sie sie, meine Geliebte, meine Eugénie, meine Einzige! — Nennen Sie sie — ach, sie ist schon gewährt, noch ehe sie ausgesprochen ist!"

„So überwinden Sie, mon ami", entgegnete sie, „der Eugénie zuliebe, die Sie anbeten, diese kleine Schwäche, die Sie zuletzt gestanden haben — diese mehr moralische als physische Schwäche — und die, lassen Sie es mich Ihnen versichern, dem Adel Ihres wirklichen Wesens so wenig entspricht, die so unvereinbar ist mit der sonstigen Aufrichtigkeit Ihres Charakters und die, wenn Sie sich weiter von ihr beherrschen lassen, Sie sicherlich früher oder später in eine sehr unangenehme Lage bringen wird. Mir zuliebe sollen Sie diese Affektiertheit überwinden, die Sie, wie Sie selbst zugeben, zu der nichteingestandenen oder stillschweigenden Verleugnung Ihrer Sehschwäche verleitet. Denn Sie leugnen diese Schwäche tatsächlich, indem Sie sich weigern, die zu ihrer Behebung üblichen Mittel anzuwenden. Sie verstehen, daß ich damit den Wunsch ausdrücken will, Sie sollen Augengläser tragen. Doch — still — Sie haben ja schon versprochen — mir zuliebe —, sie zu tragen. Nehmen Sie dieses kleine Spielzeug hier. Als Hilfsmittel zum Sehen ist es wunderbar, wenn auch als Wertgegenstand nicht so sehr kostbar. Schauen Sie, durch eine geringfügige Veränderung — so oder so — läßt es sich als Brille benutzen oder als Lorgnette in der Rocktasche tragen. In der ursprünglichen und gebräuchlicheren Form haben Sie ja schon eingewilligt, es mir zuliebe zu tragen."

Muß ich zugeben, daß mich dieses Verlangen in nicht geringem Maße verwirrte? Aber die daran geknüpfte Bedingung stellte jedes Zögern natürlich außer Frage.

„Es sei!" rief ich mit aller mir in diesem Augenblick zu Gebote stehenden Begeisterung aus. „Es sei! — Von ganzem Herzen soll es geschehen! Ihnen zuliebe opfere ich jede Empfindung. Heute nacht werde ich dieses teure Augenglas als Lorgnette auf dem Herzen tragen. Morgen aber, mit dem frühesten Dämmerlicht des Tages, der mir das Glück bringt, Sie mein Weib nennen zu dürfen, werde ich es auf meine — auf meine Nase setzen und es in dieser weniger romantischen und weniger eleganten, aber sicher angebrachteren Weise stets da tragen, wie Sie es wünschen."

Nun wandte sich unsere Unterhaltung den Einzelheiten unserer Vorkehrungen für den morgigen Tag zu. Talbot war, wie ich von meiner Verlobten erfuhr, gerade in die Stadt zurückgekehrt. Ich sollte ihn sofort aufsuchen und dazu einen Wagen beschaffen. Die Soirée würde kaum vor zwei Uhr zu Ende sein, und zu dieser Stunde sollte der Wagen vor der Tür stehen. In dem Trubel, der durch das Aufbrechen der Gesellschaft verursacht wurde, konnte Madame Lalande leicht unbemerkt darin Platz nehmen. Dann wollten wir zu der Wohnung eines Geistlichen fahren, der uns erwartete, dort heiraten, Talbot irgendwo absetzen und zu einer kleinen Reise nach dem Osten aufbrechen, um es der Gesellschaft zu Hause zu überlassen, sich die Gedanken von der Sache zu machen, die sie für richtig hielt.

Nachdem wir dieses alles besprochen hatten, verabschiedete ich mich unverzüglich, um Talbot aufzusuchen. Indes konnte ich es nicht unterlassen, auf dem Wege eine Gaststätte aufzusuchen, um mir die Miniatur anzuschauen, und dabei bediente ich mich der mächtigen Hilfe der Augengläser. Unbeschreiblich schön war dieses Antlitz! Diese großen leuchtenden Augen! — Diese stolze griechische Nase! Diese dunklen überreichen Locken! „Oh!“ jubelte ich innerlich, „das ist in der Tat das sprechende Bild meiner Geliebten!“ Ich wandte es um und entdeckte die Worte „Eugénie Lalande — siebenundzwanzig Jahre und sieben Monate alt“.

Ich fand Talbot zu Hause und beeilte mich, ihn von meinem Glück in Kenntnis zu setzen. Natürlich zeigte er höchstes Erstaunen, aber er wünschte mir von ganzem Herzen Glück und bot mir jede in seinen Kräften stehende Hilfe an. Kurz, wir führten unseren Plan aufs Wort aus, und um zwei Uhr morgens, genau zehn Minuten nach der Trauungszeremonie, fand ich mich mit Madame Lalande — mit Mrs. Simpson, wollte ich sagen — in einem geschlossenen Wagen und fuhr in großer Eile in Richtung Nordnordost zu Nord zur Stadt hinaus.

Da wir die ganze Nacht über unterwegs bleiben sollten, hatte Talbot angeordnet, daß wir in C..., einem etwa zwanzig Meilen von der Stadt entfernten Dorf, zum ersten Male Station machten, um dort ein Frühstück einzunehmen und etwas zu ruhen, ehe wir unsere Reise fortsetzten. So hielt der Wagen um vier Uhr pünktlich beim ersten Gasthof an. Ich half meiner angebeteten Frau heraus und bestellte sofort das Frühstück. Inzwischen wurden wir in ein kleines Zimmer geführt und nahmen Platz.

Es war nun, wenn auch noch nicht vollkommen, so doch beinahe hell geworden, und als ich so voller Entzücken auf den Engel an meiner Seite blickte, kam mir plötzlich der eigenartige Gedanke, daß dies seit meiner Bekanntschaft mit der gefeierten Schönheit der Madame Lalande in der Tat das erste Mal war, daß mir eine Betrachtung dieser Schönheit aus der Nähe und bei Tageslicht vergönnt war.

„Und nun, mon ami", sagte sie, indem sie meine Hand ergriff und so meine Gedanken unterbrach, „und nun, mon cher ami, nachdem wir nun unlöslich miteinander verbunden sind — nachdem ich deinem leidenschaftlichen Verlangen nachgegeben und meinen Teil unseres Abkommens erfüllt habe, nehme ich an, du hast nicht vergessen, daß auch du einer kleinen Bitte nachzukommen hast — einem kleinen Versprechen, das du doch sicherlich halten wirst! Ach, laß mich — laß mich nachdenken! Ja, ich erinnere mich genau der Worte, des teuren Versprechens, das du vergangene Nacht deiner Eugénie gegeben hast! Hör zu! ‚Es sei! — Von ganzem Herzen soll es geschehen! Ihnen zuliebe opfere ich jede Empfindung. Heute nacht werde ich dieses teure Augenglas als Lorgnette auf dem Herzen tragen. Morgen aber, mit dem frühesten Dämmerlicht des Tages, der mir das Glück bringt, Sie mein Weib nennen zu dürfen, werde ich es auf meine — meine Nase setzen und es in dieser weniger romantischen und weniger eleganten, aber sicher angebrachteren Weise stets da tragen, wie Sie es wünschen.‘ Genau so waren doch deine Worte, mein geliebter Gatte, oder nicht?“

„Das waren sie“, erwiderte ich, „du hast ein ausgezeichnetes Gedächtnis, und sicherlich, meine schöne Eugénie, besteht keine Veranlassung meinerseits, mich der Erfüllung dieses geringfügigen Versprechens zu entziehen, das darin enthalten ist. Sieh, schau her, da sind sie, nicht wahr!“ und nachdem ich die Gläser in die Form einer Brille gebracht hatte, setzte ich sie sorgfältig auf, während Madame Simpson ihren Hut zurechtrückte und mit gekreuzten Armen aufgerichtet in einer steifen und gezwungenen und doch irgendwie nachlässigen Haltung dasaß.

„Gott sei mir gnädig!" rief ich in demselben Augenblick aus, als das Brillengestell auf meiner Nase saß. „Du mein — Gott sei mir gnädig! Was ist denn mit dieser Brille los?" Damit nahm ich sie schnell wieder ab und wischte sie sorgfältig mit meinem seidenen Taschentuch, um sie dann wieder aufzusetzen.

Aber wenn mich im ersten Augenblick etwas überraschte, so steigerte sich dies im zweiten zum Erstaunen — und dieses Erstaunen war tief — war außerordentlich —, war, wie ich wohl sagen konnte, erschreckend. Was, in aller Teufel Namen, bedeutete das? Konnte ich meinen Augen trauen? Konnte ich? — das war die Frage! War das — war das — war das Rouge? Und waren das — waren das — waren das Runzeln im Gesicht Eugénie Lalandes? Und, o Jupiter und alle Götter und Göttinnen, große und kleine! — was — was — was — was war mit ihren Zähnen geschehen?! Heftig schleuderte ich die Brille zu Boden, sprang auf meine Füße und stand, die Arme in die Seiten gestemmt, zähneknirschend und schäumend, aber gleichzeitig in höchstem Maße sprachlos und hilflos vor Schrecken und Wut vor Mrs. Simpson in der Mitte der Stube.

Nun habe ich schon erzählt, daß Madame Eugénie Lalande — oder vielmehr Simpson — das Englische nur wenig besser sprach, als sie es schrieb, und aus diesem Grunde versuchte sie im allgemeinen nicht, es zu sprechen. Aber die Erregung vermag eine Frau zum Äußersten zu bringen, und in diesem Falle brachte sie Mrs. Simpson dazu, die Unterhaltung in einer Sprache zu führen, die sie nicht vollkommen beherrschte.

„Nun, Monsieur“, sagte sie, indem sie mich einige Augenblicke lang mit offensichtlich großem Erstaunen anblickte, „nun, Monsieur, vaas-dänn, vaas-dänn los? Is' daas die danse von de Saint Vitusse, vaas Sie 'aben? Vänn nicht vollen mich, varuhm kaufen Kaatz im Saak?“

„Du Elende!“ rief ich aus, als ich wieder zu Atem kam, „du — du —du gemeine alte Hexe!“

„'Exe — alt? — Mich nicht so serr alt trotzdemm! Mich nicht ein einzige Tak merr als sweienackzig Jahr!“

„Zweiundachtzig!“ stieß ich hervor, indem ich auf die Wand zuwankte. „Zweiundachtzighunderttausend Affen! Die Miniatur besagte siebenundzwanzig Jahre und sieben Monate!“

„Ganz sicher — daas is' so! Serr wahr! Aber diese Portrait is' genommen vor diese fünfunfünfzig Jahr. Vään ich geh 'eiratten meine seconde Maan Monsieur Lalande, da ich 'aben nehmen de Portrait für meine Tochter von meine erste Maan, Monsieur Moissart.“

„Moissart“ erwiderte ich.

„Ja, Moissart“, entgegnete sie, meine Aussprache nachahmend, die, ehrlich gesagt, nicht gerade die beste war. „Und vaas dään? Vaas Sie vissen von de Moissart?“

„Nichts, du alte Vogelscheuche! — Ich weiß wirklich nichts von ihm. — Nur einen Vorfahren dieses Namens hatte ich vor langer Zeit."

„Diese Nam'! Un' vaas du 'aben su sag' von diese Nam'? Is' serr gutte Nam'. Un' auch Voissart — daas is' serr gutte Nam' auch! Meine Tochter Mademoiselle Moissart, sie ge'eiratt von Monsieur Voissart, un' de Nam' is' beide serr respectable Nam'!"

„Moissart!" rief ich aus, „und Voissart! Was meinen Sie denn?"

„Vaas ich mein'? — Ich mein' Moissart un' Voissart, un' darum ich mein' Croissart un' Froissart auch, vään ich nur denken, es richtik mein'. Tochter von mein' Tochter, Mademoiselle Voissart sie ge'eiratt' von Monsieur Croissart un' Enkeltochter von mein' Tochter, Mademoiselle Croissart sie ge'eiratt' von Monsieur Froissart, un' ich denken, du sagen, daß is' nicht serr respectable Nam'!"

„Froissart!" entgegnete ich, indem mir schwach wurde. „Ach wirklich, sagten Sie nicht Moissart — und Voissart — und Croissart — und Froissart?"

„Ja!" erwiderte sie, indem sie sich in ihrem Stuhl zurücklehnte und ihre Füße von sich streckte. „Ja, Moissart un' Voissart un' Croissart un' Froissart. Abber Monsieur Froissart war serr groß, was ihr nennen: Narr, — er war serr groß Eigensinn wie du selbst — er gehen weg von la belle France, kommen nach diese serr stupide Amérique, un' vään er kommen hier, er 'aben serr, serr stupide Sohn, so ich hör. Abber ich noch nicht 'aben ge'abt de plaisir zu treffen mit ihm, nicht ich noch mein Begleitung, Madame Stephanie Lalande. Sein Nam' is' Napoléon Bonaparte Froissart, un' ich denken, du sagen, daas is' nicht serr respectabler Nam' auch!"

Entweder war es die Länge oder der Inhalt dieser Rede, die Mrs. Simpson in eine außerordentliche Erregung versetzte, und nachdem sie mit großer Mühe zu Ende gekommen war, sprang sie wie verhext von ihrem Sitz auf, wobei sie eine ganze Sammlung von Wattierungen zur Erde fallen ließ. Einmal auf den Füßen, fletschte sie das Zahnfleisch, fuchtelte mit den Armen, streifte die Ärmel hoch und schüttelte die Fäuste gegen mich. Dann schloß sie die Vorstellung damit, daß sie ihren Hut und damit eine riesengroße Perücke des feinsten und prachtvollsten schwarzen Haares vom Kopfe riß, das Ganze mit einem Schrei auf den Boden schleuderte und in einem Ausbruch von Raserei und Wut darauf herumtrampelte und einen Fandango darauf tanzte.

Inzwischen sank ich entsetzt in den Stuhl, aus dem sie sich erhoben hatte. „Moissart und Voissart", wiederholte ich ahnungsvoll, während sie einen ihrer Haken schlug, und „Croissart und Froissart", als sie einen anderen vollendete. — „Moissart und Voissart und Croissart und Napoleon Bonaparte Froissart! Oh, du unsagbar alte Schlange! das bin ich — ich — hörst du, ich bin es!" hier kreischte ich mit höchster Stimme auf, „— ich bin es! Ich bin Napoleon Bonaparte Froissart! und ich will für ewig verflucht sein, wenn ich nicht meine eigene Ur-Urgroßmutter geheiratet habe!"

Madame Eugénie Lalande, quasi Simpson — früher Moissart — war allen Ernstes meine Ur-Urgroßmutter. In ihrer Jugend war sie sehr schön gewesen und hatte selbst mit zweiundachtzig Jahren ihre majestätische Größe, die bildnishaften Umrisse ihres Kopfes, die feinen Augen und die griechische Nase ihrer Mädchenzeit bewahrt. Damit, mit Puder, Rouge, falschem Haar, falschen Zähnen, einer falschen Tournure und den geschicktesten Pariser Putzmacherkünsten brachte sie es fertig, unter den un-peu-passée-Schönheiten der französischen Hauptstadt einen beachtlichen Platz zu behaupten. In dieser Hinsicht mochte sie beinahe das Ebenbild der berühmten Ninon de Lanclos sein.

Sie war ungeheuer reich und in ihrer zweiten Ehe kinderlos verwitwet. Dann hatte sie sich auf meine Existenz in Amerika besonnen und, um mich zu ihrem Erben zu machen, in Begleitung einer ausnehmend liebreizenden entfernten Verwandten ihres zweiten Gatten, einer Madame Stephanie Lalande, die Vereinigten Staaten besucht.

In der Oper hatte ich durch mein Anstarren die Aufmerksamkeit meiner Ur-Urgroßmutter erregt und war ihr, als sie mich durch ihr Augenglas beobachtete, durch eine gewisse Familienähnlichkeit aufgefallen. Nachdem ich so ihr Interesse geweckt hatte und sie wußte, daß der Erbe, den sie suchte, sich in der Stadt aufhielt, erkundigte sie sich ihrerseits über mich. Der Herr in ihrer Begleitung kannte mich von Ansehen und sagte ihr, wer ich sei. Die so erhaltene Auskunft veranlaßte sie, ihre Beobachtung wieder aufzunehmen, und diese Beobachtung war es, die mich so ermutigte, daß ich mich in der bereits geschilderten, abgeschmackten Form benahm. Indes erwiderte sie meine Verneigung unter dem Eindruck, ich habe durch irgendeinen sonderbaren Zufall erfahren, wer sie sei. Als ich, durch meine schwachen Augen und die Toilettenkünste hinsichtlich des Alters und der Reize der fremden Dame getäuscht, Talbot so begeistert fragte, wer sie sei, nahm er natürlich an, ich meine die jüngere Schönheit, und gab mir die wahrheitsgemäße Auskunft, sie sei „die gefeierte Witwe Madame Lalande".

Am nächsten Morgen begegnete meine Ur-Urgroßmutter auf der Straße Talbot, einem alten Pariser Bekannten, und die Unterhaltung wandte sich natürlich bald zu mir. Man sprach von der Schwäche meiner Augen, denn diese war allgemein bekannt, obwohl ich von dieser Tatsache nichts wußte, und meine gute alte Verwandte entdeckte zu ihrem Kummer, daß sie sich mit der Annahme, ich hätte sie erkannt, getäuscht hatte, und daß ich mich selbst zum Narren gemacht hatte, indem ich öffentlich im Theater einer alten unbekannten Frau den Hof machte. Um mich für diese Torheit zu bestrafen, schmiedete sie mit Talbot ein Komplott. Er ging mir geflissentlich aus dem Wege, um eine Vorstellung zu vermeiden. Meine Nachforschungen auf der Straße nach „der liebreizenden Witwe, Madame

Lalande“ wurden natürlich auf die jüngere Dame bezogen, und so läßt sich die Unterhaltung mit den drei Herren und ihre Anspielung auf Ninon de Lanclos, als ich sie kurz nach dem Verlassen von Talbots Wohnung traf, leicht erklären. Es bot sich mir keine Gelegenheit, Madame Lalande bei Tageslicht aus der Nähe zu sehen, und bei ihrer musikalischen Soirée hinderte mich meine einfältige Schwäche, mit der ich die Hilfe eines Augenglases ablehnte, tatsächlich daran, ihr Alter zu entdecken. Als „Madame Lalande“ zum Singen aufgefordert wurde, war damit die jüngere Dame gemeint, und sie war es, die sich erhob, um der Aufforderung nachzukommen. Meine Ur-Urgroßmutter hatte sich, um die Täuschung weiterzutreiben, im gleichen Augenblick erhoben, um sie im Hauptempfangssalon auf dem Klavier zu begleiten. Hätte ich mich entschlossen, ihr dorthin zu folgen, so hatte sie beabsichtigt, mir einzureden, es sei schicklicher, wenn ich da bleibe, wo ich war, aber meine eigene Klugheit machte dies überflüssig. Der Gesang, den ich sehr bewunderte und der mich in meiner Überzeugung von der Jugend meiner Angebeteten bestärkte, wurde von Madame Stephanie Lalande vorgetragen. Das Augenglas wurde mir geschenkt, um den Spaß mit einer Zurechtweisung zu verbinden und mir mit der Lehre, die mir die Enttäuschung sein sollte, zugleich einen Stich zu versetzen. Damit bot sich dann auch die Gelegenheit zu jener Lektion über die Affektiertheit, mit der ich besonders bedacht wurde. Ich brauche kaum zu erwähnen, daß die alte Dame die von ihr in diesem Instrument benutzten Gläser gegen ein Paar für mein Alter besser geeignete hatte vertauschen lassen. Sie paßten mir in der Tat bis aufs i-Pünktchen.

Der Geistliche, der den fatalen Bund nur zum Schein gesegnet hatte, war ein guter Freund Talbots und kein Priester. Überdies war er ein ausgezeichneter Fahrer und kutschierte, nachdem er seinen Talar mit einem Überrock vertauscht hatte, die Droschke mit dem „glücklichen Paar" zur Stadt hinaus. Talbot nahm an seiner Seite Platz. So steckten diese beiden Schelme unter einer Decke und amüsierten sich damit, durch ein halbgeöffnetes Fenster von der Hinterstube des Gasthofes aus grinsend die Lösung des Dramas zu beobachten. Ich glaube, ich muß den beiden doch noch eine Forderung zugehen lassen!

Nach all dem bin ich also nicht der Mann meiner Ur-Urgroßmutter, und dieser Gedanke bereitet mir eine unendliche Erleichterung, aber ich bin der Gatte von Madame Lalande — von Madame Stephanie Lalande —, mit der mich zu verheiraten meine gute alte Verwandte sich die größte Mühe gegeben und die mich überdies zu ihrem alleinigen Erben bestimmt hat für den Fall, daß sie stirbt — wenn sie das jemals tun sollte. Um damit zu schließen: Ein für allemal habe ich mit Billets doux Schluß gemacht und lasse mich auch niemals mehr ohne Brille sehen!